U0102894

经学纂要

蒋伯潜 编著
方笑一 整理

陈斐 主编

图书在版编目（CIP）数据

经学纂要 / 蒋伯潜编著；方笑一整理．-- 北京：华夏出版社有限公司，2024.6

（国学通识 / 陈斐主编）

ISBN 978-7-5222-0667-7

Ⅰ. ①经… Ⅱ. ①蒋… ②方… Ⅲ. ①经学—研究—中国 Ⅳ. ① Z126

中国国家版本馆 CIP 数据核字（2024）第 028219 号

经学纂要

编 著 者 蒋伯潜
整 理 者 方笑一
责任编辑 董秀娟 吕 方
责任印制 周 然

出版发行 华夏出版社有限公司
经　　销 新华书店
印　　装 三河市万龙印装有限公司
版　　次 2024 年 6 月北京第 1 版
　　　　 2024 年 6 月北京第 1 次印刷
开　　本 880×1230 1/32
印　　张 8
字　　数 151 千字
定　　价 58.00 元

华夏出版社有限公司 地址：北京市东直门外香河园北里 4 号 邮编：100028
网址：www.hxph.com.cn 电话：（010）64663331（转）

若发现本版图书有印装质量问题，请与我社营销中心联系调换。

总序

近期，人工智能和自动化技术迅猛发展，ChatGPT（聊天机器人）横空出世，除了能与人对话交流外，甚至能完成回复邮件、撰写论文、进行翻译、编写代码、根据文案生成视频或图片等任务。这对人类社会的震撼，无异于引爆了一颗“精神核弹”：人们在享受和憧憬更加便捷生活的同时，也产生了失业的恐慌和被替代的虚无感，好像人能做的机器都能做，而且做得更好、更高效，那么，人还怎么生存，活着还有什么意义？

这种感觉并非无源之水、无本之木，而是有着深久的教育、社会根源。长期以来，我们的教育过于专业化、物质化、功利化，在知识传授、技能培训上拼命“鸡娃”，社会也以科技进步、经济发展为主要导向，这导致了人们对“人”的认知和实践都是“单向度”的。现在，“单向度”的人极力训练、竞争的技能，机器都能高效完成，他们怎能不恐慌、失落呢？人是要继续“奋斗”，把自己训练得和机器一样，还是要另辟蹊径，探索和高扬“人之所以为人”的独特品质与价值，成了摆在所有人面前的紧迫问题。

答案显然是后者。目前社会上出现的“躺平”心态，积极地看，正蕴含着从“奋斗”“竞争”氛围中夺回自我、让人更像人而不异化为机器的挣扎。“素质/通识教育”“科学发展观”等理念的提出，也是为了纠偏补弊，倡导人除了要习得谋生的知识、技能外，还要培养博雅的眼光、融通的识见，陶冶完美的人格、高尚的情操；衡量社会发展也不能只论GDP（国内生产总值），而要看综合指数。

这么来看，以国学为核心的中华优秀传统文化，就大有用武之地。孔子早就说过，“君子不器”，“为政以德”（《论语·为政》）。庄子也提醒，“有机事者必有机心。机心存于胸中，则纯白不备”，“神生不定”，“道之所不载也”（《庄子·天地》）。慧能亦曾这样开示：“心迷《法华》转，心悟转《法华》。”（《坛经·机缘》）这些经过数千年积累、淘洗的箴言智慧，可以启发我们在一个日益由机器安排的世界中发展“人之所以为人”的独特品质，从而更好地安身立命、经国济世。可见，国学不是过时的、只有少数学者才需要研究的“高文大册”，而是常读常新、人人都应了解的“通识”。

这套“国学通识”系列丛书，即致力于向公众普及国学最基本的思想观念、知识架构、人文精神和美学气韵等，大多由功底深博的名家泰斗撰写，但又论述精到、篇幅短小、表达深入浅出，有些还趣味盎然、才情四射。一些撰写较早的著作，我们约请当代青年领军学者做了整理、导读或注释、解析，以便读者阅读。

我们的宗旨是弘扬并激活国学，让优秀传统文化滋养智能时代中国人的心灵，同时也期望读者带着崭新的生命体验和问题意识熔古铸今，传承且发展国学。在这个过程中，相信人人都能获得更加全面、自由、和谐的发展，社会也会变得更加繁荣、公正、幸福！

陈斐

癸卯端午于京华

《国学汇纂》新版序

《国学汇纂》十种，是先祖父蒋伯潜和先父蒋祖怡合作撰写的，在1943—1947年由上海正中书局陆续出版。

《国学汇纂编辑例言》的第一条，说明了编撰这套《汇纂》的缘由：

> 我国学术文艺，浩如烟海。博稽泛览，或苦其烦；东捃西扯，复病其杂。本书汇纂大要，别为十种，供专科以上学子及一般程度相当者，阅读参考之资。庶于国学各得其门，名曰《国学汇纂》。

在《例言》中，这十种书的顺序是:《文章学纂要》《文体论纂要》《文字学纂要》《校雠目录学纂要》《诗歌文学纂要》《小说纂要》《史学纂要》《诸子学纂要》《理学纂要》《经学纂要》。出版时也把这十种书按顺序排列，称为《国学汇纂》之一到《国学汇纂》之十。

这十种书中的《文章学纂要》《文体论纂要》《文字学纂要》

《校雠目录学纂要》《诗歌文学纂要》《小说纂要》属于语言文学范畴,《史学纂要》属于史学范畴,《经学纂要》《诸子学纂要》《理学纂要》属于哲学范畴。也就是说，这十种书，涉及了中国传统的文、史、哲的基本方面，是国学的基本知识。

总起来说，这十种书有三方面的内容：

（一）介绍基本知识。这十种书，每一种都是一个单独的学科领域，涉及的范围非常广，有关的知识非常多。为了适合读者的需要，作者对有关知识加以选择、概括、组织，把一些最基本的知识以很清晰的面貌呈现在读者面前，使读者既不苦其烦，也不病其杂。

（二）阐述作者观点。这些学术领域都有不同学术观点的争论，或者有不同的学派。面对这些不同观点，初学者可能感到无所适从。作者对这些问题介绍了不同观点，并阐述了自己的看法。这有助于读者了解这些学科历史发展的过程，也有助于读者从不同的侧面来看待和掌握这些基本知识。

（三）指点学习门径。这十种书都是入门之学。读者入了门以后，如何进一步学习？这十种书常常在介绍基本知识和阐述作者观点的同时，给读者指点进一步学习的门径。如提供一些参考资料，告诉读者进一步学习该从何入手，需注意什么问题等。

这些对于初学者都是十分有用的。所以,《国学汇纂》出版后很受欢迎。著名学者四川大学教授赵振铎曾对我说：你祖父和父亲的那两套书（指《国学汇纂》十册和《国文自学辅导丛书》十二册），我们当时在中学里都是很爱读的。我很感谢赵先生告诉我这个信息。

《国学汇纂》不仅在上个世纪的四十年代末出版后受欢迎，在以后也一直受到欢迎。1990年，北京大学出版社重印了《校雠目录学纂要》。1995年，我在台北看到的《文字学纂要》已经是第二十九次印刷。2014年《小说纂要》收入《民国中国小说史著集成》第九卷，由南开大学出版社出版。首都经济贸易大学出版社的领导和编辑蓝士斌先生很有眼光，看到了《国学汇纂》的价值，在2012年重印了《文字学纂要》，2017年重印了《诸子学纂要》，2018年重印了《文章学纂要》。这些都说明这套书并没有过时。

但《国学汇纂》一直没有完整的再版，这是一件憾事。很感谢主编陈斐先生和华夏出版社有限公司，决定把《国学汇纂》作为《国学通识》的第一辑出版。他们约请相关领域的青年学者对《国学汇纂》的每一种都细加校勘，而且撰写了“导读”。“导读”为读者指出了此书的特色和重点，以及阅读时应注意的问题。这就给这套七十年前出版的《国学汇纂》赋予了新的时代气息。

在此，我对陈斐主编、各位整理并写“导读”的专家和华夏出版社有限公司表示深切的感谢！我相信，广大读者一定会欢迎这套新版的《国学汇纂》。

蒋绍愚

2022年5月于北京大学

《国学汇纂》编辑例言○

一、我国学术文艺，浩如烟海。博稽泛览，或苦其烦；东捋西扯，复病其杂。本书汇纂大要，别为十种，供专科以上学子及一般程度相当者，阅读参考之资，庶于国学各得其门，名曰国学汇纂。

二、文章所以代口舌，达心意，为人人生活所必需，而字句之推敲，章篇之组织，意境之描摹，胥有赖于文法之活用，修辞之技巧；至于骈散之源流，语文之沟通，亦为学文章者所应谙悉。述《文章学纂要》。文体分类，古今论者，聚讼纷纭，而各体之特征、源流、作法，更与习作有关，爰折中群言，阐明体类，附论风格，力求具体。述《文体论纂要》。

三、研读古籍之基本工夫，在文字、目录、校雠之学。我国研究文字学者，声韵形义，歧为两途；金石篆隶，各成系统；晚近龟甲之文，简字拼音之说，益形繁杂；理而董之，殊为今日当务之急。而古籍文字讹夺，简编错乱，书本真伪，学术部居，校勘整理，尤当知其大要。述《文字学纂要》及《校雠目录学纂要》。

四、我国古来文艺以诗歌、小说为二大主流，戏剧则曲词煦育于诗歌，剧情脱胎于小说。而诗歌之演变，咸与音乐有关，其间盛衰递嬗，可得而言。至于小说，昔人多不屑置论，晚近国外文学输入，始大昌明。而话剧亦骎骎夺旧剧之席。述《诗歌文学纂要》及《小说纂要》。

五、我国史书，发达最早，庞杂最甚，而史学成立，则远在中世以后，且文史界限，迄未厘然；至于诸史体制，史学源流，亦罕有理董群书，抽绎成编者。是宜以新史学之理论，重新估定我国之旧史学。述《史学纂要》。

六、我国学术思想，以先秦诸子为最发展，论者比之希腊，有过之无不及也。秦汉以后，儒术定于一尊，虽老庄玄言复昌于魏晋，而自六朝以至五代，思想学术，俱无足称。宋明理学大盛，庶可追迹先秦，放一异彩。述《诸子学纂要》及《理学纂要》。

七、六经为我国学术总会。西汉诸儒承秦火之后，兴灭继绝，守先待后，功不可没。洎其末世，今古始分。东汉之初，争论颇剧。及今古混一，而经学遂衰。下逮清初，始得复兴。乾嘉之学，几轶两汉。清末今文崛起，于我国学术思想之剧变，关系亦颇切焉。述《经学纂要》。

八、军兴以来，倏已四载，典籍横舍，多被摧残，得书不易，读书亦不易。所幸海内尚存干净土，莘莘学子，未辍弦歌。编者局处海隅，自惭孤陋，纵欲贡其一得之愚，罣误纰谬，自知难免，至希贤达，予以匡正！

目录

导读

蒋伯潜（1892—1956），名起龙，又名尹耕，以字行，生于浙江富阳新关村。父蒋建侯为秀才，后弃举业。

在父亲督责下，蒋伯潜8岁熟读四书，13岁能背诵全部十三经。[①]光绪三十三年（1907）考入杭州府中学堂，受业于钱家治、张宗祥等名师，1911年毕业，先后在阆苑小学、美新小学任教。1915年，考入北京高等师范学校国文系，受业于钱玄同、胡适、马叙伦、鲁迅等名师。1919年参加“五四运动”，在《新青年》《东方杂志》等刊物上发表文章。当年毕业前夕遭父丧，之后入嘉兴的浙江省立第二中学任教员。又先后在浙江第一中学、第一师范、女子中学、杭州师范学校任教。其间与宋云彬、夏承焘、俞平伯、朱自清、郁达夫等人有交往，学生中有冯雪峰等人。1925年，蒋伯潜与马叙伦参与策动浙江省省长夏超起义，响应国民革命军北伐，后事情泄露而失败。1927年，任《三五日报》主笔，

① 蒋祖怡：《先严蒋伯潜传略》，《杭州文史丛编·教育医卫社会卷》，杭州出版社2002年版，第311页。

抨击时政。抗日战争爆发后，在上海大夏大学、无锡国学专修学校任教授，兼任上海世界书局特约编审。上海沦陷，受聘西南联大，未能成行。回乡从事著述。抗战胜利后，任上海市立师范专科学校中文系主任。1948年，出任杭州师范学校校长。

1949年后，应浙江图书馆馆长张宗祥之邀，任浙江图书馆研究部主任。同时，被选为浙江省第一届人大代表。1955年秋，调入浙江文史研究馆任研究员。

蒋伯潜先生个性开朗，“健谈，谈笑生风，善谑”，“和蔼可亲，人人乐与之交”[①]。他文思敏捷，著述颇丰，于经学、诸子学、文学皆有造诣。主要著作有《经与经学》(与蒋祖怡合著)、《十三经概论》、《经学纂要》、《诸子通考》、《诸子学纂要》、《中学国文教学法》、《校雠目录学纂要》等。

《经学纂要》是一部介绍经学和十三经的学术普及读物。自西汉设立五经博士，阐释和研究儒家经书的经学被尊为官方学术，成为中国古代的国家意识形态。这一情况，到了现代中国，才真正发生变化。随着科举制度的废止，现代学术分科的确立，经学不再享有过去的崇高地位，而成为现代学术的一个分支。二十世纪三四十年代，不少从事文史研究的现代学者，都撰写过经学的普及著作，如1930年出版的朱剑芒的《经学提要》，1933年出版

---

① 希平:《记蒋伯潜》，杨之华编:《文坛史料》，上海中华日报社1944年版，第264页。

的范文澜的《群经概论》和周予同的《群经概论》，黄寿祺1945年撰写的《群经要略》，都对十三经逐一作了介绍。1936年出版的钱基博的《经学通志》，1942年出版的朱自清的《经典常谈》，也包含了对多部儒家经书的介绍。这些著作在介绍群经的源流和特点时各有各的写法，而蒋伯潜的《经学纂要》是其中很有特色的一种。其内容颇为详细，体例也比较合理，对于了解经书与经学，具有重要的参考价值。

《经学纂要》共分十四章，前冠一篇全书的《绪言》，后附一份《十三经注本举要》，给经学的学习者以极大的便利。从内容而言，《经学纂要》可分为两个部分。一是对经学和经学史的一些重要问题加以介绍并提出自己的看法，如第一章《十三经解题》、第二章《十三经撰述人（上）》、第三章《十三经撰述人（下）》、第十三章《经学史鸟瞰》、第十四章《经今古文学》，分别涉及十三经的名称、撰述人、经学史的发展脉络、今文经学与古文经学之争。通过这几章，读者能够对经书、经学和经学史的最重要问题和有关争论有一个大致的了解。二是对十三经的逐一述要，从第三章到第十二章，依次介绍了《周易》、《尚书》、《毛诗》、《周礼》、《仪礼》、《礼记》（附《孝经》《尔雅》）、《春秋》经传、《论语》和《孟子》。其中《周礼》和《仪礼》合为一章，在第八章予以介绍，《春秋》及“三传”在第十章予以介绍，《孝经》和《尔雅》的介绍比较简略，附于《礼记》之后。可以说，这样的章节设计兼顾了经书、经学和经学史的知识，避免了仅将十三经逐一罗列介绍的简单做法，使读者对经学的了解不再是孤立的，而是在纵向和横向上都能够通贯。

《经学纂要》虽然是一本介绍和普及经书和经学知识的著作，但作者在广泛援用前人成说的基础上，对其中的关键问题常常作要言不烦的考辨，在此基础上提出自己的见解。又注意紧扣核心问题，不横生枝蔓，这皆使本书成为一部富有学术见解的著作，而不只是客观知识的介绍了。

在《绪言》中，作者对学习和研究经书和经学的必要性作了这样的解释："'经'之中，有古代的哲理、文学、史料，以及制度、风俗……我们可以由此寻得古代学术思想的源泉，借以了解固有文化之最重要的部分。所以现在虽不必像科举时代那样去死读经书，以博科名，但是'经'和'经学'，却不能不知道它们的大概。"这段话，凸显了科举制度终结之后，现代学者研究经书和经学的意义。而《经学纂要》撰写的目的，在《绪言》的最后部分讲得很明确："本书先就所谓'十三经'者，作简明的述说，再由西汉直至现代，略述经学的历史，旨在使读者从本书中获得所谓'经学'的常识。至于经学专门的研究，则须读者自己去下工夫了。"从横向来说，介绍十三经的情况，从纵向来说，略述经学的历史，使读者获得经学的常识，这就是《经学纂要》一书的写作主旨所在。

第一章《十三经解题》，对“十三经”以及其中每部经书的名称作了解说。其中有些问题，作者提出了自己鲜明的见解，如《易》之名称的含义，一般学者总是追溯到《易纬·乾凿度》中“一名而含三义，所谓易也，变易也，不易也”的说法，而本章认为“《易》含三章义，《系辞》中原有此意，并不始于《易纬》”，而《乾凿度》的说法只是“取《系辞》之说而小变之”。又如《周礼》原名《周官》，本章认为其改名为《周礼》“完全是刘歆的主张，王莽所采行”，又说“东汉以后，《周官》《周礼》二名还是互见的”，作者在另一部著作《十三经概论》的第四编第一章中也列举了不少例子来佐证这一说法。[1] 在说到《孝经》时，作者特意提醒道:“十三经中径名曰‘经’的，只有这一部《孝经》。可是《孝经》的地位，至多仅与《礼记》诸篇相当，只能说它是‘记’，不能算它是正式的‘经’。这是值得注意的一点。”有些观点，则与现在学界通行的说法不同，如《孟子》入经的时间，本章认为:“五代时蜀主孟昶石刻十一经，不列《孝经》《尔雅》而加入《孟子》，《孟子》已列于‘经’了。”[2] 但现在学界一般认为，孟昶刻石经共十部，而《公羊传》《穀梁传》《孟子》是宋代补刻的。《孟子》第一次作为“兼经”进入科举考试是在王安石主导的熙宁四年（1071）贡举改革中，而第一次刻石在宋徽宗宣和六年

---

① 蒋伯潜:《十三经概论》，上海古籍出版社 1983 年版，第 251–252 页。

② 类似的说法也见于《十三经概论》，第 8 页。

(1124)。[1] 无论如何，本章提供了关于十三经名称的多种说法，汇聚了相关材料，对我们了解十三经名称的来源和意义是很有启发的。

第二章《十三经撰述人(上)》，对于《易》《书》《诗》《周礼》《仪礼》《礼记》六部经书的时代和撰述人有详细的阐说。这些经书由谁撰述，古代本就有许多不同的说法，且很多是针锋相对的。本章综合各家意见，于分歧之处，有的百分之百肯定，有的则采取或然的判断。如《易》之重卦究竟由何人所为，本章先指出“旧有四说”，分别为伏羲、神农、夏禹、周文王，经过一番考证，作者认为“当定为文王”，而“卦辞、爻辞的作者，亦当定为文王”。这是确定的意见。对于孔子是否删《诗》的问题，作者则给出或然的判断:“或者古诗本如此之多，史官、太师等已加一番选编，孔子又从而撰次之，亦未可知……所以孔子删《诗》一事，虽未能断为必然，亦未能断为决无此事。”儒家经书和孔子的关系，向来是争论不休的话题。对于一部经书的撰述，孔子到底有没有参与，参与到何种程度，可谓聚讼纷纭，难成定谳，在文献材料有限的情况下，作者这一或然的判断，体现出极为审慎的态度。关于有些经书的撰述者，虽然古人的旧解不可采信，但并不能因此否定撰述此经书之人的功绩。如《周礼》，旧题为周公

---

① 许道勋、徐洪兴已辨蒋说之误，参见氏著《中国经学史》，上海人民出版社2006年版，第71页。

作，作者并不认同。但谈到《周礼》的撰述者，作者仍然抱着肯定和钦佩："此人姓名虽不可考，自是大才。他掇拾周代遗制，参以己意，编成此书，以待后世王者取法。……所以此书虽非周公所作，而其作者的理想力和创造力，倒很值得佩服。"这就表明，本书作者并非仅以撰述人的身份来论经书价值的高低，《周礼》不是周公撰述，并不妨害它是一部系统阐述官制的名著。

第三章《十三经撰述人（下）》对《春秋》《左传》《公羊传》《穀梁传》《论语》《孝经》《尔雅》《孟子》诸书的时代和撰述人作了介绍。和上一章一样，本章对前人的说法多有辨正。如《论语》的纂集，作者认为："此书不成于一人之手，而系孔子弟子各有所记，其后乃由再传弟子纂集成书，但有子、曾子二人之弟子所纂最多而已。"又如《尔雅》是否为周公所作的问题，本章说："谓《尔雅》全书皆周公作，固误。谓《释诂》为周公作，而孔子、子夏续有所益，亦未可信。"《尔雅》之所以入十三经，与是否是周公、孔子的著作无关，只是因为它是"集录训诂之书"。在本章的最后，作者总结孔子和五经的关系，先介绍古文经和今文经两派不同的立场，古文经学家认为五经皆周公旧典，而今文经学家"以为五经皆孔子的创作，与周公无涉"，而作者则认为，五经的材料，固然孔子之前就有，但"孔子之于五经，看似'述者'，实在是一个'作者'"，其重要性是不容抹杀的。这一见解，可以说是既严谨又圆融的。

第四章《十三经底今古文》，系统介绍了十三经的今古文问题。某一部经书，到底属于今文经还是古文经，它又是怎样流传的，在本章中皆有清晰简要的叙述。尤其是《尚书》的今古文问题，历来属于经学史上的重大事项。据《汉书·艺文志》记载，古文《尚书》是汉武帝末年鲁共王刘余毁坏孔子故宅时在墙壁中发现的,《经学纂要》提出三个疑点。首先，鲁共王刘余卒于武帝初年，而《汉志》说他武帝末年在孔壁中得书，时间上有矛盾。其次，假设鲁共王得书不是在武帝末年，而是在武帝初年，那么为何孔安国要到武帝末年才进献古文《尚书》呢？假设孔安国献书是在武帝初年，那么《汉志》记载的“遭巫蛊事，未列于学官”也说不通，因为巫蛊事发生在武帝末年。这是时间上的又一个矛盾。再次,《史记·三王世家》记载鲁共王事迹时，根本没有提到毁坏孔子故宅和得到古文经传之事。所以本章最后得出结论说：“古文《尚书》原为孔氏所有，非鲁共王坏孔子故宅壁而获得的。”这个说法，与经学史一般的看法不同，是作者经过考证推断所得，充分显示了其质疑旧说的精神。

本书从第五章至第十二章，依次叙述了各部经书的大要。经书内容古奥难读，每部经书的性质又不尽相同，结构也不一样，如何在有限的篇幅内，以深入浅出的方式将一部经书的特点充分彰显，是很考验作者学术功力的。质言之，这需要一种执简驭繁的能力，非深通经书者不能为。本书采取的办法是基本按照每一种经书内各篇目的内容加以介绍，假如不便这样做的，则提炼出该经书的相关问题予以介绍。

第五章《〈周易〉述要》，从八卦说到六十四卦，再说爻，然后逐一介绍《易传》的情况。最后，作者阐述了他对“《周易》的哲理的基本观念”的理解，并总结说：“‘易’和‘象’，是全部《周易》的两大基本观念，我们如要阅读《周易》，应特别加以注意。”这里说的“易”，含有“变易”“易简”“不易”三义，作者特别强调“变易”，而“象”包含现象、意象、法象三个维度，“从现象而得意象，而得法象”，“取各卦之意象为法象”，这是作者对《周易》“象”的理解。

第六章《〈尚书〉述要》，先将今文《尚书》的二十八篇加以介绍，主要是每篇的文体、内容以及与其他篇章的关系。能归入同一文体的，则放在同一类介绍。伪古文《尚书》二十五篇并不介绍。最后介绍了《尚书》的文章特点与文献价值。

第七章《〈毛诗〉述要》，按照“六义”的顺序，先介绍风、雅、颂，再解释赋、比、兴。然后重点介绍了十五国风以及《毛诗》的文学特点，如以四言为主、多用比喻、如何抒情等等。

第八章《〈周礼〉〈仪礼〉述要》，分别介绍了《周礼》和《仪礼》。本章对“三礼”的性质有明确概括：“‘三礼’之中，《周礼》《仪礼》为‘经’，《礼记》为‘记’。《周礼》的内容为制度，《仪礼》的内容为仪文。《礼记》有记制度者，如《王制》；有释仪文者，如《冠义》；且有关于学术的通论，如《中庸》。所以‘三礼’的性质不同。”本章按《周礼》“六官”的顺序来介绍《周礼》，又按照冠、昏、丧、祭、朝、聘、乡、射，即所谓礼之八大纲来介绍《仪礼》，而不是将《仪礼》十七篇逐一介绍，因为作者认为“十七篇的内容，八大纲可以尽之”。

第九章《〈礼记〉述要（附〈孝经〉〈尔雅〉）》，并不把《礼记》逐篇介绍，因为《礼记》内容相对驳杂，作者对各篇的重要性并不是一视同仁的。本章把《礼记》四十九篇的内容概括为四类：一、通论学术及礼意者，二、记述古代制度礼俗，且带考证性质者，三、专释《仪礼》各篇者，四、杂记孔子和他的弟子或时人的问答者。其中第一类最重要，尤其是其中《礼运》《学记》《大学》《中庸》《乐记》五篇，“都有熟读深思的必要”，当然本章也给予详细的介绍。在作者看来，《孝经》和《尔雅》地位相对次一些，“《孝经》在经部中的位置，只能和《礼记》四十九篇相当，《尔雅》则更在其下”。因此，《孝经》可略读，《尔雅》是工具书，对文字训诂特别感兴趣并有志于学习的人，才须必读。

第十章《〈春秋〉经传述要》，介绍《春秋》和它的三部传《左传》《公羊传》《穀梁传》。《春秋》当然没有办法逐条细讲，本章提纲挈领地拈出“正名”“尊王攘夷”这些《春秋》“大义”加以解说，并对“大一统”“素王”这些《春秋》学中的重要问题提出自己的看法。相对而言，本章对《穀梁传》的介绍比较简略。

作者认为,《春秋》及《公羊》《穀梁》的价值不在所记之事，也不在记事之文，而在于孔子寄托的“大义”以及对“义”的笺释。《左传》“其事则详，其文则富”，是有价值的史书或文学作品。

第十一章《〈论语〉述要》，按照前人的说法，把《论语》前十篇称为《上论》，后十篇称为《下论》。作者认为,《上论》的前九篇和《下论》的前八篇都是记孔子之言，尤为重要。而“《下论》十篇，就编制、文体、议论，以及对孔子之称谓，与所记孔子之事实按之，其内容俱不及《上论》十篇之纯粹”。本章还将孔子之学说分为教学、道德、修养或做人的方式、政治、伦理、哲理六方面加以分析，几乎涵盖了《论语》的内容。

第十二章《〈孟子〉述要》，写法与《论语》述要后半部分比较类似，本章没有把《孟子》七篇逐一介绍，而是把孟子的思想“挈领提纲地分做几类”：一是论性，二是论教育，三是论修养，四是论道德，五是论政治，六是论立身处世之道，分别阐述，最后还比较了《论》《孟》文章之不同，认为《论语》之长在“简朴”,《孟子》之长在“宏肆”。

十三经介绍完毕之后，第十三章为《经学史鸟瞰》，按照时间线对经学史作了一番简要的梳理。这样的梳理，本不求全面，读者能看明白即可。我们发现，作者对清代的经学评价尤高:“清代的经学，不但超越唐宋，而且轶过两汉，实在是经学史中的黄金时代。”所以，本章介绍清代经学时篇幅也用得最多。作者根据梁启超的分期法，把清代经学史分为“启蒙期”“全盛期”“蜕分期”“衰落期”，详加说明。最后，作者一再申明，回顾经学史并不是为了开历史倒车，而是旨在使读者“了解固有的文化”，把它和世界文化结合起来，“胚孕出一种适合时代需要的新文化”，其高远之用意，今天看来仍然通明，值得借鉴。

全书的最后一章为第十四章《经今古文学》，就经学史上的今文经学与古文经学之争作了回顾，归纳了今文经学派与古文经学派的不同主张。首先是所列六经次序不同，其次是对于孔子印象不同，再次是所说古代制度不同。之后阐明了今文经学与古文经学的歧异对史学和文字学的影响。在本章最后，作者亮出了自己的鲜明立场：“我们现在研究经学，于这二大派之间，与其采取古文学，不如采取今文学。”他不否认古文经学有“客观的近于归纳法的治学方法”，但感叹“经今文学者借经义以讥切时政，欲效孔子之以改制救世，也是学术界思想转变的一种原动力啊”。在推崇今文经学方面，作者还特意引述了其好友、经学史家周予同在《经今古文学》中的一段话作为佐证，读者可以参看，兹不赘引。

《经学纂要》一书的内容大致如上。作为一部普及性的介绍经书的读物，它的特点也是很鲜明的。首先，它在结构设置上既重视每一部经书的介绍，又注重经学史的梳理，可谓有纵有横，纵横交错，这比简单罗列和简介一部部经书的做法，学术含量和学术难度明显更大，但读者读之，收获也更多；其次，全书都渗透着浓浓的历史意识，即使是介绍每一部经书，作者仍极重视经书撰述人的身份、经书传授的源流、历代解经的差异及与经书有关的史事，这都反映了一种强烈的历史意识。本书不是就经说经，而是从更宽广的历史背景出发来讨论经书和经学。最后，本书虽谈论经学，却并不采用文言文或半文半白的写法，行文简明洗练，平易畅达，使读者很容易深入经学之堂奥，真正了解经学。

当然，这是一部经学普及著作，而并非研究著作，书中虽多有具体判断和见解，但在经学或经学史的大问题上，还是以总结和介绍前人成说为主，这是我们必须承认的。蒋伯潜先生长期在中学和大学任教，编纂了很多教材，他非常善于把艰深复杂的学问用明白晓畅的语言来表述，让读者更容易接受。本书也具有这一特点。他曾经自谦地说："伯潜于经学，其卒不能专，不能深造而有得者。"[①] 但能广泛涉猎各部经书，条分缕析地在前人基础上阐说相关问题，这不也是一种"深造有得"吗？当年梁漱溟先生读了蒋著《十三经概论》，曾有这样的评论："蒋著于此，既资借前人研究，又出于他自己卓识，加以判别抉择，多有昭示，俾我们避免陷于错误，不自觉知；亦或节省了我们许多思辨之劳。我赞其为功非小者在此。"[②] 这个评价，也同样适用于《经学纂要》

① 《十三经概论》，第3页。

② 梁漱溟：《蒋著〈十三经概论〉读后特志》，《梁漱溟全集》第七卷，山东人民出版社2005年版，第861页。

一书。

本书1944年由重庆正中书局初版，1946年由上海正中书局再版，此次整理以上海正中书局本为底本，参考了岳麓书社1990年出版的整理本，对于整理过程中发现的讹误，皆参照他书等加以订正，并出校勘记说明。整理依据丛书主编制定的《整理细则》原则进行，即："只校是非，不校异同，尽量保持民国学术论著的原貌。论著中引文与所引著作之通行本文字不同者，只要文意顺畅，亦读得通，一般不改动原文、不出校记。"诸如此类，以及当时行政区划名称均保持本书的原貌，不做改动。限于学识，有不当、疏漏之处，请读者批评指正。

方笑一

绪言

我们要了解我国固有的文化，明了我国古代学术思想底渊源，便不得不知道所谓“经”底大要。我国自有目录之学以来，分别图书部类的，都把“经”特列为一部门，如刘歆《七略》，班固《汉书·艺文志》底《六艺略》，郑默《中经》，荀勖《新簿》底“甲部”，王俭《七志》底《经典志》，阮孝绪《七录》底《经典录》,《隋书·经籍志》，以至《四库全书》底经部，都是专门著录“经”类书籍的。因为从汉到清，所谓“经”者，已成为我国地位最高、权威最大的古书了。专制帝王底提倡，利禄底引诱，固然是前人“尊经”底一种重大原因，但是“经”底本身，如果毫无价值，则帝王虽欲利用之以笼络人心，数千年来的学者也有许多淡泊明志、富贵不能淫的，为什么尽毕生底心力来研究经学呢？“经”之中，有古代底哲理、文学、史料，以及制度、风俗……我们可以由此寻得古代学术思想底源泉，借以了解固有文化之最重要的部分。所以现在虽不必像科举时代那样去死读经书，以博科名，但是“经”和“经学”，却不能不知道它们底大概。

为什么这一部分的古书，特别称做[①]“经”呢?《释名·释典艺》曰:“经，径也，常典也，如径路无所不通，可常用也。”《文心雕龙·宗经》篇曰:“经也者，恒久之至道，不刊之鸿教也。”《孝经序》疏引皇侃曰:“经者，常也，法也。”《玉海》四十一引郑玄《孝经注》曰:“经者，不易之称。”这些解说，都是汉以后尊经者之谈。他们以为“天不变，道亦不变”，经是垂教万世、永远不变的常道，所以有此解说。《论语集解序》有“六经之策长二尺四寸,《孝经》谦，半之,《论语》八寸”的话；这和现代书籍版本各有大小一样。因此，有人以为“经”是官书，所以竹简特大，故称为“经”。竹简大小，古代或有定制，诚未可知；但是这些竹简特大的官书，何以特名曰“经”，则又难索解了。且《国语·吴语》“挟经秉枹[②]”之“经”，则指兵书;《内经》《难经》，则为医书;《荀子》尝引《道经》；贾谊《新书》又有《容经》；这些“经”，既非官书，亦非圣人所作，万无不变的常道。所以上述二说，似都不能成为通解。近人章炳麟尝说,“经”为以丝编缀竹简成册之通称，犹印度佛书称“修多罗”，翻译梵文者，也都译作“经”，颇为得之。如章氏之说，则“经”字本为泛指书册的名称；

① “做”“作”二字，此书使用颇为随意。现酌情局部统一。类似处亦然。

② 秉枹　底本作“乘桴”，据《国语集解》(P.548)改。

其后以尊经之故，方成为一特殊的名称的。

《庄子·天运》篇：孔子谓老聃曰："丘治《诗》《书》《易》《礼》《乐》《春秋》六经以为文。""六经"之名，见于古书中者，似以此为最早。大概庄子时已有所谓"六经"了。《礼记·经解》篇曰："温柔敦厚，《诗》教也；疏通知远，《书》教也；广博易良，《乐》教也；絜静精微，《易》教也；恭俭庄敬，《礼》教也；属辞比事，《春秋》教也。"虽然所说的是《诗》《书》《乐》《易》《礼》《春秋》之教，并未径称此六书为"经"，而并举六书，且以"经解"名篇，可见那时必已以此六书为"六经"。可是这篇《经解》究是何时何人所作，已不可考了。汉人则称"六经"曰"六艺"，故《七略》著录经类书籍者，曰《六艺略》。贾谊《新书·六术》篇曰："《诗》《书》《易》《春秋》《礼》《乐》六者之术，谓之六艺。"称六经为六艺，似以此为最早。至于《周礼》保氏"以六艺教国子"底"六艺"，则系指礼、乐、射、御、书、数六者而言，并非指六经的。

《庄子·天下》篇曰："《诗》以道志，《书》以道事，《礼》以道行，《乐》以道和，《易》以道阴阳，《春秋》以道义。"这虽是极简单的几句话，颇能说明六经之用。《史记·滑稽列传》引孔子曰："六艺之于治，一也。《礼》以节人，《乐》以发和，《书》以道事，《诗》以达意，《易》以神化，《春秋》以道义。"和《天下》篇所说，大同小异。《自序》又曰："《易》著天地阴阳五行，故长于变;《礼》经纪人伦，故长于行;《书》记先王之事，故长于政;《诗》记山川、溪谷、禽兽、草木、牝牡、雌雄，故长于风;《乐》乐所以立，故长于和;《春秋》辨是非，故长于治人。是故《礼》以节人,《乐》以发和,《书》以道事,《诗》以达义,《易》以道化,《春秋》以道义。”这一段文章，不过在前面加以说明，意义却和《滑稽传》所引孔子之言相同。《汉书·艺文志》曰:“《乐》以和神，仁之表也;《诗》以正言，义之用也;《礼》以明体，明者著见，故无训也;《书》以广听，知之术也;《春秋》以断事，信之符也。五者，盖五常之道，而《易》为之原。”班固以六经配五常，故其喻六经之用，与《庄子》《史记》不同。

西汉初世，诸儒传经，溯其渊源，出于《荀子》(汪中《述学·荀子通论》言之颇详)。更上溯之，则出于孔子之门。《汉志》也有“儒者游文于六艺之中”的话。因此后来学者都以“六经”专属儒家。六经所以都出于孔子者，实因古代学在王官，私人无著述，私人不讲学；开私人著述讲学之风的是孔子。孔子对于六经，有一番整理改造之功，且用以教人。故不但六经出于孔子，开诸子风气之先的也是孔子(《老子》一书，疑系战国时人作)。《庄子》是道家之书，而《天下》篇评述当时学术底渊源派别，首段总论“道术”，先言六经之用(引见上文)，所谓“鲁邹之士，缙绅先生”，即指孔子；后论“道术”裂为“方术”，始并举墨、法、名、道德诸家巨子。可见六经是古代“道术”底总汇，孔子是诸子蜂起的先声。孔子固然是儒家一派底开山祖，六经固然是孔门底宝典；但必以儒家局限之，似乎范围是太狭窄了（《诸子学纂要》中，当详言之；读者可以参阅）。

后世“经部”之书，不但六经；“经”之外，又有所谓“传”者。如《易》，汉人常称《系辞》等为《易大传》，盖以卦辞、爻辞为《易》之“经”，“十翼”为《易》之“传”；《春秋》为“经”，《左氏》《公羊》《穀梁》为《春秋》之“传”。《博物志》曰：“圣人所作曰经，贤者所述曰传。”《左传》疏曰：“传者，传也，博释经意，传示后人。”《礼记·曲礼》疏曰：“传，谓传述经义。或新承圣旨，或师儒相传，故谓之传。”所以“传”是用以释“经”的，其地位当次于“经”等。又有叫做“记”的。如《礼》有《礼记》，《乐》有《乐记》（《汉志》《乐》类有《乐记》二十三篇；今《礼记》中之《乐记》篇，即采《乐记》之一部分并合而成），其地位亦略等于“传”。六经之外，加以“传”“记”，于是“经”类底书籍便渐渐地多起来了；直到近代，方编成一部大丛书，叫做十三经。

研究本经及传、记的学术，就是所谓“经学”。经学盛于西汉中世。至西汉末，发现所谓“古文经”，与当时博士们所诵习的“今文经”不同，或文字歧异，或脱字，或脱简，或篇数加多，甚至有并无今文本的古文经；而古文经学家于六经底次序意义、孔子底地位、古代底制度……也主张不同。于是从西汉末以至东汉，

“今文”“古文”两派遂成分争的局面。直到东汉末，今文、古文，方又混合。而三国、六朝、唐、宋、元、明，经学呈长期中衰之象，至清代始能勃兴。清代中世以后，“今文”派又重新抬起头来，“古文”“今文”乃复分为两派，直到民国初年。我们要追述经学底历史，今古文底分合，是必须注意的问题。

本书先就所谓十三经者，作简明的述说，再由西汉直至现代，略叙经学底历史，旨在使读者从本书中获得所谓“经学”底常识。至于经学专门的研究，则须读者自己去下工夫了。

第一章

十三经解题

我国古书中所谓“经”者，既指“六经”而言，为什么现在又有这部十三经呢？十三经，可以说是重要的经传底丛书。这部丛书是到宋代方完成的。六经是《诗》《书》《礼》《乐》《易》《春秋》，绪言中已述及之。六经中的《乐》，实际上是没有这部经的。所以《汉书·艺文志·六艺略》著录六经，“《乐》”类第一部就是《乐记》。为什么没有《乐经》呢[①]？古文经学家认为《乐经》遭秦始皇焚书之祸而亡；今文经学家认为《乐》本无经。但是秦始皇底焚书，并没有把所有的书烧光；即如古文经学家所说，《易》以卜筮之书不焚，《诗》以讽诵不独在竹帛得全，《书》《礼》《春秋》，在西汉之世，也陆续发现。《乐》如有经，对于政治又没有什么重要关系，何以独完全亡失，不再发现呢？所以《乐

① 底本此字前原有“的”字，疑为衍字，据文意删。

经》亡于秦火的话，不能使我们相信。《乐》本无经者，因为它只是《诗经》底乐谱，《诗经》中底诗便是它底歌辞，二者本是相附而行，和现在画着五线谱的诗歌集一样的。故论其性质，则《乐》自《乐》,《诗》自《诗》；验之书籍，则《乐》与《诗》是合在一起的。乐谱不是文字，故不能独成一经。《史记·孔子世家》说：“三百五篇，孔子则弦歌之，以求合《韶》《武》《雅》《颂》之音。”《论语》记孔子之言曰：“吾自卫反鲁，然后乐正，《雅》《颂》各得其所。”可见孔子曾就《诗》三百五篇底乐谱，加以整理，使皆合乐可歌了。到了西汉，传《诗》的经师，专致力于《诗经》底文字训诂方面，当时的音乐家，如制氏之类，又只能记铿锵鼓舞之节，而不能言其义，于是《乐》和《诗》便脱离关系。东汉末，曹操平荆州，得汉雅乐郎杜夔于刘表处，夔年老，不能记忆，仅《驺虞》《伐檀》《鹿鸣》《文王》可歌。可见《诗》底乐谱到这时尚存四篇。不过西汉经师研究经书，对于这部没有文字的《乐经》都不注意，所以无人传授。“六经”中除了《乐经》，便只有“五经”了（汉武帝时有五经博士）。

“五经”之外，又有所谓“七经”。但何为“七经”，其说有四：（一）六经之外，加《论语》为“七经”，见唐李贤《后汉书》注；（二）宋刘敞底《七经小传》以《诗》《书》《周礼》《仪礼》《礼记》《公羊传》《论语》为“七经”；（三）清圣祖康熙《御纂七经》是《易》《诗》《书》《春秋》《周礼》《仪礼》《礼记》；（四）

日本人山井鼎《七经考文》是《易》《诗》《书》《左传》《礼记》《论语》《孝经》。可见所谓“七经”，并不是公认的一种丛书。唐代以《诗》《书》《仪礼》《周礼》《礼记》《左传》《公羊传》《穀梁传》《易》为“九经”。唐人陆德明底《经典释文》则《左传》《公羊传》《穀梁传》三书，易以《春秋》《论语》《孝经》，仍为“九经”。而文宗所刻的《开成石经》则《易》、《书》、《诗》、“三礼”、春秋“三传”、《论语》、《孝经》之外，又加了一部《尔雅》，已成为“十二经”了。《孟子》，在《汉书·艺文志》，本列入《诸子略·儒家》中；可见它在汉文帝时虽曾立博士，两汉学者虽把它看作经书中的“传”，尚未正式列入经类。宋代理学家提倡《孟子》，朱子定《论语》《孟子》及《礼记》中之《大学》《中庸》为“四书”，明清科举定为令甲，于是《孟子》底地位骤高。但五代时蜀主孟昶石刻十一经，不列《孝经》《尔雅》而加入《孟子》，《孟子》已列于“经”了。及清高宗刻十三经于太学，于是十三经这部丛书，乃成定本。兹先就其书名，分别加以解释。

（一）《易》——郑玄底《易赞》《易论》说：“《易》，一名而含三义：易简，一也；变易，二也；不易，三也。”孔颖达底《周易正义》，谓郑玄之说出于《易纬》。按《易纬·乾凿度》说：“《易》，一名而含三义：所谓易也，变易也，不易也。”这就是郑玄所本。《易·系辞》说：“乾、坤，其《易》之缊邪”；“乾、坤，其《易》之门邪”。又说：“乾以易知，坤以简能；易则易知，简则易从；易知则有亲，易从则有功；有亲则可久，有功则可大；可久则贤人之德，可大则贤人之业：易简而天下之理得矣。”“夫乾，确然示人易矣；坤，确然示人简矣。”《乾》《坤》二卦，既是《易》之缊、《易》之门，而乾之德“易”，坤之德“简”，所以说《易》有“易简”之义。《系辞》又说：“在天成象，在地成形，变化见矣。是故刚柔相摩，八卦相荡，鼓之以雷霆，润之以风雨，日月运行，一寒一暑。”雷霆、风雨、日月、寒暑，是自然界底变化，而《易》象之。《易》之为书，无非讲的天道人事底变化，故又说：“知变化之道者，其知神之所为乎？”“非天下之至变，孰能与于此？”“《易》之为书也不可远，为道也屡迁，变动不居，周流六虚，上下无常，刚柔相易，不可为典要，唯变所适。”所以说《易》有“变易”之义。《系辞》又说：“天尊地卑，乾坤定矣；卑高以陈，贵贱位矣；动静有常，刚柔断矣。”古人认为天在上，地在下，是自然界不易的定位；虽然自然界底现象有静有动，自然物底性质有刚有柔，而其动静刚柔也各有不变的定则；这就是所谓“不易”，也是《易》底含义之一。如此看来，则《易》含三义，《系辞》中原有此意，并不始于《易纬》。《乾凿度》所说“易者，其德也”，“变易者，其气也”，“不易者，其位也”，以“德”说“易简”，以“气”说“变易”，以“位”说“不易”，也是取《系辞》之说而小变之。其实，古人认为《易》以六十四卦包括宇宙间一切天人底现象，以简驭繁，这是“易简”；占卜时以卦爻变化示人吉凶，每次各有不同的卦象爻象，这是“变易”；他们认为“天不变，道亦不变”，《易》理是万世不变的，这是“不易”。我以为《易》底三义，不如这般说法，倒[①]比旧解明白。虞翻底《虞氏易》又有“日月为易”之说，盖出于道家底《参同契》。《说文》“易”字下引“秘书说”道：“日月为易，象阴阳也。”《易》是讲阴阳的书，“易”字以日月代表阴阳，似亦近理；可惜“易”字不是“日”“月”二字合成的。《易》又名《周易》。郑玄《易赞》《易论》说：“《周易》者，言《易》道周普，无所不包。”是以“周”为“周普”之义。孔颖达《周易正义》引《易纬》曰“因代以题周”，以为文王演《易》时正拘羑里，彼时尚是殷代，故题“周”以别于殷。那末，《周易》底“周”字，又是代名了。

（二）《书》——“书”，本是一切书籍底通名。六经中之《书》又名《尚书》。秦以前，经子诸书引《尚书》之文，都但称“《书》曰”，不称“《尚书》”。疑《尚书》一名起于西汉。因为《尚书》各篇，最早的是《尧典》，最迟的是《秦誓》。西汉初世，去春秋秦缪公时已远，故名此书曰《尚书》。孔颖达《尚书正义》说：“尚者上也，言此为上代以来之书，故曰《尚书》。”陆德明《经典释文·叙录》也说：“以其上古之书，故曰《尚书》。”这是《尚书》名称底正解。此外又有二说，皆见于《释文·叙录》自注中。

---

① 倒　底本作“例”，据文意酌改。

一是郑玄说："孔子撰《书》，尊而命之曰《尚书》。尚者，上也；盖言若天书然。"按《汉书·艺文志》说："《易》曰：'河出图，洛出书，圣人则之。'故《书》之所出远矣。至孔子纂焉，上断于尧，下讫于秦，凡百篇。"《尚书》曾经孔子编撰，固为先儒所公认；但说它经孔子撰定，若天书然，所以名曰《尚书》，则《易》《礼》《春秋》，也当加一"尚"字了。二是王肃说："上所言，下为史所书，故曰《尚书》。"按《汉书·艺文志》又说："古之王者，世有史官，君举必书，所以慎言行，昭法式也。左史记言，右史记事；事为《春秋》，言为《尚书》。帝王靡不同之。"王说本此。但《礼记·玉藻》说："动则左史书之，言则右史书之。"正与《汉志》所说相反。且左右二史记言记动，势难画分得这样清楚。《尚书》中，如《顾命》所记，大部分为丧礼仪式，《禹贡》所记，全篇为九州山川赋贡，并不能说它是完全的记言之史。所以后二说都不如前一说底妥当明白。

（三）《诗》——《诗》为我国最古之诗歌总集，故名曰"《诗》"。这是不必加以解释的。可是现在十三经中这部《诗经》，又名《毛诗》，是什么缘故呢？因为这部《诗》是毛公所传。毛公有二：一是大毛公，鲁人，名亨；一是小毛公，名苌，赵人。毛公所传之《诗》叫做《毛诗》，和燕人韩婴所传的诗叫做《韩诗》一样。《韩诗》只存《外传》了。十三经中之《诗》，是二毛公所传，所以又有《毛诗》之称。

（四）《周礼》——十三经中，关于礼者有三，曰《周礼》，曰《仪礼》，曰《礼记》，叫做“三礼”。《汉书·艺文志》《礼》类有《周官经》。班固自注说：“王莽时，刘歆置博士。”荀悦《汉纪》说：“刘歆奏请《周官》六篇，列之于经，为《周礼》。”《释文·叙录》说：“王莽时，刘歆为国师，始建立《周官经》以为《周礼》。”《汉书·郊祀志》记王莽改南北郊祭祀事，犹称“《周官》”；《王莽传》记莽征天下通艺，及张纯等奏，亦称“《周官》”；此二事都尚在王莽未居摄时。《食货志》中，此书名凡二种：载莽诏，则曰：“夫《周礼》有赊贷。”其后叙事，则曰：“又以《周官》税民。”据此，可见《周官》改名《周礼》，完全是刘歆底主张，王莽所采行。故《汉书》载王莽之诏则称《周礼》，余则仍曰《周官》。郑玄《周礼注自序》已称《周礼》，而《后汉书·儒林传》仍称玄作《周官注》，又称马融作《周官传》，但《卢植传》则又用《周礼》之名。可见东汉以后，《周官》《周礼》二名还是互见的。此经所记皆官制，故原名《周官》，较副其实。但古代“礼”之一字，含义极广，官制也可以包括在内的。郑众以为《周官》六篇即《尚书》中之《周官》篇，那是完全错误的（伪古文《尚书》有《周官》篇）。

（五）《仪礼》——这是记古代礼俗仪文的书，故名曰“《仪礼》”。但郑玄注“三礼”，凡引今《仪礼》语，皆但举篇名，不曰“《仪礼》”；其注《礼记·礼器》“曲礼三千”句曰：“曲，犹事也；

曲礼为事礼，谓‘今礼’也。”所谓今礼，犹云今存之礼耳。《汉书·艺文志》亦但曰“《礼经》”“《古经》”，不云“《仪礼》”。《景十三王传》亦但曰“《礼》”而已。《说文》引《仪礼》亦但举篇名。即此，可见两汉时并无“《仪礼》”之名。段玉裁有《礼十七篇标题汉无仪字说》一文，考之颇详。东晋元帝时，荀崧曾请立郑《仪礼》博士。则“《仪礼》”之名当始于晋代。但张参《五经文字》摘取《仪礼》中字凡三十三，皆云“见《仪经》[1]”，则东晋以后，还有不称它为《仪礼》的了。可是段氏说梁陈以后，方有《仪礼》之名，则又忽略了东晋荀崧底故事。《史记·儒林传》说：“于今独有《士礼》，高堂生能言之。”所云“《士礼》”，就是今存十三经中的十七篇《仪礼》。因为这十七篇所记礼仪，大多数是属于“士”底阶级的，所以又有此名。《汉书·艺文志》说西汉时后仓等有“推《士礼》致之天子”之说，便是因此（参阅下文第八章）。

（六）《礼记》——以上所述之《易》《书》《诗》《周礼》《仪礼》五书都是“经”;《礼记》则是“记”非“经”，故虽同在十三经中，而其地位实次于前面的五书。经为圣人所撰，记则后贤所述。而且这四十九篇的《礼记》，所说非一端，作者非一人，实在是一部撰辑散篇文章而成的书。汉代有二部《礼记》：一部叫

① 整理者按:《仪经》是《仪礼》别名。

做《大戴礼记》，凡八十五篇，今存残本三十九篇；一部叫做《小戴礼记》，凡四十九篇，完全存在。前者是戴德所辑，不入十三经中；后者是戴圣所辑，现存十三经中。

（七）《春秋》——《春秋经》是孔子根据鲁史底事实，笔削而成的。杜预《春秋左传序》曰："《春秋》者，鲁史记之名也。记事者以事系日，以日系月，以月系时，以时系年，所以纪远近，别同异也。故史之所记，必表年以首事；年有四时，故错举以为所记之名也。"按《孟子·离娄》曰："晋之《乘》，楚之《梼杌》，鲁之《春秋》，一也。"《左传·昭公二年》，记晋韩宣子聘鲁，观书鲁太史，见《易象》与《鲁春秋》。《公羊传·庄公七年》所说的"不修《春秋》"，也指鲁史而言。可见"《春秋》"原是鲁史之名。所以取此二字为名者，盖错举四时之二，表示它是编年体的历史。这是《春秋》一名底正解。此外又有二说：一、《春秋经》中寓有褒贬，以示赏罚。春生秋杀是天道。王者象天，故赏以春，刑以秋。此书以《春秋》为名，旨在表示孔子以褒贬代王者之赏罚。二、鲁哀公十四年春获麟，孔子乃作《春秋》，至九月，书成，以其始于春，成于秋，故名。这二说都不妥当，因为"《春秋》"本鲁史旧名，并非孔子所创。第二说虽见于《公羊传疏》，亦与事实未合，当于下章详述之。

（八）"春秋三传"——孔子所作的《春秋》是"经"，《左传》《公羊传》《穀梁传》是《春秋经》底传，总称"《春秋》三传"。

据《汉书·艺文志》所录,《春秋经》尚有《邹氏传》和《夹氏传》。因为"《邹氏》无师","《夹氏》未有书",故流传下来的只有"三传"("无师"是说没有传授的经师;"未有书"是口说相传,没有写成书本)。《左传》当称《春秋左氏传》,《公羊传》当称《春秋公羊传》,《穀梁传》当称《春秋穀梁传》。《左传》,据《汉书·艺文志》,是左丘明所作,故曰《左氏传》。《史记·十二诸侯年表序》则曰《左氏春秋》。徐彦《公羊传疏》说:"公羊高五世相授,至胡毋生始著竹帛,题其亲师,故曰《公羊传》。《穀梁传》亦是著竹帛者题其亲师,故曰《穀梁传》。"此二传本是口说相传,至西汉时始写成书本的。"公羊""穀梁",都是复性;以姓名传,正和《左氏传》一样。"三传"本来都是和经别行的。后来以传附经,故现在的十三经中,《春秋左传》《春秋公羊传》《春秋穀梁传》,只算是三部书。

(九)《论语》——《论语》在十三经中,也只能算是"传记"之属,而不是正式的"经"。《汉书·艺文志》说:"《论语》者,孔子应答弟子时人及弟子相与言而接闻于夫子之语也。当时弟子各有所记。夫子既卒,门人相与辑而论纂,故谓之《论语》。"所以"论"是论撰,"语"指孔子及弟子之语;则所谓"论语"和宋代理学家底"语录"差不多。刘熙《释名·释典艺》解"论语"曰:"论,伦也,有伦理也;语,叙也,叙己所欲说也。"似乎《论语》一书以其为有伦理之语而得名了。《论语正义》序释"论"

字又有“纶也、轮也、理也、次也、撰也”诸义，以为“此书可以经纶世务，故曰纶也；圆转无穷，故曰轮也；蕴含万理，故曰理也；篇章有序，故曰次也；群贤集定，故曰撰也”。又引郑玄《周礼注》“答述曰语”之言；以为“此书所载皆仲尼应答弟子及时人之语，故曰‘语’”。按《论语》所记孔子之言，不尽为答人之语。《正义》释“语”字，范围已太狭，至释“论”字更多望文生训。何异孙《十一经问对》又说此书所记之言，皆所以讨论文义，故谓之《论语》。则又以“论”为讨论,《论语》为讨论文义之书，更不妥当。

（十）《孝经》——此书论孝道，故曰《孝经》。但十三经中，即《易》《书》《诗》《礼》《春秋》诸书为正式之经，原来的书名也都无“经”字;《易经》《书经》《诗经》……底“经”字都是后人所加。《孝经》则除去“经”字，不能单以“孝”字名书。所以十三经中径名曰“经”的，只有这一部《孝经》。可是《孝经》底地位，至多仅与《礼记》诸篇相当，只能说它是“记”，不能算它是正式的“经”。这是值得注意的一点。

（十一）《尔雅》——这是汉代经生缀辑诸经训诂而成的，是说经之书，而非“经”，其地位更在《礼记》诸篇之下；但以附于诸经传记之末而已。尔，同迩，近也；雅，正也。言此书所载训诂为近于正，故名曰《尔雅》。

（十二）《孟子》——此书记孟轲底言论，故径称《孟子》。

《汉书·艺文志》本列此书于诸子儒家类中，其以“子”称，原和《墨子》《庄子》《荀子》等一样。但其体例，则极似《论语》。故赵岐《孟子题辞》说：“《论语》者，五经之錧鎋，六艺之喉舌也；孟子之书，则而象之。”故两汉人皆目《孟子》为“传”（例如王充《论衡·对作》篇，徐幹《中论·夭寿》篇等）。汉文帝时，已与《论语》《孝经》《尔雅》同置博士（见赵岐《题辞》）。可见《孟子》底地位，已在《论语》之次,《孝经》《尔雅》之列，传记之林，经子之间了。《蜀石经》已列《孟子》于经部，及南宋时朱熹定“四书”,《孟子》乃正式与《论语》平列。故虽书名《孟子》，与诸子同，而亦在十三经中。

十三经底名称，已分别解说如上。其中《易》《书》《诗》《礼》《春秋》是一等，为正式的“经”；而《周礼》则是王莽时方与《仪礼》并列为《礼经》的。《左传》《公羊传》《穀梁传》是《春秋经》底“传”，又是一等。《论语》是孔子弟子所记，门人所撰，故又次之。《孟子》仿《论语》，故又次之。《礼记》是孔门后学所记，汉人所辑，故又次之。《孝经》底地位，当又次于《礼记》。至于《尔雅》，则是说经之书，汉人所辑，但能附于十三经之末而已。

第二章

十三经撰述人（上）

十三经共有十三部书，其成书底时代，当然迟早不同；撰述底人，虽然有各种传说，也得费一番考证。现在分别叙说如左[①]：

（一）《易》——《易》本卜筮之书，其六十四卦是以八卦两两相重而成的。所以要知道《易》底撰述人，当先考明作八卦和重八卦为六十四卦的是什么人。《易·系辞》说："古者庖牺氏之王天下也，仰则观象于天，俯则观法于地，观鸟兽之文与地之宜，近取诸身，远取诸物，于是始作八卦，以通神明之德，以类万物之情。"庖牺氏即伏羲氏（古无轻唇音，故"庖""伏"音近）。八卦为伏羲所作的传说，《易》中即已载之。但古史邈远，究竟古代真有伏羲其人否，还是疑问。近人沈尹默尝谓古史底帝王，有许多是"时代底拟人化"；所谓"伏羲"，也是从渔猎进化到畜牧的

① 如左　即"如下"，底本繁体竖排，故称。下文"按右"，即"按上"。不再说明。

时代底象征。伏羲既是时代底称号，则但能说那时代已有八卦，不能说作八卦之人是伏羲了。所以伏羲作八卦，至多只能认为一种传说。

重八卦为六十四卦者为何人，旧有四说：王弼等以为伏羲画卦，即重之为六十四卦，一；郑玄等以为神农重卦，二；孙盛谓夏禹重卦，三；司马迁谓文王重卦，四。按《史记·周本纪》说："西伯盖即位五十年，其囚羑里，盖益《易》之八卦为六十四卦。"西伯即周文王。又《日者传》说："自伏羲作八卦，周文王演三百八十四爻而天下治。"扬雄《法言·问神》《问明》二篇亦言文王重卦。《汉书·艺文志》也说："至于殷周之际，纣在上位，逆天暴物。文王以诸侯顺命而行道，天人之占可得而效，于是重《易》六爻，作上下篇。"王充《论衡·对作》《正说》二篇亦说文王重卦。是两汉学者多信文王重卦之说。司马迁《报任少卿书》及《史记·自序》均云文王拘而演《周易》，与《周本纪》《日者传》合。其说盖即出于《系辞》。《系辞》尝曰："《易》之兴也，其于中古乎？作《易》者其有忧思乎？"又曰："《易》之兴也，其当殷之末世，周之盛德邪？当文王与纣之时邪？"则本书中已明言之了。孔颖达因《系辞》曾说庖牺氏作网罟，以田以渔，盖取诸"离"，神农作耒耜，盖取诸"益"，日中为市，盖取诸"噬嗑"云云，如至文王始重卦，则此诸语皆不可通。此由孔氏读《系辞》以辞害志，过于拘执之故。《朱子语类》说："所谓盖取诸离，盖取诸益……者，言结绳而为网罟，有离之象，非观离而后始有此也。”又曰：“不是先有见乎离，而后为网罟，先有见乎益，而后为耒耜。圣人亦只是见鱼鳖之属，欲有以取之，遂做一个物事去拦截他；欲得耕种，见地土硬，遂做一个物事去剔起他：却有合于离之象，合于益之象。”陈澧《东塾读书记》亦曰：“案《系辞》所言‘取诸……’者，与《考工记》轮人‘取诸圜也’，‘取诸易直也’，‘取诸急也’，文义正同。轮人意取诸圜，非因见圜物而后取之也；意取易直与急，非因见易直与急之物，而后取之也。”故《系辞》所云，乃追述古代发明某事某物，有合于某卦之象而已。不能执此为先有人重八卦为六十四卦，而后取各卦之象以发明事物；更不能执此为伏羲时已重卦之反证。罗泌《路史·余论》又据《大禹谟》已有“满招损，谦受益”二语，证文王重卦之误。《大禹谟》是伪古文《尚书》，不当引为证据；即使退一步说，亦不能谓“损”“谦”“益”三字为卦名。所以我认为重卦的人，当定为文王。

六十四卦每卦有六爻，卦有卦辞，爻有爻辞。卦辞、爻辞也都是文王作的。文王被拘羑里，寂寞无聊，所以重八卦为六十四卦，每卦为作卦辞，每爻为作爻辞；司马迁所谓“演《易》”，不但指重卦而言。且如但重八卦为六十四卦，而无卦辞、爻辞，则仍不能用以占卜。据清光绪末安阳所发见的龟甲看，所刻多为卜辞，可知殷代已有卜筮之法；所以盘庚迁都不用卜，致民间议论纷纷（见《尚书·盘庚》篇）。而箕子为武王陈治天[①]下之大法九畴，其七即为“卜筮”（见《尚书·洪范》篇）。则文王之演《易·系辞》，也是有所模仿的。自此之后,《易》遂成了一部卜筮之书。郑玄等皆主此说。但是郑众、贾逵、马融等，则谓卦辞是文王所作，爻辞是周公所作。他们的论证有四．其一,《升卦》六四爻辞曰:“王用享于岐山。”武王克殷之后，始追号文王为王。其二,《明夷卦》六五爻辞曰:“箕子之明夷。”武王观兵之后，箕子方被囚。其三,《既济卦》九五爻辞曰:“东邻杀牛，不如西邻之禴祭。”东邻指纣，西邻指周；文王为纣之诸侯，不得与纣抗衡。其四,《左传》记韩宣子聘鲁，见《易象》与《鲁春秋》，叹曰:“吾今乃知周公之德。”故知爻辞非文王所作，乃周公所作。按《升卦》但云“王”，不云“文王”。其云岐山，亦犹孔孟言山辄称泰山。“箕子”为“荄兹”之通借，故“箕”本作“萁”。汉代赵宾已有此解。“东邻”“西邻”，亦是泛语，非专指之词。至于韩宣子底话，乃叹鲁国文物之盛，并非说周公作爻辞。皮锡瑞《经学通论》又说卦辞、爻辞皆孔子所作。若为文王、周公所作，当如后世御纂钦定之书，颁之学官，以教士子了。皮氏生于清末，见清世御纂钦定之书，著于功令，故有此言。《礼记·王制》乐正崇四术，立四教，仅云教以《诗》《书》《礼》《乐》而不及《易》

① 天　底本作“大”，据《书集传》（P.162）改。

者，因为《易》本卜筮之书。时宪书也是钦定颁布的，何尝以教士子呢？何况《左传》中所记孔子以前的事，已多引《周易》底爻辞，可见那时已通用于占卜了。所以卦辞、爻辞底作者，亦当定为文王。

今本《周易》中，除卦辞、爻辞外，尚有所谓“十翼”。“十翼”者，《彖上》《彖下》《象上》《象下》《系辞上》《系辞下》《文言》《序卦》《说卦》《杂卦》；这十篇文章所以辅翼卦辞、爻辞，故名之曰“十翼”。《易纬·乾凿度》曰：“仲尼五十究《易》，作‘十翼’。”《史记·孔子世家》曰：“孔子晚而喜《易》，序《彖》《系》《象》《说卦》《文言》。”《汉书·艺文志》亦曰：“孔氏为之《彖》《象》《系辞》《文言》《序卦》之属十篇。故曰《易》道深矣，人更三圣，世历三古。”三古，谓上古、中古、下古，三圣谓伏羲、文王、孔子。故孔颖达《周易正义》云：“‘十翼’孔子所作，先儒更无异论。”但《史记》之言，似谓孔子所序次者为《彖辞》，所系者为《象辞》，而专说乾坤二卦者，则有《文言》；非谓“十翼”皆孔子所作。欧阳修《易童子问》已疑《文言》《系辞》中有“子曰”字，非孔子所作；郑樵《六经奥论》亦谓“今之《系辞》，乃孔门七十二弟子传《易》于夫子之言”。《论衡·正说》篇谓宣帝时，河内女子发老屋，得逸《易》《礼》《尚书》各一篇，奏之，宣帝下示博士云云。《隋书·经籍志》谓河内女子所得者为《说卦》三篇。《说卦》明仅一篇，此云“三篇”者，盖兼

《序卦》《杂卦》二篇言之。秦之焚书,《易》既以卜筮之书不焚,何以此三篇独因亡逸而后得？故程迥《古易考》已疑《序卦》《杂卦》非圣人之言；戴震亦谓此三篇与《尚书》之《泰誓》俱后出,不类孔子之言。故“十翼”之中,《彖》《象》为孔子所作,《系辞》《文言》乃弟子所记，其余三篇，则后人依附，不足信了。

（二）《书》——《书》为虞夏商周四代史官所记，为我国古代底史料。察它各篇底性质，极似后世档案。故欲考明每篇作者为谁，已不可能。即如《皋陶谟》《无逸》，虽记皋陶、周公之言，决非皋陶及周公所自撰;《禹贡》虽记治水定赋之事，决非禹所自撰;《汤誓》《牧誓》虽为汤武誓师之辞，亦非汤武所自撰。所可知者，此古代史料，曾经孔子一番编撰而已。《汉书·艺文志》曰:“《书》之所起远矣。至孔子纂焉，上断于尧，下讫于秦，凡百篇，而为之序，言其作意。”《尚书正义》亦引《尚书纬》曰:“孔子求《书》，得黄帝玄孙帝魁之书，迄于秦穆公，凡三千二百四十篇，断远取近，定可以为世法者，百二十篇。以百二篇为《尚书》，十八篇为《中候》。”《史记·孔子世家》亦有“序《书传》”之言。但《史记》所谓“序”者，乃撰次之意，非谓为《书》作序。《书序》百篇，虽尚存今十三经之《尚书》中，散冠各篇，但康有为《伪经考》中已有《书序辨伪》一篇，考证《书序》确非孔子所作，且出《史记》之后。孔子为《尚书》百篇作序，言其作意云云，实不可靠，纬书更不可信。且二书一云百篇，一云百二篇，已自不同。孔子所撰定之《书》，可信者仅今文二十八篇而已。此当于下文详述之。

（三）《诗》——《诗》三百五篇，各篇作者亦大多数不可考。但也有在本文中已明言之的，例如《小雅》之《节南山》曰“家父作诵”，作者是家父；《巷伯》曰“寺人孟子，作为此诗”，作者是寺人孟子；《大雅》之《崧高》《烝民[①]》皆曰“吉父作诵”，作者同为尹吉父。也有见于他书的，例如周公作《豳风》之《鸱鸮》，见于《尚书》；许穆公夫人作《鄘风》之《载驰》，见于《左传》；而《小雅》之《常棣》，则《国语》以为周公作，《左传》以为召穆公作。至于卫宏《诗小序》以为某篇某人作者，则多出于臆度，不可轻信。例如《秦风》之《渭阳》，《序》云秦康公送其舅氏晋文公重耳。试思，人多有舅，怎能定其必为康公之舅呢？所以《诗》三百五篇之作者，除极少数外，已无从考知了。

《史记·孔子世家》说：“古者诗三千余篇。及至孔子，去其重，取可施于礼义，上采契、后稷，中述殷、周之盛，至幽、厉之缺，凡三百五篇。”《汉书·艺文志》亦曰：“孔子纯取周诗，上采殷，下取鲁，凡三百五篇。”则诗由孔子纂定，正和《尚书》相同。但孔子删诗之说，历代学者多疑之。其一，书传所引之《诗》，现存者多，亡佚者少；则《史记》所云于三千余篇中选取

① 民　底本作“氏”，据《十三经注疏》（P.1224）改。

三百五篇，竟去十分之九，不足信了。其二,《左传·襄公二十九年》，记吴季札观乐于鲁，所歌列国风诗，无出今本《诗经》十五国风之外者；季札在孔子之前，如《诗》系孔子删定，岂能如此吻合？其三，孔子两言“《诗》三百”，均见《论语》，似孔子素所诵习教授，本只此数。其四，孔子尝曰：“《诗》三百，一言以蔽之，曰思无邪。”但今本《诗经》中，不只《卫风》《郑风》多男女相悦之诗，而“逸诗”中却有不涉私昵之情者（如《论语·子罕》引“逸诗”曰：“唐棣之华，偏其反而；岂不尔思，室是远而。”《左传·成公九年》引“逸诗”曰：“虽有丝麻，无弃菅蒯；虽有姬、姜，无弃憔悴。”），殊背孔子以“贞淫”为删诗准则之旨。故孔颖达、郑樵、朱子、朱彝尊、崔述诸人皆不信孔子删诗之说。但平心论之，孔子从古代遗下来的诗歌中，选辑此三百五篇，也和纂编《尚书》一样。《史记》说古诗有三千余篇，也和《尚书纬》说古书有三千二百四十篇一样。或者古诗本如此之多，史官、太师等已加一番选编，孔子又从而撰次之，亦未可知。《左传》记事本多不实，安知不就季札之言，加以渲染？孔子以《诗》《书》《礼》《乐》教弟子，所用《诗》的教本，或即自己所编定之三百五篇。程子尝曰：“思无邪者，诚也。”所谓“诚”，就是“真挚”。写情真挚，确是作诗底秘诀，评诗底真谛。后人误解“思无邪”为“贞”，以写爱情的诗为“淫”，于是有孔子删诗以贞淫为标准之说。（《论语》记孔子评《唐棣》之诗曰：“未之思也，夫何远之有？”就是嫌他抒情不真诚）所以孔子删诗一事，虽未能断为必然，亦未能断为决无此事。

《书序》非孔子作，上文已言之。《诗序》则明为东汉卫宏所作。《后汉书·儒林传》曰：“卫宏，字敬仲，东海人也。……初，九江谢曼卿善《毛诗》。……宏从受学，因作《毛诗序》，善得《风》《雅》之旨。”则卫宏作《诗序》，信而有征。而萧统《昭明文选》以为子夏作；《隋书·经籍志》以为子夏所创，毛公、卫宏加以润色；王安石以为诗人自作；程颐竟谓《小序》为国史旧文，《大序》孔子所作（各篇前之序为“小序”；《关雎》篇之序特长，且有论及全书之言，故陆德明《经典释文》以“《关雎》，后妃之德也……用之邦国焉”为《关雎》篇《小序》，自“风，风也”句以下为《大序》；朱子《诗序辨说》则以篇中“诗者，心之所之也……诗之至也”一大段为《大序》，首尾二段为《小序》）；沈重则谓《大序》子夏作，《小序》子夏、毛公合作。有此诸说，《诗序》遂成为《诗》中重要之附件。其实，《小序》说各篇作意本事，十九不足信；故郑樵、朱子、崔述等多辨斥之。王质至斥为“村野人妄作”。今因先儒过于重视，故附带说明其作者为东汉之卫宏。其实，《诗序》与《诗》本书原是无密切关系的。

（四）《周礼》——此书旧题周公作。然林孝存已言武帝知其为末世黩乱之书，曾作《十论》《七难》以排之（见贾公彦《周礼疏》）。胡五峰、季本、万斯同皆辨其非周公作。姚际恒亦列之

《古今伪书考》中。康有为《伪经考》直斥为刘歆伪造以佐新莽，其编伪群经，造作古文，即所以证《周礼》之非伪。《汉书·王莽传》谓“发得《周礼》以明因监”，正其明证。《史记·封禅书》中提及《周官》，亦歆所窜入。林孝存谓武帝知为末世黩乱之书，犹不免为歆所欺，因为武帝时根本没有这一部书。六官之制，盖袭取《管子·五行篇》,《大戴记·千乘》《盛德》《文王官人》《朝事》等篇，割裂而成的。这是一派说法，但是马融、郑玄为此书作传注，并列之“三礼”之首。朱子亦称为“盛水不漏，非周公不能作”。苏绰、王安石尝欲见之实行，也因深信它为“周公致太平之书”。张载亦说:“《周礼》是的当之书，然其间必有末世增入者。”《困学纪[①]闻》引蔡九峰曰:“周公方条治事之官，而未及师保之职，冬官亦阙，首尾未备，周公未成之书也。”《通志[②]》引孙处说，以为周公居摄六年之后，书成归丰，未尝实行，盖犹唐之《显庆》《开元礼》，预为之以待他日之用，而未尝实行，故仅述大略，以待增损；其建都之制不合《召诰》《洛诰》，封国之制不合《武成》《孟子》，设官之制不合《尚书》之《周官》，九畿之制不合《禹贡》，即是因此（孙说亦见《黄氏日钞》)。纪昀《四库书目提要》亦谓《周礼》作于周公，而其后多所增损改易，及时移世变，制度虽更，简编尚在，好古者遂留为文献，犹唐之

① 纪　底本作“记”，据《困学纪闻注》(P.507）改。

② 通志　底本作“通志·经籍略”，据《十三经注疏》(P.1363）改。

《开元六典》，宋之《政和五礼》，在当代已不行用，而至今尚有传本。这又是一派说法。上述二派，前者谓《周礼》非周公作，后者谓《周礼》是周公作，而其中说法又各不同。按《汉书·艺文志》曰:“六国之君，魏文侯最为好古。孝文时，得其乐人窦公，上献其书，乃《周官·大司乐》章也。”可见六国时已有此书了。又曰:“武帝时，河间献王好儒，与毛生等共采《周官》及诸子言乐事者，以作《乐记》。”可见武帝时已有人采此书作《乐记》了。《汉志》所录有《周官经》六篇,《周官传》四篇。歆既伪造“经”，又伪造“传”，未免太不惮烦。且《大戴记·朝事》篇、《小戴记·内则》篇，及《逸周书·职方》篇所载，有字句全同《周礼》者，有仅差一二字者；此皆刘歆以前之书，未必皆歆所窜入。故康氏谓全出刘歆伪造，尚待考证。但孔子常言《诗》《书》《礼》《易》《春秋》，未尝提及此书（《中庸》引孔子曰“吾学周礼”。“周礼”与上文“夏礼”,“殷礼”并举，是指周代之礼制，非指此书；且《周礼》为刘歆所改之名称，上节已述之）。孟子答北宫锜问周室颁爵禄之制，曰“其详不可得而闻”。如周公果作此书，孔子何以并不提及，孟子何以不得闻其详呢？据《尚书大传》、《白虎通·礼乐》篇及《尚书·洛诰》疏引郑玄注，周公制礼，何等慎重，何至如后世之《显庆礼》《开元礼》《政和礼》，草草制定，终不能见之实行呢？如其曾经实行，又何以和周代现行之制截然不同呢？故贾公彦疏谓汉儒如张禹、包咸、周生烈，皆不信为周公所作。东汉何休以为六国时人之书。毛奇龄《经问》、皮锡瑞《经学通论》皆信之。我以为这一说确比上二派为优。此人姓名虽不可考，自是大才。他掇拾周代遗制，参以己意，编成此书，以待后世王者取法；其托之周公，也和诸子底“托古改制”样。其后王莽尝欲据此以更汉制，而及身败亡，未成事实；苏绰行之宇文周时，颇见微效；唐代制度，多袭宇文周；王安石尝说“法先王之政者，法其意而已”，所以宋人虽说他“以《周礼》乱天下”，而安石新法并非尽同《周礼》；下迄明清，六部尚书底中央官制，大体还是根据此书。所以此书虽非周公所作，而其作者底理想力和创造力，倒很值得佩服。可惜他底姓名身世，现在已无从详考了。

（五）《仪礼》——此书古文家以为周公作，今文家以为孔子作。古文家谓孔子自承“述而不作”，故经书作者，多属之周公，尤其是所谓“《礼》”，因为周公制礼，是公认的史实。按《礼记·杂记[1]》曰：“哀公使孺悲学士丧礼于孔子，士丧礼于是乎书。”此《仪礼·士丧礼》篇出于孔子之证。《礼记·礼运》记孔子告子游之言，一则曰“达于丧祭射乡冠昏朝聘”（今本“乡”字作“御”，今依邵懿辰校改），再则曰“其行之以货力辞让饮食冠昏丧祭射乡朝聘”。盖“冠”以明成人，“婚”以合男女，“丧”以仁

① 杂记　底本作“檀弓”，据《十三经注疏》（P.3399）改。

父子，“祭”以严鬼神，“射”以成宾主，“乡”以合乡里，“朝”以辨上下，“聘”以睦邦交，八者为礼之大纲，而《仪礼》十七篇适足以包括之。故《礼记·昏义》曰：“夫礼，始于冠，成于昏，重于丧、祭，尊于朝、聘，和于乡、射；此八者，礼之大体也。”孔子盖定此十七篇之“《礼》”，以教弟子。故孔子仕鲁，未尝奉使出聘他国，而《论语·乡党》之“执圭，鞠躬如也，如不胜，上如揖，下如授，勃如战色，足蹜蹜如有循；享礼，有容色；私觌，愉愉如也”，正与《仪礼·聘礼》所谓“执圭如重，入门鞠躬，私觌愉如”相合（用朱子《论语集注》所引晁氏说）。盖孔子以《聘礼》教弟子，故弟子记其所言如此。所以周代通行的礼制虽是周公所定，而《仪礼》十七篇则是孔子所撰，以教弟子的。

（六）《礼记》——《礼记》四十九篇，各篇底作者，不可考的居大多数。《汉书·艺文志》《礼》类有《记》百三十一篇，自注曰：“七十子后学者所记。”则非成于一人之手可知。魏张揖《上广雅表》说：“爰暨帝刘，叔孙通始撰置《礼记》。”似叔孙通是最初撰次《礼记》之人。但“撰次”只是编纂次序之意，不是说叔孙通创作《礼记》各篇之文。《汉书·景十三王传》叙河间献王及鲁恭王得古书事，均有《礼记》；郑玄《六艺论》也说：“后得孔氏壁中河间献王古文《礼》五十六篇，《礼记》百三十一篇。”《礼记》如果由叔孙通所撰次，何以又散于民间，藏于孔壁，而为献王、恭王所得？《经典释文·叙录》引晋陈邵《周礼论序》曰,“戴德删古《礼》二百四篇为八十五篇,谓之《大戴礼》;圣删《大戴礼》为四十九篇,是为《小戴礼》。”《隋书·经籍志》曰:“汉初,河间献王得仲尼弟子所记一百三十一篇。至刘向校书,检得一百三十篇,因第而叙之。又得《明堂阴阳记》等五种共二百十四篇,戴德删其繁重,合而记之,为八十五篇,谓之《大戴礼》;戴圣又删大戴之书为四十六篇,谓之《小戴礼》。马融益以《月令》《明堂位》《乐记》三种,乃成今本之四十九篇。”其叙今本《礼记》之编撰成书,似极明白。按《隋志》所云“《明堂阴阳记》等[①]五种”,即《汉志》“《礼》”类之《明堂阴阳》三十三篇,《王史氏》二十一篇,“《乐》”类之《乐记》二十三篇,“《论语》”类之《孔子三朝记》七篇;并《记》百三十一篇,五种合计二百十五篇。《隋志》刘向校书所第叙者为百三十篇,故合计为二百十四篇。陈邵云二百四篇者,疑脱一“十”字。据此,则二戴采辑之范围不限于百三十一篇之《记》,不得以《大戴记》八十五篇,加《小戴记》四十六篇,恰合百三十一篇之数了。但刘向为西汉末成帝时人,二戴为西汉中武宣时人,二戴岂能删刘向所校序之书?且如《哀公问》及《投壶》二篇,二《戴记》中均有之;而《曲礼》《礼器》《祭法》《文王世子》《祭义》《曾子问》《间传》《檀弓》《王制》,皆《小戴记》之篇,而就散见

① 等　底本脱,据文意补。

古籍中者考之，则《大戴记》佚篇中亦有此九篇篇名;《大戴记》之《曾子大孝》全文见《小戴记·祭义》中,《诸侯衅庙》全文见《小戴记·杂记》中,《朝事》一部分见《小戴记·聘义》中,《本事》一部分见《小戴记·丧服四制》中。但《小戴记》其它各篇又与《大戴记》不同。如果二戴系就百三十一篇，一取八十五,一取四十六，则二书当完全不同；如果《小戴记》系就《大戴记》之八十五篇中删取四十六篇，则此四十六篇当完全与《大戴记》相同。今乃或同或异，可见二戴各以己意去取,《隋志》所云，显然不合事实了。《后汉书·桥玄传》曰:“七世祖仁，著《礼记章句》四十九篇。”桥仁为戴圣弟子，见《汉书·儒林传》。可见戴圣教其弟子的《礼记》已是四十九篇了。又《曹褒传》曰:“父充，持庆氏《礼》，褒又传《礼记》四十九篇，教授弟子千余人，庆氏学遂行于世。”庆氏即庆普，与戴圣同为后仓弟子。可见庆普一派所传的《礼记》也已是四十九篇了。郑玄《六艺论》也说:“戴圣传《记》四十九篇。”《释文·叙录》也说:“刘向《别录》有四十九篇，其篇次与今《礼记》同。”就这四种证据看来，则《隋志》东汉马融增益三篇之说，也靠不住了。总之,《礼记》四十九篇，乃戴圣采辑《记》《明堂阴阳》《王史氏》《乐记》等五种中之单篇文章而编成的。至于这些文章底来源，则有可考者，有不可考者，当于下文述《礼记》内容时再加以说明。

第三章

十三经撰述人（下）

（七）《春秋》——司马迁《报任安书》曰："仲尼厄而作《春秋》。"《史记·孔子世家》曰："子曰：'弗乎，弗乎！君子疾没世而名不称焉。吾道不行矣，吾何以自见于后世哉！'乃因史记作《春秋》，上自隐公，下迄哀公十四年，十二公。"《史记·自序》及《汉书·艺文志》，也说孔子作《春秋》。前乎司马迁，孟子也有孔子作《春秋》的话，见《滕文公》篇"好辩"章。杜预《左传序》说："《春秋》之作，《左传》及《穀梁》无明文。"以杜氏此言推之，则《公羊传》当有明文了。臧琳引晋人孔舒元（亦名琳，有《春秋公羊传集解》，见《隋志》）本《公羊传》文，与今本异，其言曰："十有四年春，西狩获麟。何以书，记异也（同今本）。今麟，非常之兽。其为非常之兽何（今本无）？有王者则至，无王者则不至（同今本）。然则孰为而至？为孔子之作《春秋》也（今本无）。"则孔子作《春秋》，孔舒元所据的《公羊传》中，果有明文了。今本是何休《解诂》本，用的是西汉颜安乐所传之本。西汉时传《公羊》者尚有严彭祖一派；或者孔舒元所用是严氏本吧？《左传正义》所引《左传》家言，如贾逵、服虔等，都说孔子修《春秋》，文成致麟，亦与《公羊传》此文相合。总之，《春秋经》为孔子所作，是历代学者所公认的。

（八）《左传》——《左传》为左丘明所作，前章已提及之。《四库书目提要》曰："自刘向、刘歆、桓谭、班固，皆以《春秋传》出左丘明，左丘明受经于孔子；魏晋以来，更无异议。"纪昀不但以左丘明为《左传》底作者，且以为是孔子底弟子。按《史记·十二诸侯年表序》述孔子作《春秋》，又曰："七十子之徒口受其传指，为有所刺讥褒讳，不可以书见也，鲁君子左丘明惧弟子人人异端，各安其意，失其真，故因孔子史记，具论其语，成《左氏春秋》。"《汉书·艺文志》则谓孔子与左丘明观鲁之史记，而作《春秋》；"因有所褒讳贬损，不可以书见，口授弟子。弟子退而异言。丘明恐弟子各安其意，失其真，故论本事而作传，明夫子不以空言说经也"。《汉书·楚元王传》亦记刘歆以为左丘明好恶同于圣人，亲见夫子。《史》《汉》所记，似可互证。但细按之，则《史记》以左丘明为鲁君子，在七十子之外，曰所作之书名《左氏春秋》。《汉志》云孔子与左丘明同观鲁史，所作为《春秋》之"传"，已异《史记》。刘歆谓"左丘明好恶与圣人同"，则作《左传》之左丘明就是《论语》所说的左丘明了（《论语·公冶长》:“子曰:‘巧言令色,左丘明耻之,丘亦耻之;匿怨而友其人,左丘明耻之,丘亦耻之。’”)。唐啖助尝说:“左丘明为孔子以前贤人,如史佚、迟[①]任之类。”即使退一步说,左丘明为孔子同时的人,按《论语》所记语气,也当是孔子底前辈。故《史记》但曰“鲁君子”,《汉志》于《左氏传》下自注,亦但曰“鲁太史”,即刘歆亦未尝有左丘明为孔子弟子之说。《史记·仲尼弟子传》亦无左丘明。则纪昀“左丘明受经于孔子”之说,不可靠了。更进一步推之,则《左传》是否左丘明作,亦有疑问。司马迁《报任安书》及《史记·自序》均曰:“左丘失明,厥有《国语》。”从这句话里,可以发生二疑问:其一,如普通传说,作《左传》者为左氏,丘明名,则司马迁何以说“左丘失明”?其二,《史记》采《左传》事实极多,何以不云“《左传》”,而曰“《国语》”(《五帝本纪》亦曰“余观《春秋》《国语》”)?此可疑者一。《左传·僖公五年》有“虞不腊矣”一语;秦惠王十二年始腊,见《史记·秦本纪》。《左传·成公十三年》有“晋获秦不更女父”语,《襄公十一年》有“秦庶长鲍,庶长武帅师伐晋”语;不更、庶长,秦孝公时始有此官。此可疑者二。《左传》末一条记鲁悼公四年晋智伯瑶围郑事,末云:“赵襄子由是惎[②]智伯,遂丧之;智伯贪而愎,韩魏反而丧之。”赵韩魏灭智伯,在周贞定王十六

① 迟　底本作“连”,据《左氏辨》(P.493)改。
② 惎　底本作“怨”,据《十三经注疏》(P.4742)改。

年，赵襄子卒于周威烈王元年。自孔子卒至赵襄子卒，凡七十八年。《左传》举襄子之谥，作者必卒在襄子后。如左丘明与孔子同时，岂能在孔子死后七十八年尚能著书？此可疑者三。《左传》记筮辞预言多奇验。如《庄公二十二年》，记陈公子完少时，陈侯筮之，“此其代陈有国乎？不在此，其在异国[①]；非此其身，在其子孙。……若在异国，必姜姓也”。及奔齐，齐大夫懿氏卜妻之，有曰：“有妫之后，将育于姜；五世其昌，并于正卿；八世之后，莫之与京。”其后，传至八世，田和果篡齐国。又《襄公二十九年》，记吴季札观乐，闻奏《郑风》，曰“郑其先亡”；及适晋，悦赵文子、韩宣子、魏献子，曰“晋国其萃于三族”。其后，郑果先亡，晋果为韩、赵、魏三家所分。诸如此类，不一而足。似作《左传》者，为田氏篡齐，郑国灭亡，三家分晋以后之人。此可疑者四。其它可疑之点，不胜枚举。故唐赵匡谓“左氏非丘明”。程子答或问“左氏是丘明否”，曰：“传无丘明字，不可考。”朱子也说“左氏不必解是丘明”。《四库书目提要》说王安石有《春秋解》一卷，证左氏非丘明者十一事。此书已亡，不知他所举的十一事是什么。郑樵底《六经奥论》辩之尤详。所以《左传》底作者是否左丘明，还是一个问题。

（九）《公羊传》——此书旧题“公羊高撰”。按《汉书·艺

① 底本“国”后衍“乎？”，据《十三经注疏》（P.3853）改。

文志》《春秋》类有“《公羊传》十一卷”。自注曰:“公羊子，齐人。”按公羊系出姬姓，鲁公孙羊孺之后，颜师古注曰:“公羊子，名高。”可见《公羊传》底作者是公羊高了。上一章引徐彦《公羊传疏》曰:“公羊高五世相授，至胡毋生乃著竹帛，题其亲师，故曰《公羊传》。”徐疏又引戴宏《序》曰:“子夏传与[1]公羊高，高传与其子平，平传与其子地，地传与其子敢，敢传与其子寿。至汉景帝时，寿乃与齐人胡毋子都著于竹帛。”可见公羊氏世传《春秋》，写录成书的，却是汉代底公羊寿与胡毋子都，而不是子夏底弟子公羊高。故传中“子公羊子曰”之文，明为弟子称他底先师之号，传文不是公羊高自撰，此亦一证（传中又有“子沈子曰”“司马子曰”“子北宫子曰”“高子曰[2]”“鲁子曰”等话，则传授之人，也不完全是公羊氏了）。《四库书目提要》引罗璧《识遗》，说公羊氏自作《公羊传》者外，更不见有此姓。万见春说是“姜”字底切韵脚。《礼记·檀弓》曰:“凿巾以为饭，则公羊贾为之也。”是别有姓公羊的人了。或谓“明”字古音读为“芒”，与“羊”字同在“七阳”韵，疑《檀弓》底公羊贾，即《论语》底公明贾。因此，又疑传《春秋》的公羊高，即《孟子》中之公明高。又有疑“公羊”即“卜商”底音变者，因为“公”转为“榖”，“榖”又转为“卜”，而“羊”和“商”同属“阳”韵（均见皮锡

① 与　底本作“于”，据《十三经注疏》（P.4759）改。

② 高子曰　底本作“子高子曰”，据《十三经注疏》（P.4757）改。

瑞《经学通论》)。近人蔡元培又说“公”与“穀”为双声,“羊”与“梁”为迭韵,疑公羊子与穀梁子同是一人。按朱子已说:“林黄中谓公羊、穀梁只是一人;但是看他文字,疑若非出一手者。”这些关于公羊氏的异说,其实只能作为谈助而已。

(十)《穀梁传》——《汉书·艺文志》《春秋》类有“《穀梁传》十一卷”。自注曰:“穀梁子,鲁人。”穀梁复姓,以地为氏,《水经注》博陵有穀梁城。一说,鲁有穀粱氏(梁字当作从米之粱),望出西河。但穀梁氏则竟如罗璧所说,自传《春秋》者外,更不见有此姓了。《穀梁传》亦如《公羊传》之口耳相传,著竹帛者题其先师,故曰《穀梁传》,此在上章亦已说过。但穀梁子之名,则各说不同,一说名赤,见桓谭《新论》;一说名寘,见王充《论衡》;一说名俶,字元始,见应劭《风俗通》;一说名喜,见《汉书·艺文志》颜师古注。杨士勋《穀梁传疏》则曰:“名俶,字元始;一名赤。”应劭及杨士勋都说是子夏弟子,桓谭以为在《左氏》传世后百余年,糜信以为与秦孝公同时。则穀梁子底名字和时代,各有异说了。郑玄《起废疾》谓穀梁子近孔子,公羊正当六国之亡,是穀梁子又在公羊子之前;《释文·叙录》谓公羊高受经于子夏,穀梁赤乃后代传闻,是穀梁子又在公羊子之后了。按《穀梁传·隐公元年》“初献六羽”条,尝引“尸子曰……”。尸子名佼,商鞅之师,鞅被诛,佼逃入蜀。则穀梁子是秦孝公以后的人。但此条又有“穀梁子曰……”,则此书非穀梁子自著,明甚。盖《穀梁传》亦如《公羊传》世世相传，至汉始写录成书。皮锡瑞疑穀梁子之名有四，当亦如公羊氏之高、平、地、敢、寿，世相传授，非即一人，故其时代亦先后不同，颇为得之。但此四人孰先孰后，究至何人始著竹帛，则已不可考耳。

（十）《论语》　上章已经说过，据《汉书·艺文志》，《论语》是孔子弟子所记，门人辑而论纂的。按刘向《别录》谓“《论语》者，孔子弟子记诸善言”。班固之说，当本于此。赵岐《孟子题辞》曰：“七十子之俦，会集夫子所言，以为《论语》。”与刘、班所说相同。《论语崇爵谶》说是“子夏六十四人，共撰孔子微言”，虽首列子夏之名，并明言其人数为六十四，实际上仍和泛指弟子门人者相同。《通志·艺文略》有《论语撰人》一卷，不著作者姓名；翟灏《四书考异》疑其根据《崇爵谶》，但此书早已亡失了。《释文·叙录》引郑玄曰：“仲弓、子夏等所撰定。”《论语音义》亦引郑玄曰：“仲弓、子游、子夏等撰。”此二条，陈鳣《论语古训》、宋翔凤辑郑玄《论语注》逸文，皆采入郑玄《论语序》逸文中。傅休奕《傅子》也说：“昔仲尼既殁，仲弓之徒，追论夫子之言，谓之《论语》。”《象山语录》亦谓郑玄、王肃以为《论语》乃子游、子夏所编；首篇《学而》第一章载孔子语，第二章为“有子曰……”，第三章载孔子语，第四章为“曾子曰……”，盖有子、曾子平日为子夏辈所尊，故以“子”称之。柳宗元《论语辨》则以为是曾子弟子，乐正子春、子思之徒所编成。他底证据：一、是书惟有子、曾子称子，有子曾于孔子殁后，被推为师，故以子称，曾子则因此书为其弟子所编，故亦称子；二、曾子在孔子弟子中年最小，而又老死，此书记曾子将死之言，此时孔子弟子已无生存者了。柳氏认为《论语》当成书于孔子再传弟子之手，其说甚是。但说有子所以称“子”之故，则似考之未精。柳氏所据，为《史记·弟子列传》，而此传所记有子被推为师，又因不能答同学之问，被叱而退，则孔门决无此儿戏之事。《孟子》中也有相像的记载，但仅云：“他日，子夏、子游、子张以有若似圣人，欲以所事孔子事之；强曾子，曾子曰：不可……”可见子夏等虽曾有此提议，并未见之实行。柳氏说“（有子）固尝有师之号矣”，是不合事实的。故程子曰：“《论语》之书成于曾子、有子之门人，故二子独以‘子’称。”（见朱子《论语集注》前之《论语序说》）综上所述，《论语》撰人，可括为三说：其一，泛言为孔子弟子所记；其二，谓孔子弟子仲弓、子夏、子游等所撰定；其三，谓成于有子、曾子之弟子。按《论语》中以“子”称者，亦不仅有子、曾子。冉求称“子”凡二见（《雍也》篇，“冉子与之粟五秉”；《子路》篇，“冉子退朝”），闵损亦尝称“子”（《先进》篇，“闵子侍侧”）；惟有若、曾参则始终称“子”耳。窃疑称某人曰“子”者，当为此人之弟子所撰定。《论语》记孔子弟子，除自称及君师呼之，径记其名外，均书其字，惟《宪问》篇首章首句曰“宪问耻”，书其名，且不举其姓，则此章当系直录原宪所记之原文。《论语》于哀公、子服景伯、季康子、孟武伯……皆称其谥，而诸人皆卒于孔子之后，则成书在孔子死后可知。记曾子临死之言者凡二章，皆在《泰伯》篇，则成书在曾子死后又可知。书中有重出者，如“巧言令色鲜矣仁”，见《学而》篇及《阳货》篇；有重出而略异者，如“三年无改于父之道，可谓孝矣”，见《学而》篇及《里仁》篇，但《学而》篇其上多“父在观其志，父没观其行”二句。前十篇与后十篇之文体及对孔子之称谓亦各不同。可见此书不成于一人之手，而系孔子弟子各有所记，其后乃由再传弟子纂辑成书；但有子、曾子二人之弟子所纂最多而已。

（十二）《孝经》——《汉书·艺文志》曰:“孝经者，孔子为曾子陈孝道也。夫孝，天之经，地之义，民之行也；举大者言，故曰《孝经》。”后儒以纬书有“孔子志在《春秋》，行在《孝经》”之言（此语出《孝经钩命决》，何休《公羊传序》引之），遂谓孔子所作，惟《春秋》《孝经》二书。孔子作书，自名曰“经”，已是可疑;《汉志》以为“《孝经》”之名，由于孝为天经地义，说亦迂曲。且是书首章便曰:“仲尼居，曾子侍。”岂有孔子作书，而称其弟子为“曾子”之理？故陈骙、汪应辰都疑其伪（见《四库书目提要》。按汪氏疑《孝经》出后人附会，见朱子《孝经刊误自记》，程迥之答朱子论《孝经》书，及黄震《黄氏日钞》。陈氏说未详）。但蔡邕《明堂论》引魏文侯《孝经传》,《吕氏春秋·审微览》亦引《孝经·诸侯章》语，则此书之由来，也很古了。《四库书目提要》说："今观其文，去二戴所录为近，要为七十子之徒之遗书，使河间献王采入《记》百三十一篇中，则亦《礼记》之一篇，与《儒行》《缁衣》，转从其类。"这倒是平心之论。书中孔子与曾子底问答，当为假设之辞。古人著作，原有此例，俞樾《古书疑义举例》已说过了。所以《孝经》底作者，决不是孔子。

（十三）《尔雅》——此书旧以为周公所作。《大戴记·孔子三朝记》言孔子教哀公学《尔雅》，似其成书确在孔子以前。魏张揖《上广雅表》曰："周公著《尔雅》一篇（《经典释文》谓即首篇《释诂》），今俗所传三篇（疑即《汉志》所云三卷），或言仲尼所增，或言子夏所益，或言叔孙通所补，或云沛郡梁文所考。皆解家所说，疑莫能明也。"其实，谓《尔雅》全书皆周公作，固误；谓《释诂》为周公作，而孔子、子夏续有所益，亦未可信。《四库书目提要》谓《尔雅》成书当在毛亨以后，武帝以前……周公、孔子皆依托之词，且非纂自一人之手；盖采录诸书训诂名物之同异，自为一书；所采旁及《楚辞》《庄子》《穆天子传》《吕氏春秋》《尸子》《国语》诸书，为《方言》《急就》之流。故此书实秦汉间经师诂经之文，好事者编为类书，以便检查者。《大戴记》曾采录之；张揖《上广雅表》亦有"《尔雅》一篇，叔孙通撰置《礼记》，文不违古"之言。且汉人之引《尔雅》之文，往往称"《礼记》"。例如《白虎通·三纲六纪》篇引《尔雅·释亲》语，曰《礼·亲属记》；《孟子》"帝馆甥于贰室"句，赵岐注引《释亲》语，亦曰《礼记》;《风俗通·声音》篇引《尔雅·释乐》语，曰《礼·乐记》；何休注《公羊传·宣公十二年》，引《尔雅·释水》语，亦曰《礼记》。则此书或即《记》百三十一篇中之一篇或数篇。自刘歆征集能为《尔雅》者千余人，讲论庭中（见《汉书·楚元王传》)，于是附益乃日多了。总之，此书所以列入十三经中，不过因其为集录训诂之书，并非因它是周公、孔子底著作。

（十四）《孟子》——《史记·孟荀列传》曰:“孟轲所如皆不合，退与万章之徒，序《诗》《书》，述仲尼之意，作《孟子》七篇。”赵岐《孟子题辞》曰:“此书，孟子之所作也，故总谓之《孟子》。”又曰:“于是退而论集所与高第弟子公孙丑、万章之徒，难疑答问，又自撰其法度之言，著书七篇。”据此，则《孟子》是孟轲自作的了。阎若璩《孟子生卒年月考》也说:“《论语》成于门人之手，故记圣人容貌甚悉；七篇成于自手，故但记言行或出处耳。”但《孟子》一书，如谓系孟子自作，疑问亦颇多:《孟子》中记孟子所见国君，皆称其谥，如梁惠王，齐宣王，滕定公、文公，邹穆公，鲁平公……诸君不应皆先孟子而卒。此其一。书中称孟子弟子曰“子”者亦甚多，如乐正克曰乐正子，屋庐连曰屋庐子，以及公都子、孟仲子等，陈臻、徐辟亦尝称陈子、徐子。岂有孟子自己著书而称其弟子曰“子”之理？此其二。书中记孟子底话，无论与是人问答，是自己说话，都称“孟子曰”。自己著作，而连篇累牍，自称孟子，亦与情理不合。此其三。所以《孟子》一书，大概是他底弟子模仿《论语》，记录师言，纂辑而成的。书中以记公孙丑、万章二人底问话为最多，且都直书其名。大概当时记录孟子底话的，以此二人为最多，纂辑成书，他们二人或者也躬与其事吧？

十三经底撰述人既分别说明如上。此十三经中，《周易》《尚书》《诗》《仪礼》《春秋》五书，地位最高；所谓“五经”，实即指此五书。古文经学家以为五经（他们以为《周礼》亦在“礼经”之列）皆周公旧典；《易经》中底“十翼”，也是传非经；即是大家公认为孔子所作的《春秋》，其义例亦为周公所定；故孔子述而不作，五经底作者，是周公而非孔子。今文家反之，以为五经皆孔子底创作，与周公无涉。平心论之，则五经底材料，孔子之前已有之；即如《春秋》底事实，也以鲁史为根据；其他四经，当亦非孔子所能杜撰。而且《周易》底卦辞、爻辞，明为文王所作，必说五经皆孔子所作，也未能自圆其说。不过孔子作《彖》《象》以赞《易》弟子又记其论《易》之言为《系辞》《文言》，然后卜筮之《易》乃始一变为论哲理之书。其于古代所存史料中，删取二十八篇《尚书》，也是“祖述尧舜，宪章文武”之意；首列《尧典》，所以明“大道之行，天下为公”之旨；末列《秦誓》，所以明悔过之要。《春秋》虽取鲁史事实，而所谓“其义则丘窃取之”者（孔子语，见《孟子》），正因为有褒贬寓乎其中。他如删诗之说，虽尚为疑问，但此三百五篇，也必经过孔子一番整理，且其教授弟子时，或尚有口授之义，亦未可知。而《仪礼》十七篇为孔子所定，取去之间，当也有其理由。所以孔子之于五经，看似“述者”，实在是一个“作者”。

第四章 ○

十三经底今古文

我国经学史上有“今文”“古文”底分争,《绪言》中曾提及之。所谓“今文经”，是秦始皇焚书以后，西汉传经之儒用当时通行的文字——隶书——钞写的本子；所谓“古文经”，是西汉末年，刘歆继其父向领校中秘书时，所发现的秦始皇焚书以前用古代通行的文字写成的本子。所以“今文”“古文”，本来只是说用以钞写诸经的文字有今古之别而已；进一层说，也不过一种是汉代人底钞本，一种是汉以前传下来的古人底钞本而已。可是本子既有二种，又都是传钞的，文字便不免有歧异、多少，篇章也不免有多少；甚至只有古文本，没有今文本的“经”也有；甚至同一种经底“传”，或为今文，或为古文；甚至对于“经”的训诂、说解，各不相同；对于经底主张，对于孔子底观念，也各不相同了。在刘歆未发现“古文经”之前，西汉时师儒相传、学官所立的经都是今文本，所以并无“今文经”底名称。古文经发现以后，因为要表示两种本子底不同，方称以前经师博士所传习的本子为“今文经”。《汉书·艺文志》著录诸经，每一种各有“经”与“古经”之别；所谓“经”就是“今文”本，所谓“古经”就是“古文”本。《汉志》是根据刘歆底《七略》的；可见《七略》中还没有明明白白地把西汉通行的、用隶书写成的本子叫做“今文经”。“今文”“古文”底名称，是东汉才有的。现存的十三经，用今文本的也有，用古文本的也有，兹分别说明于左：

（一）《易》——西汉时立于学官的今文《易》有三种：一是施雠所传，一是孟喜所传，一是梁丘贺所传，这三派是西汉《易》学底正宗。此外又有焦延寿、京房一派，主言灾异，为《易》学别传，后来也立于学官。这四种今文的《易》，都已亡失，仅存《焦氏易林》一书。此书把《易》底六十四卦又演为四千九十六卦，各系以四言叶韵的繇词，以占吉凶。现存十三经中的《易》，是费直所传的古文《易》。原来西汉时，除上述四家今文《易》立于学官外，还有高相和费直所传的《易》，流行民间。《汉志》说：“及秦燔书，而《易》为卜筮之事，传者不绝。汉兴，田何传之；讫于宣、元，有施、孟、梁丘、京氏，列于学官。而民间有费、高二家之说。刘向以‘中古文《易经》’校施、孟、梁丘经，或脱去‘无咎’‘悔亡’。惟费氏经与古文同。”即此，可见今存的费氏《易》是古文本了。秦始皇焚书，卜筮之书不焚，见《史记·秦始皇本纪》。后汉易学，费氏兴，高氏衰，郑玄、荀爽等并传费氏

《易》，见《经典释文·叙录》。但《易》既未被焚烧，故今古文亦仅“无咎”“悔亡”等字，或脱或增，并无多大差异。

（二）《书》——《汉志》著录《尚书》，首列“古经四十六卷”，班固自注曰:“为五十七篇。”次列“经二十九卷”，自注曰:“大小夏侯二家,《欧阳经》三十二卷。”“三十二”或作“三十一”。按下有“欧阳《章句》三十一卷”,“大小夏侯《章句》各二十九卷”。大小夏侯之经与《章句》卷数既同，则欧阳之经与《章句》卷数也应相同了。夏侯二十九卷，而欧阳独三十一卷者，想因《盘庚》篇分上中下三篇之故。今文《尚书》二十九篇，或谓《书序》为一篇，或谓《书序》非孔子所作，不在数内，因《顾命》篇后半分出《康王之诰》，故为二十九篇；或谓本为二十八篇，因后得《泰誓》一篇于民间，武帝以示博士，博士习而读之，故加入《泰誓》，为二十九篇。按《书序》之不可靠，康有为《新学伪经考·书序辨伪》篇中，论之已详。《顾命》后半不应分出独立，详阅本文，晓然可见。故上述三说，以第三说为比较可信。故伏胜所传的今文《尚书》确仅二十八篇。古文《尚书》比今文《尚书》多十六篇，共四十五篇，又加《书序》一篇，为四十六篇，即《汉志》所云“四十六卷”。此四十六篇中，《九共》篇分作九篇,《盘庚》《泰誓》二篇各分三篇，故为五十八篇；自注云“为五十七篇”者，因东汉建武初亡《武成》一篇。那末，古文比今文所多的十六篇，来历如何呢?《汉志》曰:“古文《尚书》者，出孔子壁中。武帝末，鲁共王坏孔子宅，欲以广其宫，而得古文《尚书》，及《礼记》《论语》《孝经》凡数十篇，皆古字也。共王往，入其宅，闻鼓琴瑟钟磬之音，于是惧，乃止不坏。孔安国者，孔子后也，悉得其书；以考二十九篇，得多十六篇。安国献之，遭巫蛊事，未列于学官。刘向以中古文校欧阳、大小夏侯三家经文,《酒诰》脱简一,《召诰》脱简二，率简二十五字者，脱亦二十五字，简二十二字者，脱亦二十二字；文字异者七百有余；脱字数十。”据此，则今文《尚书》不但较古文少十六篇，还有脱简、脱字及文字异同了。但鲁共王余是景帝之子，以景帝前三年徙王于鲁，卒于武帝初。而此云得书事在武帝末，一可疑。巫蛊事在武帝征和二年，已是武帝末年，若鲁共王得书在武帝初，孔安国何以至武帝末始献之？如安国献书亦在武帝初，何以因巫蛊事而未得立？二可疑。《史记·三王世家》记鲁共王事，并不及坏孔子宅及得古文经传。如此大事，司马迁岂得不知，知之岂得不记？三可疑。此十六篇，因绝无师说，其后皆亡。《后汉书》谓“东汉杜林传古文《尚书》，贾逵为之作训，马融作传，郑玄注解，由是古文《尚书》遂显于世”。而《释文·叙录》则云：“案今马、郑所注，并伏生所诵，非古文也。孔氏之本绝，是以马、郑、杜预之徒皆谓之‘逸《书》’。”则十六篇古文，殆如昙花一现而已。四可疑。《史记·儒林传》曰：“孔氏有古文《尚书》，而安国以今文读之，因以起其家。逸《书》得十余篇，盖《尚书》自滋多于是矣。”是古文《尚书》原为孔氏所有，非鲁共王坏孔子故宅壁，方获得了；其书为古文，而云以今文读之者，因安国识古字，故能迻读。而逸《书》十余篇，则又明在古文之外，和《汉志》所说，截然不同。五可疑。但十六篇既皆亡失，则信之、疑之，皆无所谓了。至于现在十三经中的《尚书》，则并非孔壁中之古文《尚书》，而为东晋时梅赜所献的“伪古文《尚书》”。“梅”，通作“枚”；“赜”，或作“颐”。赜字仲真，汝南人，元帝时为豫章内史。曾奏上孔安国传之古文《尚书》五十八篇。亡《舜典》一篇，购不能得，乃取《尧典》“慎徽五典”句以下，分为《舜典》。因孔安国序谓伏生误合《舜典》于《尧典》，孔传《尧典》止于“帝曰钦哉”句，而马、郑之本则同为《尧典》，故分之。今本《舜典》首有“曰若稽古帝舜，曰重华，协于帝，浚哲文明，温恭允塞，玄德升闻，乃命以位”二十八字，则又取齐明帝建武中姚方兴所奏，云于大航头买得之《舜典》者。此事始末，见《释文·叙录》及《隋书·经籍志》。但此五十八篇中，除今文二十八篇及从《顾命》分出的《康王之诰》外，皆文辞明顺，不若今文二十八篇之“诘屈聱牙”，故吴棫、朱子已疑之，梅鷟疑之更甚，阎若璩《尚书古文疏证》乃力辨为伪书，姚际恒亦列之《古今伪书考》中。段玉裁、王鸣盛，各有发明。丁晏《尚书余论》乃证明出于王肃伪造，孔安国底传和序，也是假的。毛奇龄虽曾作《古文尚书冤词》竭力替它辩护，但已铁案如山，不能平反了。所以十三经中之《尚书》是一部伪古文《尚书》。不过今文《尚书》二十八篇，却仍存在其中（假的古文《尚书》，不仅这一部。西汉成帝时，已有张霸造百二篇《尚书》，其书后即废绝，见《汉书·儒林传》）。

（三）《诗》——十三经中之《诗》是《毛诗》。《毛诗》是古文经。西汉底今文《诗经》有三：一是鲁人申培所传，叫做《鲁诗》；二是齐人辕固所传，叫做《齐诗》；三是燕人韩婴所传，叫做《韩诗》。这三种今文《诗》，都已亡了；现存的只有《韩诗外传》。近人杨树达说《韩诗内传》仍存《外传》中；但今本《外传》决不是《内传》底体裁。故齐、鲁、韩、毛四家，惟《毛诗》独存。《毛诗》，平帝时始立于学官，因为是晚出的缘故。《史记·儒林传》述《诗》学传授，仅详齐鲁韩三家，不及《毛诗》。《汉书·儒林传》虽叙及《毛诗》，但仅曰毛公。郑玄《诗谱》始云大小毛公有二。陆玑始云大毛公名亨，小毛公名苌。《释文·叙录》始引徐整及另一说，故叙《毛诗》传授时代愈后（陆、徐皆三国吴人），所说愈详，未免可疑。《汉志》尝言《诗》遭秦火而全者，以其讽诵，不独在竹帛故也。《诗》既是全经，则今文、古文也并无大差异了。

（四）《周礼》——《周礼》本名《周官》，王莽时始改称《周礼》，已见上文。此书只有古文，没有今文。《释文·叙录》曰："河间献王开献书之路。时有李氏，上《周官》五篇，失《事官》

一篇，乃购以千金；不得，取《考工记》以补之。”按《周礼》本有六篇：一曰《天官冢宰》，二曰《地官司徒》，三曰《春官宗伯》，四曰《夏官司马》，五曰《秋官司寇》，六曰《冬官》。所亡《事官》一篇，以《考工记》补之的，就是《冬官》。则现存十三经中之《周礼》，原文已只有五篇了。

（五）《仪礼》——《汉志》《礼》类著录“古经五十六卷”，“经七十篇”。序曰：“汉兴，鲁高堂生传《士礼》十七篇。”又曰：“《礼》古经者，出于鲁淹中及孔氏，学七十篇文相似，多三十九篇。”刘敞谓“学”当作“与”，“七十”当作“十七”。按十七篇多三十九篇，正是五十六篇，则目录中之“经七十篇”当亦为“经十七篇”之误。今十三经之《仪礼》恰亦十七篇，故为高堂生所传之今文《士礼》。淹中，里名。孔氏，谓孔子宅壁。郑玄《六艺论》曰：“后得孔氏壁中河间献王古文《礼》五十六篇。……其十七篇与高堂生所传同，而字多异。”则古文《礼》又是河间献王所得，而今文十七篇即在古文五十六篇之中了。古文《礼》三十九篇已亡；今存十三经中者，仅今文十七篇而已。

（六）《礼记》——《小戴礼记》四十九篇，是“记”非“经”，是汉儒戴圣所选辑，故本无“今文”“古文”底分别。可是郑玄《六艺论》以“《记》百三十一篇”与“古文《礼》五十六篇”“《周礼》六篇”并列于“后得”经书之列；《汉志》记鲁共王得古文书事，《礼记》亦列于古文《尚书》与《论语》《孝经》之间，所以一般学者也有以《礼记》为古文本的。不过《礼记》中之《王制》，今文经学家言古代制度者多宗之，与古文经学家之宗《周礼》者相抗衡，则《礼记》决非全是古文可知。

（七）《春秋》三传——《春秋》底经与传，初本别行；后皆合成一编。《左传》是古文，故合于《左传》的《春秋》是古文经；《公羊传》《穀梁传》是今文，故合于二传的《春秋》是今文经。《汉志》《春秋》类有“古经十二卷，经十一篇”。前者是《左传》底《春秋经》，后者是《公羊》《穀梁》二传底《春秋经》。即此可见古文《春秋》比今文《春秋》多一篇。《春秋》以鲁国为主，所记自隐公至哀公凡十二君，每君一篇，故为十二篇。其中闵公在位仅二年，今文经附于庄公，故少一篇（《公羊传》说闵公所以附于庄公，是因为子即位未三年，当“无改于父之道”。这是过于深求了）。这一篇底分合，原无关系；《春秋》今古文重要的不同之点，还在古文经直到哀公十六年“夏四月己丑孔丘卒”一条为止，今文经则止于哀公十四年“春西狩获麟”一条。古人以麟凤为祥瑞，必有圣人在上位，方才出现。故传说文王时有凤鸣岐山底瑞应。孔子自叹道之不行，也说“凤鸟不至……吾已矣夫”。孔子周游列国，终无所遇，不能在政治上发展他救世底抱负，眼看着弑逆暴乱，演进不已，故就鲁史底事实，加以笔削，寓“大义微言”于其中。恰逢麟现，而又为人所杀，所以他大生感慨，因而绝笔。这是历来学者所公认的事实，《公羊传》载之颇详，并于此条之末，作总括全书的结论。古文经却又续了二年，末一条竟记孔子卒底月日。此条如果是孔子所书，当其未死，岂能预知死日？如其已死，还能自己执笔吗？这二年底经文，未免有“狗尾续貂”“画蛇添足”之嫌！至于“三传”，因为《公羊》《穀梁》二传是口耳相传，至西汉方写成的，所以是“今文”；《左传》则早已成书，至刘歆校书时方才发现的，所以是“古文”。《左传》底来历，《汉书·儒林传》谓系张苍、贾谊所传。《说文序》并说是张苍所献。《释文·叙录》述左丘明以下的传授更详。但《史记·儒林传》中并未提及。

（八）《论语》——《汉志》《论语》类有古《论语》二十一篇，自注：“出孔子壁中，两《子张》。”又有《齐论语》二十二篇，自注：“多《问王》《知道》。”又有《鲁论语》二十篇。《齐论》为王吉所传，《鲁论》为龚奋、夏侯胜所传，二者皆今文。现存十三经中之《论语》，分二十篇，与今文《鲁论》同。《齐论》所多《问王》《知道》二篇，晁公武《郡斋读书志》以为当是内圣之道，外王之业；宋翔凤《今古文师法表》以为《问王》为《春秋》素王之事，《知道》则发挥《尧曰》篇之义蕴；朱彝尊《经义考》则谓《问王》当作《问玉》，《说文》《初学记》《文选注》《太平御览》诸书所引孔子论玉语，当出此篇（王应麟亦疑《问王》当作《问玉》，朱氏本之）。按《论语》二十篇篇题皆无义，如《学而》取“学而时习之”句首二字，《为政》取“为政以德”句首二字，余仿此。不应所逸二篇，忽为有义之题。今二篇既亡，凡所解说，都是猜度之辞，未足为据。古文《论语》，相传与古文《尚书》同为鲁共王坏孔子宅壁所得。此事颇可疑，已详本章上文《尚书》节。《汉志》言有两《子张》，则篇名《子张》可知。今本《论语》第十九篇亦名《子张》，故曰“两《子张》”。同一书中，二篇同名，似与事实未合。《汉书》注引如淳曰：“分《尧曰》篇后‘子张问何如可以从政’为篇，名曰《从政》。”果名《从政》，则又与班固之说不合了。刘宝楠《论语正义》乃为调停之说，以为篇题当曰“《子张问》”。但《论语》末篇《尧曰》，本仅三章：一为“尧曰”章，一为“子张问从政”章，一为“不知命”章，在二十篇中，已是最简短的；如再分作二篇，更觉不伦不类了。皇侃《论语义疏序》曰：“《古论》篇次，以《乡党》为第二，《雍也》为第三，内倒错不可具说。”今古文《论语》已亡，无从详考了。那末今存的《论语》，是今文《鲁论》吗？则又不尽然。今存者叫做《张侯论》。张侯，名禹，封安昌侯，故曰张侯。禹初受《鲁论》于夏侯建，又从胶东庸谭学《齐论》，合而考之，择善而从，删《问王》《知道》二篇，从《鲁论》二十篇为定，故号曰《张侯论》。见《汉书》本传及《释文·叙录》。禹位至丞相，声势隆盛，故《张侯论》后出而为当时的人所尊，时有语曰“欲为《论》，念张文”。从此齐、鲁、古三种《论语》都渐衰歇；后汉灵帝时刻《熹平石经》，《论语》即采《张侯论》，遂为定本，传至于今。

（九）《孝经》——《汉志》《孝经》类著录“《古孔氏》一篇（二十二章）。《孝经》一篇（十八章）”。古文本为孔安国所注，梁末已亡。《释文·叙录》曰：“又有古文，出于孔氏壁中，别有《闺门》一章，自余分析十八章，总为二十二章，孔安国作传。”古文《孝经》于《广扬名章》后增一《闺门章》，又分今文《孝经》之《三才章》为二，《圣治章》为三，故十八章增为二十二章。按古文《孝经》，如已亡于梁末，陆德明为唐人，安得见之？陆氏所说，疑即隋王劭所得，刘炫伪造的古文《孝经》。且《三才章》仅一百二十九字，《圣治章》仅二百七十七字，且全章文义连络，勉强割裂，反嫌多事。所增《闺门》一章，亦仅二十四字，不成一章。朱子作《孝经刊误》，据古文本，删去二百二十三字，重分为经一章，传十四章。这和他作《大学章句》一样，以主观的见解，对古书加以窜易删削，终嫌轻率；何况所据仍是刘炫底伪古文呢？清末，汪翼沧从日本得来的《古文孝经》（孔安国传），也是一部假书。十三经中之《孝经》，用唐玄宗御注本，倒是今文。

（十）《尔雅》——《尔雅》是缀辑秦汉经师诂经之文而成的书，《汉志》虽附于《孝经》类中，本身并不是一部经书，故无今古文之别；但其所录，则以古文说为多（康有为说，《尔雅》训诂以《毛诗》为主，《释山》五岳①与《周礼》合，与《尧典》《王制》

① 岳 底本作“狱”，据《新学伪经考》（P.98）改。

异;《释地》九州与《禹贡》异，与《周礼》略同;《释乐》与《周礼》同;《释天》与《王制》异，祭名亦与《王制》异，与《毛诗》《周礼》合)。古文起于哀、平之世，故疑此书之成，不当在西汉中世以前。

(十一)《孟子》——此书《汉志》列于诸子儒家中，故亦无今古文。

综上所述，则现存十三经，除《礼记》《尔雅》《孟子》三书本文无所谓今古文外，用古文本者凡四,《易》用费氏,《诗》用毛氏,《周礼》本只有古文。《春秋左氏传》经传皆古文；用伪古文本者一,《尚书》为王肃所造的伪孔安国传本；用今文者五,《仪礼》《春秋公羊传》《春秋穀梁传》及《论语》《孝经》是。其中《易》《诗》《春秋经》，今古文本皆无大差别,《尚书》《仪礼》《论语》《孝经》，古文本篇章多于今文者，皆已亡失；今存之古文，如《尚书》《孝经》皆为伪古文。其迥异今文，而又确为西汉末之古文经传者，亦仅《周礼》《左传》二书而已。而此二书，历代学者对之怀疑者甚多。则所谓“古文经”者，究可信否，实为值得考究之问题。经学底今古文，后面还有专章叙及；本章但就十三经分别说明而已。

第五章 ○

《周易》述要

叙述《周易》底大要，当从“八卦”说起。八卦者，一曰乾（☰），二曰坤（☷），三曰震（☳），四曰巽（☴），五曰坎（☵），六曰离（☲），七曰艮（☶），八曰兑（☱）。《周易正义》引《易纬》曰：“卦者，挂也；言悬挂物象以示于人，故谓之卦。”以“挂”训“卦”，这是“音训”；其实“卦”字底含义，和“悬挂”并无关系。八卦以“⚊”和“⚋”为基础。疑“⚊”和“⚋”是用土做成的一块东西底两面；一面是平而实心的，或许是中间凸出的；一面是中间凹进的。这东西和所谓“杯珓”者相似。《广韵》曰：“杯珓，古者以玉为之。”程大昌《演繁露》曰：“问卜于神，有器名‘杯珓’；以两蚌壳投空掷地，观其俯仰，以断休咎。后人以竹木略断削使如蛤形，而中分为二，改字作‘校’，或作‘簕’，更误作‘筊’。”按今浙江乡间土地庙中，尚有此物，大都以竹根为之。古以玉为之，故字作“珓”；后以竹为之，故作“簸”，作“筊”。推想到古代，或以土为之，故从二“土”字作“圭”；用于卜，故又加“卜”作“卦”（《说文》曰：“圭，瑞玉也。”瑞玉之“圭”，当从“玉”作“珪”）。大概卜时用这东西投掷二次，平面向上，便作“⚊”，凹面向上便作“⚋”；如此三次，便成一卦。其变化不外八种，故为“八卦”。这和以制钱底铸汉字的一面为阳，铸满字的一面为阴，摆三个制钱，便可成八卦中的一卦，是一样的。但伏羲时尚无文字，这“卦”字是有文字以后追给它的一个名称。初民时代，迷信极盛，故卜筮发达很早。或者上古之世，已有这简单的卜法，也未可知。又有人以为“八卦”本非为卜筮而造，最初是用以记数的。如“☰”便是三，“☱”或“☲”或“☴”便是四，“☳”或“☶”或“☵”便是五，“☷”便是“六”；二卦相重，其数更多。故《管子》有“伏羲制九数”的话。那末，“八卦”或且也是“结绳”底一种，悬挂起来，用以记数的。大概原始社会里，最初需要的便是记数的工具。所以《庄子》里把伏羲氏和神农氏都列在“结绳而用之”底时期里。如此说法，则“八卦”者，所以“悬挂物数以示人”了；《易纬》之说，或即根据此类传说，亦未可知（以上参用业师马夷初先生说）。《易纬·乾凿度》说：“八卦”便是“天、地、雷、风、水、火、山、泽”八个字。此说何所根据，已不可知。或谓东汉有坤德六合殿，“坤”字作“巛”，即是“☷”卦底变形；“益”字篆文作“益”，上从“水”，即是“☵”卦，是横写的“巛”字。

此二字可谓巧合。但其余六卦，则不能一一符合。所以“八卦”和文字底关系毕竟如何，还待考证。《周易·说卦》曰:“天地定位，山泽通气，雷风相薄，水火不相射。”下文又说：乾为天，坤为地，巽为风，坎为水，离为火，艮为山，兑为泽。可见天、地、雷、风、水、火、山、泽，是八卦所代表的八种自然界底物事或现象。它们所代表者不仅此。如于动物，则“乾为马，坤为牛，震为龙，巽为鸡，坎为豕，离为雉，艮为狗，兑为羊”；于身体，则“乾为首，坤为腹，震为足，巽为股，坎为耳，离为目，艮为手，兑为口”；于家庭，则乾为父，坤为母，震为长男，巽为长女，坎为中男，离为中女，艮为少男，兑为少女。此外尚多，均见《说卦》。这些显然是用于卜筮所代表的人物或事。

八卦两两相重，成为六十四卦。因为二卦相重，此上彼下，可以排成两个不同的样子；如以排在上面的一卦为主，八卦中底每一卦，可以排成八个不同的样子；所以共有八八六十四卦。今依《周易》底次序，列举六十四卦如左:

（1）乾䷀,（2）坤䷁,（3）屯䷂,（4）蒙䷃,（5）需䷄,（6）讼䷅,（7）师䷆,（8）比䷇,（9）小畜䷈,（10）履䷉,（11）泰䷊,（12）否䷋,（13）同人䷌,（14）大有䷍,（15）谦䷎,（16）豫䷏,（17）随䷐,（18）蛊䷑,（19）临䷒,（20）观䷓,（21）噬嗑䷔,（22）贲䷕,（23）剥䷖,（24）复䷗,（25）无妄䷘,（26）大畜䷙,（27）颐䷚,（28）大过䷛,（29）坎䷜,（30）离䷝,（31）

咸䷞,（32）恒䷟,（33）遯䷠,（34）大壮䷡,（35）晋䷢,（36）明夷䷣,（37）家人䷤,（38）睽䷥,（39）蹇䷦,（40）解䷧,（41）损䷨,（42）益䷩,（43）夬䷪,（44）姤䷫,（45）萃䷬,（46）升䷭,（47）困䷮,（48）井䷯,（49）革䷰,（50）鼎䷱,（51）震䷲,（52）艮䷳,（53）渐䷴,（54）归妹䷵,（55）丰䷶,（56）旅䷷,（57）巽䷸,（58）兑䷹,（59）涣䷺,（60）节䷻,（61）中孚䷼,（62）小过䷽,（63）既济䷾,（64）未济䷿。

六十四卦中，有八个卦，是八卦中同一卦相重而成的，故仍以八卦之名为名。如䷀仍曰“乾”，䷁仍曰“坤”，䷲仍曰“震”，䷸仍曰“巽”，䷜仍曰“坎”，䷝仍曰“离”，䷳仍曰“艮”，䷹仍曰“兑”。有二卦适为上下互易者，如泰（䷊）与否（䷋），既济（䷾）与未济（䷿）。六十四卦底卦名，除仍沿用八卦旧名者外，有可解的，也有不可解的。可解的，或就卦画底形状上取象，如颐卦（䷚），像人颐中有齿；噬嗑卦（䷔），像人吃东西，中见其舌；或就所重二卦代表的物象取象，如蒙卦（䷃），上艮为山，下坎为水，水为山所覆，故曰“蒙”，涣卦（䷺），上巽为风，下坎为水，风行水上，故曰“涣”；或就所重二卦取义，如否卦（䷋），上乾为天，下坤为地，天地上下隔绝，成否塞之象，故曰“否”；观卦（䷓），上巽为风，下坤为地，事物风行地上的，必有可观，故曰“观”。但多数仍在可解不可解之间。六十四卦底次序，《周易》中有《序卦》篇，专门加以解释。如曰：“有天地，然后万物生焉。盈天地之间者唯万物，故受之以《屯》。屯者，盈也。屯者，物之始也；物生必蒙，故受之以《蒙》。”这几句就是说乾坤二卦是代表天地的，坤卦之后为屯卦，屯卦之后为蒙卦，所以如此排列底道理。《序卦》全篇，便是从乾卦到未济卦，逐一说明其排列底理由。但其中未免有牵强之处。我想，六十四卦，大可以上面的一卦为主，排成八个系统，另成次序。六十四卦每卦各有卦辞。如《乾卦》曰：“乾：元亨利贞。”《蒙卦》曰：“蒙：亨。匪我求童蒙，童蒙求我；初筮告，再三渎，渎则不告。利贞。”《谦卦》曰：“谦：亨，君子有终。”《睽卦》曰：“睽：小事吉。”六十四卦都是如此。

卦底每一画，叫做“爻”。《系辞》说：“爻也者，效此者也。”以“效”训“爻”，也是音训。又曰：“爻者，言乎变者也。”所以有六十四卦，便是“爻”底变化。“爻”“交”音近；我颇疑心所谓“爻”者，和“珓”“校”“簐”“筊”等“杯珓”底名称有关。大概用“圭”投掷，或平面向上，或凹面向上，每次不一定相同；前者以“⚊”记之，谓之“阳爻”，后者以“⚋”记之，谓之“阴爻”。和现在乡下土地庙里掷筊，以两筊俱仰为“阳筊”，俱仆为“阴筊”，正极相似。八卦各以三爻画成，六十四卦各以六爻画成。如乾卦䷀，六爻皆阳；坤卦䷁，六爻皆阴；其它各卦，六爻阴阳便各不同了。《周易》于每卦六爻，都从最下一画数起；阳爻谓之“九”，阴爻谓之“六”。故乾卦六爻，曰初九、九二、九三、

九四、九五、上九；坤卦六爻，曰初六，六二、六三、六四、六五、上六；他卦可以类推。这里应当注意的是：最下最上二爻，曰初、曰上，而且表阴阳的“六”、或“九”，是用在“初”“上”二字之下的；其余四爻，各以“一、二、三、四、五”为序，而且表阴阳的“六”或“九”是用在“二、三、四、五”诸数字之上的。六十四卦各有六爻，每爻各有爻辞。如《乾卦》爻辞曰：“初九，潜龙勿用；九二，见龙在田，利见大人；九三，君子终日乾乾，夕惕，若厉，无咎；九四，或跃在渊，无咎；九五，飞龙在天，利见大人；上九，亢龙有悔，用九，见群龙无首，吉。”此外六十三卦，每卦也有六条爻辞——《卦辞》《爻辞》都是文王所作。六十四卦底卦辞、爻辞都完备了，便可用以卜筮了。大概《周易》原文，本只如此；所以相传以这部分为《易》底“经”。

六十四卦各有“《彖》曰……”，这叫做《彖辞》。《易》“彖”，刘瓛注曰：“彖，断也。”此亦音训。《左传·襄公九年》疏曰：“统论一卦之体，明其所由之主。”但卦辞也是统论全卦，以断吉凶的，故或亦谓之“《彖辞》”。卦内“《彖》曰……”，为孔子所加，以释卦辞者，因为要与卦辞有分别，所以又名“《彖传》”。例如《泰卦》底卦辞曰：“《泰》：小往大来，吉，亨。”《彖》曰：“《泰》：小往大来，吉，亨。则是天地交[①]而万物通也，上下交而其志同也。内阳而外阴，内健而外顺，内君子而外小人，君子道长，小

① 交 底本脱，据《十三经注疏》（P.54）补。

人道消也。"《否卦》底卦辞曰:"《否》之匪人,不利,君子贞;大往小来。"《彖》曰:"《否》之匪人,不利,君子贞;大往小来。则是天地不交而万物不通也,上下不交而天下无邦也。内阴而外阳,内柔而外刚,内小人而外君子,小人道长,君子道消也。"《彖辞》或论一卦之义,或论一卦之德,都以解释卦辞为主。卦辞重在占卜吉凶,《彖辞》则重在论其吉凶之所以然,而其要旨以人事因果及道德修养为主。卜筮之《易》,一变为研究哲理之书,即此可见。《周易》六十四卦,分上下二篇,上篇三十卦,下篇三十四卦;所以《彖辞》也分上下篇。

《彖辞》之外,又有《象辞》,亦孔子所作。《象辞》有大小之分。《大象》总论一卦之象。如《乾卦·象》曰:"天行健,君子以自强不息。""《乾》为天""乾,健也",均见《说卦》。《乾卦》六爻全阳,故其象为天,其德刚,其行健。天道运行不息,故能成其刚健。君子法天,故当自强不息。《中庸》所说"至诚无息",就是自强之道。《小象》分论六爻之象。如《乾卦》"自强不息"句下曰:"潜龙勿用,阳在下也;见龙在田,德施普也;终日乾乾,反复道也;或跃在渊,进无咎也;飞龙在天,大人造也;亢龙有悔,盈不可久也。用九,天德不可为首也。"就是《小象》。"潜龙勿用……",是《乾卦》底爻辞,《小象》是就爻辞说明其取象之所以然的。初九是阳爻,在最下之位,故有"潜龙勿用"之象。九二地位较高,故曰"见龙在田"。因为尚在下卦,故曰"在田”。所谓“在田”，和今语底“在野”差不多。但九二底地位，居下卦之中,《文言》说它是“龙德而正中者也”，所居为师儒之位，故又曰“德博而化”。这和《象辞》所云“德施普也”，意义正同。九三居下卦之上，以上卦言却又在下。好似在野的名流，声望虽隆，但无政治的地位，正须朝乾夕惕，进德修业，居上位而不骄，在下位而不忧，方能“若厉”而“无咎”。九四则已居上卦底下爻了，君子得进身之机，故有“或跃在渊”之象，而进可无咎。九五居上卦之中，是君子在上位之象，故曰“飞龙在天”。声应气求，云龙风虎，得时行道，故曰“大人造也”。上九居纯阳的《乾卦》底最高的地位，故曰“亢龙”。在此高位，如其自满自足，丢开了民众，和在下的贤人隔绝了，则“高而无民”,“贤人在下位而无辅”，必致“动而有悔”。如能“用九”，即用刚健中正之德，以治天下，这正是“天则”，故《文言》曰:“《乾》元用九，乃见天则。”可是做领袖的，若侈然以领袖自居，而满足骄傲刚愎，则盈不可久，故曰“见群龙无首，吉”。“无首”者，非真无领袖；是领袖和民众打成一片的意思。所以《乾卦》底《小象》，已把人们在什么地位应当怎样，说得明明白白了。孔子把卜筮之《易》变成论人事论哲理的书，于此更为明显。——《乾卦》首列卦辞，次列爻辞，次列《彖辞》,《象辞》中《大象》之后，即继以《小象》。《坤卦》以下，则卦辞之后，次以《彖辞》，又次以《大象》，又次以爻辞,《小象》分记于各爻底爻辞之后，其次序不同。这也是读者应当注意的一点。《象辞》本亦分上下篇，或谓《象辞》系分《大象》为上篇,《小象》为下篇，故《周易·乾卦·大象下》疏曰:“此《大象》也;‘十翼’之中，第三翼总象一卦，故谓之《大象》。”我想,《象辞》分二篇，恐也和《彖辞》一样，与卦辞、爻辞同以三十卦为上篇，三十四卦为下篇的。

《彖》《象》之外,《周易》中底重要文章，须推《系辞》和《文言》了；因为这两篇，至少是孔门弟子所记的孔子论《易》之言。《系辞》也分上下二篇，似乎是弟子杂记孔子之言，所以并不成为一篇结构整严的文章。内容有总论《易》的，如上篇首节“天尊地卑……”，次节“圣人设卦观象……”，下篇首节“八卦成列……”，第三节“是故《易》者象也……”；这一类占《系辞》底大半。有专论《乾》《坤》二卦的，如上篇首节“《乾》道成男……”以下一段，下篇“《乾》《坤》，其《易》之门户[①]……”一段,“夫《乾》天下之至健也……”一段。有说到作《易》的时代的，如下篇“《易》之兴也，其于中古乎……”一段,“《易》之兴也，其当殷之末世……”一段。也有零零碎碎地解说各卦底卦辞、爻辞的，如上篇“初六，藉用白茅……”一节，下篇“《易》曰：困于石……”一节。最特别的，是下篇“古者包牺氏……”

① 户　底本作“邪”，据《十三经注疏》(P.156)改。

一节，竟用《易》底诸卦来叙说古代种种事物底发明。可见《系辞》是杂录成篇的了。可是孔子论《易》理的话，却借以存留，成为研究《易经》底可宝贵的参考材料。

《文言》是专说《乾》《坤》二卦的，所以今本《周易》分隶《乾》《坤》二卦之后。孔子以《乾》《坤》为《易》之门户，其余卦爻，皆从《乾》《坤》而出，故特作此篇以解释其义理；因系诠解二卦经文，故名《文言》。阮元以为"词之饰者，乃得为[①]文"，《文言》数百字，几于句句用韵，且多用偶，故自名曰"文"，此千古文章之祖（见《文言说》）。阮氏主以骈偶有韵之文为文学正宗，故有此说，但非《文言》命名的本义。《乾·文言》前半篇首释《乾》底卦辞"乾元亨利贞"句；次就各爻爻辞，逐一解释而以问答体出之（如"初九曰'潜龙勿用'，何谓也？子曰：'龙德而隐者也。不易乎世，不成乎名；遁世无闷，不见是而无闷；乐则行之，忧则违之，确乎其不可拔，潜龙也。'"）；次又以简括的话反复说此六爻爻辞（"潜龙勿用，下也……乾元用九，天下治也"为一段；"潜龙勿用，阳气潜藏……乾元用九，乃见天则"为一段）；后半篇又总括全卦，从卦辞说起（"乾元者，始而亨者也……君子以成德为行，日可见之行也"一段），并及六爻爻辞（"潜之为言也……知进退存亡而不失其正者，其唯圣人乎"一

① 为　底本作"谓"，据《揅经室集》（P.606）改。

段），前半重在释卦、爻辞底意义，后半重在就卦爻辞底意义，引申到人事修养方面。《坤·文言》较《乾·文言》为简；但其旨在以人事发挥卦爻之义则同。如以“积善有余庆，积不善有余殃，臣弑君，子弑父，非一朝一夕之故”，释初六爻辞之“履霜坚冰至”；以“君子敬以直内，义以方外，敬[①]义立而德不孤”，释初二爻辞底“直方大，不习无不利”；以“天地闭，贤人隐”，释六四爻辞之“括囊，无咎无誉”曰“盖言谨也”。孔子赞《易》，变卜筮之书为哲理修养之书，于此又可得一明证。

此外，尚有《说卦》，就八卦说明其方位（如云震东方，巽东南，离南方，乾西北，坎北方，艮东北，坤兑虽未明言，亦可推知为坤西南，兑正西），意义（如“乾，健也；坤，顺也；震，动也；巽，入也，坎，陷也；离，丽也；艮，止也；兑，说也”），取象（如乾为马，乾为首，乾为天，及以下各节皆是），虽然首段也有“和顺于道[②]德而理于义”，“穷理[③]尽性以至于命”，“圣人作《易》，将以顺性命之理”等话，但终不如《彖》《象》《系辞》《文言》之详于人事。《序卦》说明六十四卦次序，多牵强之辞。姚鼐以此篇为序跋文之始祖，殆误信为孔子所作之故。《杂卦》系释六十四卦卦名，似辑训诂家言而成；次序又凌乱无绪。——总之，

---

① 敬 底本作“德”，据《十三经注疏》（P.33）改。
② 道 底本脱，据《十三经注疏》（P.196）补。
③ 理 底本作“则”，据《十三经注疏》（P.196）改。

这三篇或是传《易》的经师所附加，决非孔子之言，并没有加以阅读底必要。

《周易》底内容，大致如上。但上面所说，仅是这部书底各部分；我们只能借此知道《周易》一书编制底概况。就是孔子赞《易》，变卜筮之书为哲理之书，也只是说明孔子于《易》，以“述”为“作”而已。全部《周易》底哲理的基本观念，毕竟是什么呢？《左传》载晋韩宣子适鲁，见《易象》与《鲁春秋》。《易象》即未经孔子述赞的《周易》。可见古人有名《周易》为《易象》者。我以为“易”和“象”是《周易》底基本观念。“易”有“变易”“易简”“不易”三义，本书第一章里已说过了。天地万物没有一时一刻一分一秒底时间，不在变易中。一个人，由初生的婴儿，而变为孩提之童，变为少年、青年、壮年，渐渐衰老，以至死亡；一生底变易，是显而易见的。这些显而易见的变化，决非一朝一夕之故，其所由来者渐。故今年底我固已非去年底我，今日底我固已非昨日底我；即一分一秒，一弹指一转瞬间，所谓“我”者，已非过去一刹那前的“我”了。不但“我”，宇宙间的万物万事，都在不停地变易。孔子在川上，曾叹道：“逝者如斯夫，不舍昼夜！”川流不息，本是一种常见的自然现象；孔子独大生感触，发为此言者，便是悟到“变易”“不息”是自然界最高的原则。故程子曰：“此道体也。天运而不已，日往则月来，寒往则暑来；水流而不息，物生而不穷，皆与道为体，运乎昼夜，未尝已也。”朱子亦曰:“天地之化，往者过，来者续，无一息之停。”《易·乾卦·象辞》所云“天行健，君子以自强不息”,《礼记·中庸》所云“故至诚无息”，都是从这“变易”的天道悟得的人生哲学底原则。天地万物底“变易”由于“动”。《周易》以为“动”底原力有二种：一是阳性的，刚性的；一是阴性的，柔性的。这二种原力，互相冲突，推挤，便有种种的变动出来了。所以《系辞》说:“刚柔相推而生变化。”这二种原力，无以名之，名之曰“阴”“阳”。故又曰:“一阴一阳之谓道。”宇宙间万事万物，都有这相对并存，相反而相成的两种或两方面。如电之有阴阳，数之有正负，人之有男女，物之有牝牡雌雄。《周易》以“⚊”和“⚋”作为代表它们底符号。而这两个符号，都是从一画的“⚊”变出来的。所以《系辞》说:“是故《易》有太极，是生两仪。”《说文》曰:“极，栋也。”“极”字底本义，原是屋顶底横梁，故名“⚊”曰“太极”。如把这二符号两两相叠，便可以排成四种不同的式子:(1)“⚌”,(2)“⚏”,(3)“⚍”,(4)“⚎”。这就是“两仪生四象”了。如把这二符号重迭为三，便可以排成八种不同的式子；这就是“四象生八卦”了。再把八卦两两相重起来，便成六十四卦。由最简单的“⚊”和“⚋”，可以推衍出六十四卦来；以六十四卦底三百八十四爻去代表各种事物底变化，这不是以“简易”御天[1]下之至赜至难吗？天地事物底变易，都

① 天 底本作“大”，据文意酌改。

是由简至繁，由易至难的。若能知道它简易的远因，便可以推知它繁复的后果，故能“彰往而知来”。万事万物，都是由简而繁，由易而难，一刻不停，一条不断地变易；人类由上古的原始社会进化到现代底情形，也是这个道理，所以人事也有因果底关系。这便是宇宙间“不易”的定理——最“简易”的定理。

《系辞》曰:“《易》也者，象也。”又曰:“象也者，像也。”（按孟、京、虞、姚等本均作“象也者，象也”。疑今本作“像”者，为后人所改。）“象”与“相”音同（俗象棋子，蓝棋之“象”，红棋作“相”，是最浅显的证据）。《说文》曰:“相，省视也，从目从木。”“相”训省视；引申之，则凡以目视物，所得的形象，也叫做“相”。更引申之，则凡所省视的对象，也叫做“相”了。如《诗经》“金玉其相”底“相”字，佛经中“寿者相”底“相”字，还是这个意思。“象”字便是“相”字底同音假借。再引申之，则为“象效”之义。凡所象效之事物（例如习画所仿之画帖，雕塑所仿的模型），也叫做“象”。所以“象”有三种含义：一是“现象”，凡宇宙间之事物，人目所见的都是；一是“意象”，凡人目观察宇宙间之事物所摄取的印象，和经过想象而构成的抽象的观念都是；一是“法象”，凡所象效的，无论本是具体的现象，或抽象的意象都是。《周易》六十四卦，都是“象”底作用；六十四卦底《象辞》，都是说明“象”底意义。例如蒙卦，上艮为山，下坎为水。山下有泉水出来，本是一种“现象”；用䷃卦来代表这种现象，便是“意象”了；山下所出之泉，是水的源头，孔子看了这个卦象，便悟到教育须从儿童时期着手，故曰：“山下出泉，蒙；君子以果行育德。”又曰：“蒙以养正，圣功也。”这便是以“山下出泉”之蒙为人事底“法象”了。又如大畜卦，上艮为山，下乾为天。“山中有天”者，就是在高山环绕中，仰面见天，这也是一种“现象”。用䷙卦来代表这现象，便是“意象”。由这意象，又可得到“坐井观天”，所见不大的意思；我们怎样去补救识见底鄙陋浅狭呢？所以说：“天在山中，大畜，君子多识前言往行，以畜其德。”这便是以“天在山中”之大畜为人们修养底“法象”了。这两卦，蒙卦从正面引申为法象，大畜卦从反面引申为法象，虽微有不同，其从现象而得意象，而得法象，则同。又如谦卦上坤为地，下艮为山；“地中有山”，实际上是没有这种“现象”的。所以䷎只是代表一种虚拟的抽象的“意象”，以示极卑下的意义。因为山本是在地上的，山在地下，不是卑下之极了吗？以这意象为“法象”，所以治事则有“裒多益寡，称物平施”，自修则有“卑以自牧”底观念了。谦卦所取之“象”，是“意象”，非“现象”，又与蒙卦、大畜卦不同，而其从意象而得法象仍同。孔子变卜筮之《易》为哲理之《易》，去禨祥而务人事，其要点全在乎此。六十四卦底《象辞》，无论《大象》《小象》，都可作如是观。最特别的，是《系辞》中“古者包牺氏之王天下也……”一节，说古代事物制度底发明，都是取象于六十四卦底卦象的。这一节底意思，是说事物制度底发明，有合于诸卦底“意象”，第二章已说明过了。例如涣卦䷺，上巽为风，下坎为水，有“风行水上”之象，正和驶船底现象相合，故曰:“刳木为舟，剡木为楫……盖取诸涣。”又如小过卦䷽，上震下艮，震动而艮止，有“上动下静”之象，正和杵臼舂物底现象相合，故曰:“断木为杵，凿地为臼……盖取诸小过”（现在浙江台州乡间，尚有把舂米的石臼埋在地下的）。又如大过卦䷛，上兑为泽，下巽为木，有泽灭木之象；因此，深怕大水浸没了父母葬地，并把柴薪裹着葬埋的尸身毁灭了；所以有用棺椁和封树坟墓的意思。所以说:“古之葬者，厚衣之以薪，葬之中野，不封不树，丧期无数，后世圣人易之以棺椁，盖取诸大过。”这一节文章，并不是穿凿附会，硬说先有六十四卦，然后取各卦之意象为法象，以发明种种事物制度，孔子之意，殆谓人类种种器物、制度、风俗礼仪底发明，都起于人们心中的“意象”。这可以说是上古社会进化，由于“心”起的一种学说，值得供我们作参考的。

“易”和“象”，是全部《周易》底两大基本观念；我们如要阅读《周易》，应特别加以注意。至于汉儒“方士”式的《易》学，宋儒“道士式”的《易》学，则又把《周易》回复到迷信方面去，尽可一概弃置的了。

第六章 ○

《尚书》述要

现存十三经中之《尚书》五十八篇，为王肃所造、梅赜所献之伪古文《尚书》，第四章中已述及之。但伏胜所传的今文《尚书》二十八篇，却存于其中。二十八篇底篇目如左：

（1）《尧典》，（2）《皋陶谟》，（3）《禹贡》，（4）《甘誓》，（5）《汤誓》，（6）《盘庚》，（7）《高宗肜日》，（8）《西伯戡黎》，（9）《微子》，（10）《牧誓》，（11）《洪范》，（12）《金縢》，（13）《大诰》，（14）《康诰》，（15）《酒诰》，（16）《梓材》，（17）《召诰》，（18）《洛诰》，（19）《多士》，（20）《无逸》，（21）《君奭》，（22）《多方》，（23）《立政》，（24）《顾命》，（25）《吕刑》，（26）《文侯之命》，（27）《费誓》，（28）《秦誓》。

今本从《尧典》中分"慎徽五典"句以下为《舜典》，并在前面加上"曰若稽古帝舜……乃命以位"二十八字，亦已见上文第四章。按《礼记·大学》引《尧典》"克明俊德"句，作"《帝典》

曰”；疑因此篇兼记尧舜事，故亦称《帝典》。又从《皋陶谟》中分“帝曰，来，禹，汝亦昌言”以下为《益稷》。《顾命》中“王出在应门之内”以下，亦分出为《康王之诰》。而《盘庚》篇则分为上中下三篇。所以二十八篇今文《尚书》，在今本《尚书》中已增为三十三篇了。五十八篇，去了三十三篇，还有二十五篇，则为伪古文《尚书》，其篇目如左：

（1）《大禹谟》,（2）《五子之歌》,（3）《胤征》,（4）《仲虺之诰》,（5）《汤诰》,（6）《伊训》,（7）《太甲》（分上中下三篇）,（8）《咸有一德》,（9）《说命》（分上中下三篇）,（10）《泰誓》（分上中下三篇）,（11）《武成》,（12）《旅獒》,（13）《微子之命》,（14）《蔡仲之命》,（15）《周官》,（16）《君陈》,（17）《毕命》,（18）《君牙》,（19）《冏命》。

这十九篇中,《太甲》《说命》《泰誓》各分上中下三篇，所以共计二十五篇。二十五篇既是伪书，可以搁置一边；现在就二十八篇今文，述其大要如次。

“《尚书》为记言之史”，这句话不甚可据。因为今文二十八篇中，有以记事为主的，有以记言为主的；不过记言的篇数特多而已。今本《尚书》分《虞书》《夏书》《商书》《周书》四编，盖以《尚书》五十八篇，为虞、夏、商、周四代史官所记，故按时代分编。扬雄《法言·问神》篇曰：“虞夏之《书》浑浑尔,《商书》灏灏尔,《周书》噩噩尔。”则其文章气象，也各有不同了。又有以

“典”“谟”“誓”“诰”“训”“命”等分类者，则又以文体为标准了。我们阅读《尚书》，实不必斤斤于如何分类的问题。

第一篇《尧典》，实际上是记事的；记的是尧舜二帝之事。这篇和《皋陶谟》，虽说是《虞书》，我却疑是夏代史官所追述。故首云“曰若稽古帝尧”，“曰若稽古皋陶”。“曰若”，发语词，无义；和《召诰》“越若来三月”底“越若”一样。言考之前代有帝尧其人，有皋陶其人，明是后代追述之辞。伪古文《大禹谟》首句摹仿这二篇，也说“曰若稽古大禹”，便不妥了。《尧典》自首句至“黎民于变时雍”，凡五十七字，总括尧之治绩。其下自“乃命羲和”至“庶绩咸熙”一段，记尧之定历法。“历象日月星辰，敬授人时”，“期三百有六旬有六日，以闰月定四时成岁”，这在古代，的确是了不得的大事。故《论语·尧曰》篇记尧命舜之言，首曰“天之历数在尔躬”，竟以历数为受命之符。“帝曰：畴咨若时登庸”以下，至“九载绩用弗成”，历记帝尧访于举臣，荐举人才，而鲧之治水，终至失败。此实为下文举舜张本。观其先妻以二女，又以五典、百揆、四门、大麓历试之，何等慎重！及“敷奏以言”，而“言底可绩”；“明试以功”，而“庶绩咸熙”；乃有“汝陟帝位”之命，“受终文祖”之事。可见“帝曰钦哉”与“慎徽五典”，上下连贯，万不能于此二句之间，划作两截，分为《尧典》《舜典》了。自“正月上日，受终于文祖”起，至“二十有八载，帝乃殂落，百姓如丧考妣，三载，四海遏密[①]八音”，中间所记，“齐七政”，祭神祇，觐岳牧，巡狩四方，肇州、封山，定刑典，放四凶，皆尧老、舜摄时事。孟子所谓“舜相尧，二十有八载”，正与此合，下文“月正元日，舜格于文祖”以下，方记舜正式即位后事。故此句以前“帝”字皆指尧，舜则径称曰“舜”；即下文咨于四岳，亦尚称“舜”，直至命禹、弃、契、皋陶，方称舜为“帝”。如其为独成一篇之《舜典》，岂有前半称“舜”，后半称“帝”之理？末于记舜命官考绩之后，以“庶绩咸熙，分北三苗”作结，而又总记舜一生征庸、在位及崩殂之年。所以这篇《尧典》完全是记尧舜二帝底事实，而不是记言的文章。

《皋陶谟》却是记言的了。这篇所记，是皋陶与禹在帝舜前的谈话。以皋陶之言始，以皋陶飏言赓歌终，故以“《皋陶谟》”名篇。后半曾附记夔言，而益与稷二人，只于禹自述治水事，有“暨益奏庶鲜食”“暨稷播[②]，奏庶艰食鲜食”二语，并未记他们二人底话。伪古文《尚书》乃分截本篇“帝曰，来，禹，汝亦昌言”句以下，名曰《益稷》篇，其谬误更可一望而知了。

《禹贡》是一篇纯粹的记事文，全篇中没有一句是记言之辞。首句“禹敷土，随山刊木，奠[③]高山大川”，总摄全篇。以下列叙

---

① 密　底本作“灭”，据《十三经注疏》（P.272）改。
② 播　底本缺，据《十三经注疏》（P.296）补。
③ 奠　底本作“甸”，据《十三经注疏》（P.307）改。

冀、兖、青、徐、扬、荆、豫、梁、雍九州为一大段。每州先约略地说明其位置（如曰“济河惟兖州”，就是说济河二水间为兖州）；次述其山川（如冀州曰“既载壶口，治梁及岐”，是记山；“至于衡漳”，是记川）；次及土壤物产（如兖州曰“厥土黑坟，厥草惟夭”，“厥木惟条”）；次及田赋（如冀州曰“厥赋惟上上错，厥田惟中中”）；次及贡物，及纳贡的道路（如兖州曰“厥贡漆丝，厥篚织文，浮于济、漯，达于河”）。自“导岍及岐”句起，至“至于敷浅原”句止，是记山脉。分北、中、南三条：北条从岍、岐至碣石，在黄河之北；中条从西倾至陪尾，从嶓冢至大别，在黄河之南，长江之北；南条从岷山至敷浅原，在长江之南。自“导弱水”句起，至“又东北入于河”句止，是记河流。弱水、黑水、黄河、汉水、长江、济水、淮水、渭水、洛水，凡九条。“九州攸同……”至“咸则三壤成赋”，是总括上面列叙九州及分记山川二大段的。末段述“甸”“侯”“绥”“要”“荒”五服之制，而以“东渐于海，西被于流沙，朔、南暨声教，讫于四海”收束之。末句“禹锡玄圭，告厥成功”，是全篇底结句。可见这篇文章是记禹治水作贡定五服之制的，是研究古代沿革地理的重要参考资料。

今文《尚书》二十八篇中，有五篇“誓”。誓者，誓师之辞。《甘誓》，启征有扈氏作；《汤誓》，汤伐桀作；《牧誓》，武王伐纣作；《费誓》，鲁侯伯禽征淮夷、徐戎作；《秦誓》，秦穆公为晋所败于崤，还师时作。故前四篇都是宣布对方罪状及勖勉约束将士之言；后一篇则为悔过之辞。《甘誓》中可以注意的，是以“威侮五行，怠弃三正”为有扈氏底罪状。“三正”，当如俞樾说，指命于天子的大国三卿。则怠弃三正，尚易了解。五行是金木水火土。威侮金木水火土，则不可解了。因为古代政教不分，而一代有代底重要的宗教式的学说。夏代崇奉五行说，商代崇奉鬼神说。威侮五行说，故为有扈氏底罪状。《汤誓》《牧誓》，大可与《甘誓》比较阅读。因为它们底作法是一样的。《费誓》，伏生《大传》作“《鲜誓》”,《史记·鲁世家》作“《肸[①]誓》”。费是地名，一字之异，无大出入。不过《费誓》完全是约束勖勉将士之辞，并没有提到淮夷、徐戎底罪状。则前四篇虽都是出师底誓辞，内容也有不同了。

《盘庚》，今本分上中下三篇。这篇文章确可分作三大段，但仍以合成一篇为是。按《史记·殷本纪》以为盘庚崩后，百姓追思之而作。上篇是第一段，首曰“盘庚迁于殷，民不适有居……”，可见所记为初迁时事。中篇是第二段，首曰“盘庚作，惟涉河以民迁……”，可见所记为将迁时事（盘庚以前，殷都河北，及盘庚作，乃思渡时复都于殷。惟，思也）。下篇是第三段，首曰“盘庚既迁，奠厥攸居……”，可见所记为新都已奠后事。全篇第一段从初迁时记起，第二段追叙将迁时，第三段又回叙既迁之后，此是记叙文一种结构方式，所以说分三大段，而仍以合成

① 肸　底本作“肹”，据《史记》（P.1524）改。

一篇为是。《书序》以为将迁于亳时作，按之本文，实有未合。

《高宗肜日》，有一个故事式的本事。据说高宗武丁祭成汤，有飞雉登鼎耳而雊（雊，雉鸣）。武丁以为不祥。祖己训王。武丁修德行仁，殷道复兴。《史记·殷本纪》载此事，并谓武丁崩后，立其庙为高宗，祖己嘉之而作此篇。与《书序》以为作于祖己训王时不同（肜音融。祭之明日又祭，殷曰肜，周曰绎，故肜为祭名）。

《西伯戡黎》底“黎”，是国名。《史记·殷本纪》作饥国。西伯灭黎，周势益张。故纣臣祖伊恐而告纣。本篇即记祖伊与纣之言。下篇《微子》亦纣时事，记微子告父师、少师，及父师答语。旧说以父师、少师为比干、箕子，不知何据。吴汝纶《尚书故》谓“父师”当作“太师”；太师、少师皆乐官，犹《论语》鲁有太师挚，少师阳[①]。微子所云“我其发出狂”，“狂”乃“往”字。但“发出往”与“行遁”，未必便是奔周；盖微子为贵戚之卿，故见纣之将亡，欲遁迹去位，而又踌躇未能决，而商之于太师、少师。若微子此时即奔周，则孔子岂肯以“微子去之”为殷三仁之一呢？

洪，大也；范，法也。武王克殷之后，访于箕子。箕子为武王陈治天下之大法。本篇即记箕子之言。本篇在殷以前政教未分时的思想史上，颇占重要地位。所说洪范九畴，可以列一简表如下：

① 阳 底本作“扬”，据《十三经注疏》（P.5497）改。

洪范九畴

（一）五行——（1）水（润下——咸），（2）火（炎上——苦），（3）木（曲直——酸），（4）金（从革——辛），（5）土（稼穑——甘）。

（二）五事——（1）貌（恭——肃），（2）言（从——乂），（3）视（明——哲）（4）听（聪——谋），（5）思（睿——圣）。

（三）八政——（1）食，（2）货，（3）祀，（4）司空，（5）司徒，（6）司寇，（7）宾，（8）师。

（四）五纪——（1）岁，（2）月，（3）日，（4）星辰，（5）历数。

（五）皇极——言惟皇以王道建立人民之极则。

（六）三德——（1）正直，（2）刚克，（3）柔克。

（七）稽疑——即以卜筮决疑，但尚须谋及卿士、庶人，及自己底心。

（八）庶征——雨、旸、燠、寒、风，五者以“时”，则为“休征”；五者不以时而“恒”至，则为“咎征”。

（九）五福、六极——寿、富、康宁、攸好德、考终命，曰五福；凶短折、疾、忧、贫、恶、弱，曰六极。

五行是五种常用的质料（行，用也）；九畴首列五行，是兼采夏代底“五行说”。“五事”，关于个人底修养，而其影响可以直接见之行事。“八政”，是社会政治底八项要务。“五纪”，关于历数，尧时已视为极重要的了。“皇极”，为儒家德治说之所从出。“三德”，是就人底性质说的。卜以“稽疑”，在古代也是很重视的。“庶征”，和农事关系极大；我国是农业国，所以也非常重要。“五福、六极”，则指人们一生底运命，好坏不同。所说虽极平凡，按之实际，却所包甚广，且是布帛菽粟之言，颇值得加以阅读。

《金縢》记周公底故事。武王病时，周公祝告先王，愿以身代。这篇祝文，藏在金縢匮中。武王崩，成王幼，周公摄政。管叔、蔡叔流言：“公将不利于孺子。”周公居东二年，成王因天灾震恐，发金縢之匮，发现祝文，乃大感悟，亲迎公归。这篇《金縢》就是记载此事的。故就大体论，也是一篇记事之文。今本《尚书》此篇在《大诰》之前，《书序》同。今文《尚书》则《大诰》在《金縢》之前。

《尚书》中以“诰”名者凡五篇。故《尚书大传》引孔子告子夏，有“五诰可以观仁”之言。五诰者，《大诰》《康诰》《酒诰》《召诰》《洛诰》。《大诰》是周公将东征武庚，以成王命诰诸侯。武庚是纣王底儿子，武王克纣之后，封之于殷。这时和管叔、蔡叔等同起叛周，故周公征之，作《大诰》以告多邦。《康诰》是诰康叔的。康叔名封，武王弟，封于卫。卫在东土，是殷畿内之地，所以郑重地诰诫康叔。首段曰："惟三月，哉生魄，周公初基，作新大邑于东国洛。四方民大和会，侯、甸、男、采、卫、百工、播民，和见士于周。周公咸勤，乃洪《大诰》治。"故《书序》以为周公以殷余民封康叔，作《康诰》。但周公既以成王命诰康叔，成王为康叔之侄，不当有"王若曰，朕其弟小子封"之言。故学者谓康叔当封于武王时，此篇乃武王诰康叔之辞。首段当是前《大诰》篇末语。治，故也。"见士"之"士"借作"事"。言周公作新邑于洛时，所以诸侯百官及播迁之殷民，皆为周所用者，乃洪《大诰》之故。吴汝纶《尚书故》即主此说。按此段与本篇诰康叔之言，邈不相涉；末句明云"乃洪《大诰》治"，其为《大诰》篇末误脱，亦甚显然。而《书序》已如此说，则脱误必很早了。《酒诰》也是诰康叔的。因为卫民承纣遗风，沉湎于酒，故特诰康叔，严于酒禁。《召诰》是召公诰周公，《洛诰》是周公诰成王，二篇同是因营洛邑一事而作的。那时，成王在丰，欲营洛邑，先使召公至洛相宅。召公在洛水之汭，把新都的基址奠定了，周公又到洛视察致祭。召公乃率诸侯入告周公云云。按所记召公之言，都是诰成王的语气，则周公往洛，是代表成王的了。《洛诰》则记周公命使以新都洛邑底地图及卜宅洛邑告于成王。篇中记周公、成王君臣往复相告之辞。末记成王至洛主祭云云。所以《召诰》《洛诰》虽可都以"诰"名篇，与《大诰》之诰多邦，《康诰》《酒诰》之诰康叔，纯为上告下者，文体又有不同。

《酒诰》之后有《梓材》，因篇中有“若作梓材，既勤朴[①]斫，惟其涂丹雘”底比喻，因以“梓材”二字名篇。这篇也是诰康叔的。颇疑与《康诰》《酒诰》，本为一篇，记言者分作三篇耳。

《多士篇》在《召诰》《洛诰》之后，乃新邑既成，周公复以王命告殷之多士者。这三篇是有连带关系的。殷民之助武庚以谋复国，在周视之为“顽民”，在殷视之则为“义民”。纣王荒淫暴虐，民心离叛，故武王能壹戎衣而有天下。及事平之后，殷民追念殷先君底遗惠，故国之思又油然而生，故武庚用之以抗成王。我们读《大诰》《召诰》《洛诰》《多士》四篇，及诰康叔的《康诰》《酒诰》《梓材》三篇，可见周公辅佐成王，完成文王、武王之绪，化殷民而保周室之不易了。

《无逸》是周公告诫成王的。以体例言，臣告君之辞，当归入“谟”底一类。这篇文章，确值得一读；尤其是袭祖父遗业余荫的“不知稼穑艰难”的青年们。它所举的例，勤劳者享年永，淫佚者寿命促，也并不是迷信的话。

《君奭》是周公告召公之辞。召公名奭，故篇名《君奭》。《书序》以为周公相成王，召公不悦，故周公作此告之。似乎召公也有嫉妒之心。今按篇中所记，似系召公有倦勤之意，而周公留之，反复勉以大义。“我则鸣鸟不闻”者，大有并“鸟鸣嘤嘤”底求友

① 朴　底本作“扑”，据《十三经注疏》（P.442）改。

之声亦不得闻之感。召公后又辅佐康王，想是为周公所感动而不复求去啊！《书序》云云，未免[1]太小觑了召公。

《多方》是周公以成王之命告四国多方，还是抚循告诫殷之诸侯的。虽无"诰"字，仍是"诰"体。《立政》是周公于成王亲政之初，告以立政之要的，则又当属于"谟"类了。

《顾命》则又为记事之文。此篇记成王将崩，遗命召公等，使辅康王钊，故以《顾命》名篇。但仅首段记成王顾命之言。"越翼日，乙丑，王崩"以下，接记康王即位底典礼，非常详细，一直到康王朝见召公及诸侯致词毕，释冕反丧服为止，本是一气贯串的。今本乃分"王出在应门之内"句以下为《康王之诰》，以上为《顾命》，实在是不妥当的。这大概因为《史记·周本纪》把作《顾命》，作《康诰》(此指《康王之诰》，非上文诰康叔之《康诰》)，分作二句，所以《书序》也把它们分为二篇底缘故。

《吕刑》,《史记·周本纪》作"《甫刑》"。吕侯告穆王作刑，故篇名《吕刑》。吕，姜姓之国。《国语·郑语》史伯曰:"当成周者，南有申、吕。"即指此国。周宣王时，改称甫国。《史记》据后来国名记之，故曰甫。这一篇，可以作我国古代刑法史底参考材料。

《文侯之命》,《书序》以为周平王命晋文侯仇,《史记》以为

---

① 未免　底本作"未见"，据文意酌改。

周襄王命晋文公重耳。晋本侯爵，则文侯即是文公。襄王命文公，在城濮一战胜楚之后，且文公尝纳襄王，《左传》记之甚详。《新序·善谋》篇亦以为文公重耳。平王时，有犬戎之难，平王室者，为秦襄公。《史记·周本纪》及《晋世家》都没有文侯仇勤王之事，明是《书序》之误。《费誓》，《书序》列《吕刑》之前，今本列《文侯之命》之后，《秦誓》之前。按《尚书》中惟《费誓》《秦誓》为诸侯国底文章，附录在最后，比较夹在前面妥当。

以上今文二十八篇，是孔子纂定的。古文经学家因为古文《尚书》多十六篇，《书序》又有百篇，故以此二十八篇为伏胜所得的残篇。其实，古书中引《书》不但多在二十八篇之外者，且有在《书序》百篇之外者。例如《墨子》中，《兼爱》引《禹誓》(亦见《明鬼》)《汤说》，《非乐》引《武观》《官刑》，《尚同》引《相年》；《礼记》中，《缁衣》引《尹吉》，《坊记》引《高宗》；《左传》中，襄公四年引《夏训》，定公四年引《伯禽》《唐诰》；《尚书大传》有《揜诰》《多政》；《史记·殷本纪》有《太戊》；诸如此类，都是未经孔子纂定之《书》。固然，也都可作为古代史料，但不能说它们是《尚书》底一部分。古文《尚书》所多的十六篇，也是这类。所以我们读《尚书》，只要读这二十八篇。至于今本《尚书》中二十五篇底伪古文，更是自郐以下了。

孔子纂《书》，何以独取此二十八篇？是因这二十八篇都是信史？这却不能断定。《中庸》说："仲尼祖述尧舜，宪章文武，上律天时，下袭水土。”原非指孔子纂《尚书》而言，我却认为和《尚书》有些合拍。“祖述尧舜，宪章文武”，恰和《尚书》始于《尧典》，终以《周书》相合；“上律天时”者,《尧典》以历数为大事；“下袭水土”者,《禹贡》记治水和任土作贡的事实。但这不过是偶然的巧合。《韩非子·显学》说．“孔子、墨子俱道尧舜，而取舍各不同。”墨子道尧舜，重在尧舜之“饭土簋，啜土硎，茅茨土阶”，因为合于他“节用”底主张。孔子道尧舜，重在尧舜之禅让，因为合于他“天下为公，选贤与能”底理想。所以我认为孔子之纂《尚书》，即使采取的是现成的古代史料，取舍之间，必以主观的政治理想为标准；质言之，就含有“托古改制”底意味的。所以我认为《尚书》，在古史中，究有多少可信的价值，还在其次；读者在这二十八篇中探讨出孔子托古改制底政治理想来，倒是一件比较重要而有趣的工作。

《尚书》底文章诚如韩愈所谓“周《诰》殷《盘》，诘屈聱牙”。我想，当时对于民众兵士们的文告，为什么要做得如此古奥？大概这些文章，是照当时底口语直记下来的。故《汉志》曰：“《书》者，古之号令……其言不立具，则听受施行者弗晓。”“立具”，就是立刻写成，不加文饰之意。口语易于改变；已成文字，便不会改变了。后代人看古代人依口语立刻写成的“古代白话文”便觉得很难懂了。从前做古文的人，以为文章越古越好，于是以“点窜《尧典》《舜典》字”为求古底秘诀，竭力模仿《尚书》底文章；这和王莽、苏绰底摹拟《大诰》，实在同样可笑；我们阅读《尚书》，决不应以此为目的。——这是应当附带说明的。

古史中可怀疑者甚多。孟子曾说："尽信《书》，则不如无《书》。吾于《武成》，取二三策而已矣。""以至仁伐至不仁，而何其血之流杵也？"（"血流漂杵"，今本《尚书·武成》篇中亦有此语。《武成》是壁中真古文，亡于东汉初建武时；今本是伪古文。）刘知幾《史通》底《疑古》篇乃更畅论《尚书》中可疑之点。如舜之代尧，禹之继舜，均属可疑。近人如顾颉刚等《古史辨》中诸文，凡所怀疑，亦都有讨究的价值。以《尚书》中底史料，是否完全可信，还是一个问题。我们如视《尚书》为古代史料，便有许多尚待考证的，我以为，至少当以崔述《东壁[①]遗书》中底《唐虞考信录》《丰镐考信录》等为参考底材料。——这也是应当附带说明的。

① 壁 底本作"璧"，据《崔东壁遗书》（P.1）改。

第七章 ○

《毛诗》述要

现存十三经中的，是古文《毛诗》；但《诗》底经文，今古文原无大异，且今文本已亡，所以只能就《毛诗》述其大要。全部《毛诗》共三百十一篇。其中《南陔》《白华》《华黍》《由庚》《崇丘》《由仪》六篇有目无诗，故仅三百五篇。古文经学家以为这六篇亡于秦火，晋人束晳且为作《补亡诗》。但细按之,《汉志》既说“《诗》以讽诵，不独在竹帛而全”，何以这六篇独至亡失？按《仪礼·乡饮酒》曰:“工歌《鹿鸣》《四牡》《皇皇者华》，笙《南陔》《白华》《华黍》；乃间歌《鱼丽》，笙《由庚》；歌《南有嘉鱼》，笙《崇丘》；歌《南山有台》，笙《由仪》。”可见这六篇是吹笙的曲调，常用作歌《鹿鸣》……六篇诗底伴奏的，故只有“声”而无“辞”。《诗小序》述这六篇底作意，说是“有其义而亡其辞”，是不足信的。故《毛诗》三百五篇，并无残缺；孔子常说“《诗》三百”，便是举其成数而言。

全部《毛诗》底编制，分三大类：一曰“风”，又分《周南》《召南》《邶风》《鄘风》《卫风》《王风》《郑风》《齐风》《魏风》《唐风》《秦风》《陈风》《桧风》《曹风》《豳风》十五国编辑，故又曰“国风”（周、召……曹、豳都是国名）。二曰“雅”，又分《小雅》《大雅》二种。三曰“颂”，又分《周颂》《鲁颂》《商颂》三种。全书编制大概如此。

“风”底含义有三：“上以风化下”，一也；“下以风刺[①]上”，二也（均见《诗大序》）；采自各国，可以觇各地底风俗，三也。“‘雅’者，政也，言王政之所由兴废也。政有小大，故有《小雅》焉，有《大雅》焉。‘颂’者，美盛德之形容，以其成功告于神明者也”（亦见《诗大序》）。故“风”，采自民间；“雅”，成于士大夫；“颂”，用于庙堂；三者不同。这是旧有的说法。可是十五国风中底《周南》《召南》，为什么不名为“风”而名为“南”呢？《诗大序》说：“然则《关雎》《麟趾》（《周南》底首篇末篇）之化，王者之风，故系之周公；南，言化自北而南也。《鹊巢》《驺虞》（《召南》底首篇末篇）之德，诸侯之风也，先王之所以教，故系之召公。”朱子《诗集传》则谓周既徙丰，分岐周故地为周公旦、召公奭采邑。德化大成，南方诸侯之国，江、沱、汝、汉之间，莫不从化。及周公相成王，采诗作乐，其得之国中者，杂以

① 刺 底本作“制”，据《十三经注疏》（P.566）改。

南国之诗，谓之《周南》；其得之南国者，则直谓之《召南》云云。郑樵又谓周为河洛，其南濒江；召为岐、雍，其南濒汉。江、汉之间，二南之地，诗之所由起云云。以上三种解说，似都未能使我们惬意。王雪山疑“南”为乐歌之一种。崔述亦疑“南”为诗歌之一体，本起于南方，北人效之，亦名曰“南”。近人梁启超因有“南”与“风”当分为二之说。《诗·鼓钟》曰：“以雅以南。”雅与南对举，故“南”亦为《诗》之一体。《毛传》曰：“南夷之乐曰‘南’。”按《礼记·文王世子》底“胥鼓南”，《左传》底“象箾南籥”，皆指“南”为音乐之一种。《仪礼·乡饮酒礼》《燕礼》，皆于工歌间歌笙奏之后，终以合乐，而所歌为《周南》之《关雎》《葛覃》《卷耳》，《召南》之《鹊巢》《采蘋》。似“南”为曲终合唱的音乐。《论语》记孔子之言，有曰：“《关雎》之乱，洋洋乎盈耳哉。”“乱”者，曲终所奏；因系全场合唱，故“洋洋盈耳”。“乱”与“南”，疑为一声之转。即汉魏乐府中谓“盐”（如《归国盐》），“艳”（如《三妇艳》），疑亦为“南”之音转而衍变者。以“南”为乐曲之一种，诗歌之一体，较旧解为长。故《二南》当别出于《国风》之外，独立为《诗》底一部分。

《二南》既分出，则“风”仅有十三国了。梁启超谓“风”乃讽诵之讽底本字；故“风”为只能讽诵，不可歌唱合乐之诗，故《仪礼》《礼记》中所歌无“风”诗。按《左传》载吴季札聘鲁，观乐于太师，曾遍歌诸国之风。曹操伐刘表，得汉雅乐郎杜夔，尚能歌《驺虞》《伐檀》《鹿鸣》《文王》四诗。《伐檀》就是《魏风》中的一篇。“风”，本是民间的歌谣。民歌本是徒歌，及为輶轩使者所采，经太师收录，便以配合音乐了。汉代乐府，尚采各地讴歌，配以乐曲，《汉志》歌诗类著录甚多。这是承周代底遗制的。

《诗大序》说：“雅者，政也，言王政之所由兴废。”所以“雅”是士大夫阶级底文学，和民间文学底“风”不同。但它又说“政有小大，故有《小雅》焉，有《大雅》焉”。则虽细读大小《雅》，也不能找出它们所咏的政治有什么大小来。梁启超说：“雅者，正也；为周代通行之正乐。”故《乡饮酒礼》记“工歌《鹿鸣》《四牡》《皇皇者华》……”之末，曰“工告于乐正曰，正乐备”。所歌皆“雅”中之诗，而曰“正乐”，是其证。至于大小《雅》，当也是乐曲上的分别，其说亦颇近理。

梁氏以“颂”为歌而兼舞的。《汉书·儒林传》曰：“鲁徐生善为颂。”（今本“颂”作“容”）苏林注曰：“颂貌威仪。”颜师古注曰：“颂，读与容同。”按“颂”字从“页”，“公”声。凡頭、颈、额、顴、颜皆从“页”。故“颂”字为容貌之容底本字。舞重舞底容态，故歌而兼舞的诗歌叫做“颂”。《周礼》曰：“奏无射，歌夷钟，舞《大武》。”《礼记》曰：“朱干玉戚，冕而舞《大武》。”《乐记》记《武》之舞容甚详。《大武》为《周颂》中之一篇。即此，可证“颂”是不但可歌而且可舞的了。故以后代底诗歌文乐比之，则“风”为民歌，“南”与“雅”为乐府歌辞，“颂”则为戏剧式的舞曲。——所以“南”“风”“雅”“颂”四者，是《诗》底体制上——诗和音乐底关系的分类。

《诗大序》以“风”“雅”“颂”与“赋”“比”“兴”为诗底“六义”。赋、比、兴三者，与风、雅、颂不同。朱子《诗传纲领》曰：赋者，直陈其事；比者，以彼状此；兴者，托物兴词。范处义《诗补传》曰：“铺陈其事者，赋也；取物为况者，比也；因感而兴者，兴也。”日本人儿岛献吉郎《毛诗考》曰：“赋是纯叙述法；比是纯比喻法；兴是半比半赋之章法，前半用比，后半用赋。”《诗》中用“兴”者最多。例如第一篇《关雎》首章曰：“关关雎鸠，在河之洲。窈窕淑女，君子好逑。”便是“兴”。前二句以雎鸠为比，后二句方直赋淑女为君子底好配偶。《邶风·式微》篇曰：“式微式微，胡不归？微君之故，胡为乎中露？式微式微，胡不归？微君之躬，胡为乎泥中？”可以说是全篇用“赋”法的。至于全篇用“比”法的，那更少了。《豳风》底《鸱鸮》，周公以老鸟自喻，以小鸟喻成王，以“风雨漂摇”的巢喻周室；以鸱鸮喻管蔡，全篇假托老鸟底话，把自己忠诚爱国底忧苦的情绪发挥了出来，是一篇极妙的用“比”法做成的诗（因篇幅太长，不引，读者可检原书一阅）。所以“赋”“比”“兴”三者是《诗》底作法上的分类。

综上所述，则“六义”为两种标准不同的分类；如依梁启超底说法，“六义”又当增为“七义”了。“六义”之外，又有所谓

“四始”。《史记·孔子世家》曰:“《关雎》之乱，以为《风》始;《鹿鸣》为《小雅》始;《文王》为《大雅》始;《清庙》为《颂》始。”此盖《鲁诗》之说。郑玄《毛诗笺》曰:“始者，王道兴衰之所由。”陈启源《毛诗稽古编》曰:“《风》《雅》《颂》正是始，非更有为《风》《雅》《颂》之始者。”此《毛诗》之说。或又谓“《大明》在亥，为水始;《四牡》在寅，为木始;《嘉鱼》在巳，为火始;《鸿雁》在申，为金始”。此《齐诗》之说，同《诗纬·泛历枢》，魏源《诗古微》释之曰：习《诗》者多通乐，此盖以《诗》配律；三篇为一始，亦乐章之古法。特又以律配历，分属十二支而四之，以为四始。是“四始”之说，三派不同。《毛诗》说谓《风》《雅》《颂》为王道兴衰之始，说最简单；但如此说，则当为“三始”而非四始。《鲁诗》说亦明简；但举《风》、大小《雅》及《颂》每类之首篇，似亦无甚意义，因为《诗经》各篇底次序本没什[①]么含义的；且《风》《雅》《颂》三类平列，何以《雅》独分为二?《齐诗》之说，颇不易解，但魏源以为古代乐章排配之法，似较前二说为长。我们不懂古乐，也难深求其义了。

《风》《雅》二部分底《诗》，又有所谓“正”“变”底分别。《国风》以《周南》《召南》二十五篇为“正风”(从《关雎》到《驺虞》),《邶风》至《豳风》一百三十五篇为“变风”(从《柏

① 什　底本脱，据上下文意补。

舟》到《狼跋》);《小雅》以《鹿鸣》至《菁菁者莪》二十二篇为“正雅”,《六月》至《何草不黄》五十八篇为“变雅”;《大雅》以《文王》至《卷阿》十八篇为“正雅”,《民劳》至《召旻》二十三篇为“变雅”。此说盖本之《诗大序》。其言曰:“至于王道衰,礼义废,政教失,国异政,家殊俗,而变风变雅作矣。”按大小《雅》后半,固多伤时之刺诗;但如《小雅》之《车攻》《吉日》《庭燎》诸篇,《大雅》之《崧高》《烝民》《韩弈》诸篇,岂能谓之“变雅”?《国风》按国分编,决不至一国之诗,尽为伤感讽刺而作;且如《豳风》之《七月》,明为农歌,作于太王迁岐之前,不能谓此时周室已衰,王道已废。故卫宏风雅正变之说,也不能作为定论。

《诗》和音乐底关系,至为密切。故孔子自卫反鲁,正乐即所以正《诗》。孔子对于音乐,有特殊的嗜好和素养(《论语》记孔子在齐闻《韶》,甚至三月不知肉味,可见其嗜好之笃。又记孔子论乐语,皆深有得于乐理者。《史记·孔子世家》记其学琴于师襄底故事,也足见其用心之专),故能把《诗》,和附于《诗》的乐,加以整理。现在《诗》底乐谱早亡,古乐已无从研究。故我们阅读《毛诗》,只能作纯粹的文艺上之研究了。所以“赋”“比”“兴”作法底不同,还有注意的必要;“风”“雅”“颂”三者,已只能注意它们民间文学、士大夫文学、庙堂文学底不同,不能辨别它们音乐上的不同了。至于“四始”和风雅底

“正”“变”之类，简直可以置之不论的。

阅读《诗经》所应注意的，是这三百多篇诗底地域、时代、和文学技术、阅读方法。现在逐项述说其大要。地域，可以从十五国风去检讨一下。《周南·汉广》有“汉之广矣”“江之永矣”等句，《汝坟》首句便是“遵彼汝坟”，《召南·江有汜》明言“江有汜”“江有沱”，这几首是江、汉、汝三水流域底作品，在三百五篇中，是地域最南的了。其余十三国，则现在的地域，尚大略可考，兹列举如左：

（一）邶——亦作鄁，国名，后入于卫，《史记·周本纪》：“周武王初封商纣子禄父殷之余民”，注曰：“邶，以封纣子武庚。”郑玄《毛诗笺》曰：“周初，自纣朝歌而北为邶国。”今河南省汤阴县东南邶城镇，即古邶国。一说在今淇县。

（二）鄘——武王克商，封管叔于此。《李氏诗谱》曰：“自纣城而南谓之鄘。”今河南新乡县西南有鄘城，相传即古鄘国。一说在今汲县。

（三）卫——武王弟封，初封于康，改封于卫，都今河南省淇县东北之朝歌，即纣之故都。文公迁楚丘，在今河南之滑县。

（四）王——王城，即周公所营之洛邑；平王东迁都此。在今河南省洛阳县西北。

（五）郑——周宣王始封其弟友于西都畿内之棫林，在今陕西省华县西北。后武公取桧、虢二国之地，始居新郑，即今河南新郑县。

（六）齐——此为春秋时姜姓之齐，武王封太公望于此。初都营丘，即今山东省临淄县，一说营丘在乐昌县东南。后徙都薄姑，在今博兴县东北，又徙临淄。

（七）魏——此亦非战国时之魏。古魏国在今山西省芮城县东北。后入于晋。晋封毕万于魏，为战国时魏君之祖。

（八）唐——周成王封其弟虞于唐，在今山西翼城县南，即春秋之晋国（《左传·定公四年》杜预注，以为晋在太原晋阳县，服虔以为在汾、浍之间。杜注误，见《清一统志》）。

（九）秦——周孝王始封伯益后非子于秦，在今甘肃省天水县之故秦城。庄公徙于犬丘，即今陕西省兴平县东南之槐里城。襄公又徙于汧，在今陕西陇县南。文公又徙汧、渭之间，在今陕西省郿县东北。宁公又徙平阳，在郿县之西。德公又徙雍，即今陕西省凤翔县治。献公又徙栎阳，在今陕西省临潼县北。至孝公始都咸阳。春秋时底秦都并不在咸阳。

（十）陈——武王封舜后妫满于此。都宛丘，即今河南省淮阳县。

（十一）桧——亦作郐，古妘姓国，祝融之后，为郑所灭。地在今河南省密县东北，接新郑县界。

（十二）曹——武王封其弟振铎于此，都陶丘，在今山东定陶县西北。

（十三）豳——亦作邠，周之先世太王迁岐以前，国于此，即今陕西省邠县。

“颂”之中,《周颂》之外，尚有《商颂》《鲁颂》。商都朝歌，即卫地。商代屡迁其都，但皆在今河南省一带。鲁，周公子伯禽所封之国，都今山东省曲阜县（《商颂》为商代郊庙乐章；成王赐周公以天子之礼乐，故鲁虽诸侯国，而独有颂）。故三百五篇之《诗》，除《二南》中《汉广》《汝坟》《江有汜》极少数篇为今河南南部、湖北北部底作品外，其余诸篇底地域，在今陕西、山西、河南、山东四省境内。——所以《诗》是黄河流域底作品。

三百五篇中，那几篇底时代最早，那几篇底时代最迟呢？《豳风》底《七月》,《小序》以为是周公追述后稷先公之化而作，但无实据。此诗完全是一首农歌，写自春到冬一年中底农民生活的。当是豳国底平民文学遗留下来的。歌中所云“七月流火”“九月授衣”“八月萑苇”“四月莠葽”“五月鸣蜩”……所用都是夏正底月分。梁启超因而说它是夏代底作品。我想，夏、商、周虽改正朔，民间沿用夏正的必仍多。民国元年，已明令改用阳历了，至今三十年，民间仍沿用阴历。何况三代时，我国实际上尚没有完全统一，而豳国又僻处一隅呢？但其为迁岐以前的民歌，则是可信的，所以它底时代当在商朝。《商颂》五篇，今文家以为是宋国底诗，所以颂宋襄公者。按《国语·晋语》闵马父对宋襄公，尝引《商颂》曰:“汤降不[1]迟,圣敬日跻。”可见宋襄公之前,已有《商颂》。且此五篇中,亦无一语提及宋襄公者。闵马父又曰:“当正考父校商之名颂十二篇于周太师,以《那》为首。”郑众曰:“自正考父至孔子,又亡其七篇。”是今存的五篇《商颂》,是商代郊庙底乐章,春秋时底宋国还沿用着的。——《秦风·渭阳》曰:“我送舅氏,曰至渭阳。”《小序》以为是秦康公送其舅晋文公之作。但是人各有舅,何以知必是秦康公送晋文公呢?《陈风·株林》曰:“胡为乎株林,从夏南。”《小序》以为是刺陈灵公淫于夏姬。但何以知夏南就是夏姬呢?《小序》之说,多出臆度,未可据信。但三百五篇中确有春秋初世底作品。《鲁颂·閟宫》,《小序》以为颂僖公,确是有实据的。因第三章曰“周公之孙,庄公之子”,明明指的是鲁僖公。——所以《诗》是商朝到春秋初世底作品,而以西周末、东周初底作品为其中坚。

那末,为什么长江流域吴、楚诸大国独没有诗呢?因为春秋初世以前,楚国虽已渐渐地强大起来,而文化尚不发达,吴、越更不必说,故北方中原诸国概以“夷”目之。文化未开,不会有杰出的文艺,或为采诗的輶轩使者辙迹所不到,《诗经》中自然没有楚及吴、越之“风”了。那末,春秋中世以后,为什么没有新诗被采入《诗经》中呢?因为平王东迁之后,王室日衰,诸国分

---

① 不 底本作“日”,据《十三经注疏》(P.1351)改。

立，王令不行于诸侯，故轩輶采诗之制，已不复实行；这就是孟子所谓“王者之迹熄而诗亡”了。所谓“诗亡”，非从此无诗，采诗之制不行，所以没有新采之诗增入了。

《诗》以四言为主，但也有一言的（《郑风·缁衣》曰：“缁衣之宜兮，敝，予犹改为兮。适子之馆兮，还，予授子之粲兮。”“敝”“还”，皆一言），二言的（《小雅·祈父》曰：“祈父，予王之爪牙。”“祈父”二言），三言的（《召南·江有汜》曰：“江有汜，之子归，不我以，不我以，其后也悔。”除末句外，皆三言），五言的（《召南·行露》曰“谁谓雀无角，何以穿我屋？谁谓女无家，何以速我狱”，皆五言），六言八言的（《周南·卷耳》底“我姑酌彼金罍”“我姑酌彼兕觥”，为六言，《小雅·节南山》底“我不敢效我友自逸”为八言）。但就全书计之，则四言句占绝对多数。——即此，可以知道那时候是四言诗底全盛时代。

《诗经》中已有“兮”字的句调了。如《周南·麟趾》，每章末句“吁嗟麟兮”，是每章用一“兮”字；《召南·摽有梅》，“摽有梅，其实七兮；求我庶士，迨其吉兮”，是间一句用一“兮”字；《郑风·狡童》，“彼狡童兮，不与我言兮，维子之故，使我不能餐兮”，则四句中仅第三句不用“兮”字；《魏风·十亩之间》，“十亩之间兮，桑者闲闲兮，行与子还兮”，则每句都用“兮”字了。“兮”字调在《诗经》中虽然只占少数，但战国末南方新兴文学底“骚”体，几乎全用“兮”字调的（用“些”用“只”与用

“兮”同)。由《诗》三百篇嬗蜕衍变底痕迹，可于此见之。

《诗》，都以数章为一篇。在同一篇中，各章底句语，往往是差不多的，甚至仅掉换了几个字。例如《王风》底《黍离》，首章曰：“彼黍离离，彼稷之苗。行迈靡靡，中心摇摇。知我者谓我心忧，不知我者谓我何求。悠悠苍天，此何人哉？”次章把“苗”字换作“穗”字，“摇摇”换作“如醉”；末章把“穗”字换作“实”字，“如醉”换作“如噎”。此诗共三章，每章三十九字，仅仅换了这几个字，读者却并不嫌其板滞。这首诗是作者经过故国底废址，看到从前的都市，废为田亩，大有感触，所以中心摇摇，如醉人，如噎气；离离的黍吗？稷之苗，稷之穗，稷之实吗？泪眼模糊，已惘惘不能辨了。此靡靡远行的人，在不知者固讶其何所求而然，即在知者，亦但谓心有所忧，而不能了解他说不出的感伤。末乃呼天而诰之曰：“苍天苍天，这是什么人底缘故呀？”我们读了这首诗，未有不引起共鸣者，尤其是在这个年头！——此种作法，在三百五篇中，是不一而足的。

文学中多用比喻，《诗》也如此。如《鸱鸮》底全篇用比的，固然不多；但是所谓“兴”者，前半也是用比喻的。如首篇《关雎》，首章以在河洲上关关地叫着求偶的雎鸠，比求淑女之君子，次章以洲边水中左右流着的参差的荇菜，比求而未得的淑女，三章末章以采取(芼，取也)荇菜比友淑女、得淑女，便是所谓“兴”法。此在《诗》中，几居大半。而且《诗》中常用修辞中“夸饰”之法。如《卫风·河广》曰:“谁谓河广?一苇杭之。”“谁谓河广?曾不容刀。”(“杭”同“航”,“刀”同“舠”)这是极言渡河之易,而曰一苇可航,曾不容一小舟,不是说得太狭了吗?也有并非比喻,而借物以达其难达之情的。例如《邶风·静女》末章曰:“自牧归荑,洵美且异。匪女之为美,美人之贻。”牧野所采之荑,有什么稀罕?而曰“洵美且异”者,匪汝荑之为美,以汝为美人所贻耳。这是何等巧妙的技术!又如《豳风·东山》,是写从征已久的军人凯旋时的心情的。第三章曰:“有敦瓜苦,烝在栗薪;自我不见,于今三年。”离家已久刚回来的人,对着栗薪上的苦瓜说:“我和你不相见,已是三年了!”这话似乎有些傻;但是他回到阔别已久的家底心情,则已跃然于纸上。末章曰:“之子于归,皇驳其马,亲结其缡,九十其仪。”这并不是壮士凯旋,方才结婚,其妙处全在末句:“其新孔嘉,其旧如之何。”他们新婚的固是很好,我们久别重逢的老夫妻怎么样呢?写情真是诚挚细腻极了!

《诗》底抒情,固然是曲折的、含蓄的居多,但也有直截痛快的。如《魏风·伐檀》首章曰:“坎坎伐檀兮,寘之河之干兮,河水清且涟猗。——不稼不穑,胡取禾三百廛兮?不狩不猎,胡瞻尔庭有县貆兮?彼君子兮,不素餐兮!”借伐檀的劳工底口吻,痛斥那些吃白饭的不劳动的人们,何等爽利?《小雅·苕之华》次章曰:“苕之华,其叶青青。知我如此,不如无生!”《大雅·瞻卯》次章曰:“人有土田，女反有之;人有民人，女覆夺之。此宜无罪，女反收之;彼宜有罪，女覆说之。”把当时政治黑暗的情形，民不聊生的心情，都尽情抒述出来了。这样奔迸直截的表情法，在《诗》中也常见的。

总之，无论所用的方法是曲喻的或直达的，是委婉的或痛快的，所写的情感是男女之私，或国家之大,《诗》中所表达的情感必是真实的，诚挚的，故孔子说可以“思无邪”一言蔽之。这就是《易·文言》所谓“修辞立其诚”。所以“情欲信，辞欲巧”，是文学创作底真谛。——诗底文学技术，以上所说，仅其一部分而已。

至于读《诗》之法，首当扫除旧有的臆说，如《小序》之类。例如《周南·卷耳》，本是妇人怀念其行役远方的丈夫底绝妙好辞。首章从采卷耳说起道:“采采卷耳，不盈顷筐。念我怀人，寘彼周行。”卷耳是野生的植物。曰“采采”者，犹今言“看看电影”,“踢踢皮球”。倾斜之筐，都采不满，并不是找不到卷耳，是在怀念他在大道上远行的人呀！以下三章，连用六个“我”字，这并不是指采卷耳的人，而是指所怀念的人。“我之者，亲之也。”这三章完全是在想象远人行役之苦，而怕他伤怀，劝他不如喝杯酒吧，其体贴可谓入微了。此诗不写自己怀念之情，而反代远人写念家之情，把自己底心情衬映出来，在文学技巧上确是妙品。而《诗序》乃以为后妃念臣下之劳。试问后妃而以“我”称其臣，还成什么话呢？朱子稍加改正，以为是后妃思念其君子之诗。但后妃何以跑到野外去采卷耳呢？这不过举一个例。前人解《诗》者，臆度拘迂的弊病，原是极多的。故我们读诗，除字句底训释，有时不能不求之注释外，当直接探求本文底意思，不可为旧说所囿；而孟子所说，“不以文害辞，不以辞害志，以意逆志，是为得之”，却是读《诗》底诀窍。

第八章

《周礼》《仪礼》述要

“三礼”之中,《周礼》《仪礼》为“经”,《礼记》为“记”。《周礼》底内容为制度,《仪礼》底内容为仪文。《礼记》有记制度者，如《王制》；有释仪文者，如《冠义》；且有关于学术的通论，如《中庸》。所以“三礼”底性质不同。今分二章述之。

《礼记·礼器》曰:“经礼三百，曲礼三千。”郑玄注曰：经礼为《周礼》，其官三百有六十。曲，犹事也。事礼[①]，谓今礼也。礼篇多亡，其本数未闻，其中事仪三千。郑玄所谓“今礼”即《仪礼》，仅十七篇，故曰多亡。按《中庸》亦曰:“礼仪三百，威仪三千。”《孝经说》及《春秋说》亦曰:“《礼仪》三百，威仪三千。”《礼说》亦曰:“正经三百，动仪三千。”皆与《礼器》语相类，此盖古人常语。叶梦得曰:“经礼，制之凡也；曲礼，文之

① 底本“事礼”前衍“曲礼为”，据《十三经注疏》(P.3108)改。

目也。”“经礼”与“礼仪”同指礼之大纲；“曲礼”与“威仪”同指礼之细日；“三百”“三千”，皆虚数，但言其多而已。郑玄误以“经礼”为《周礼》，“曲礼”为《仪礼》，后二说又易“经礼”为“礼经”、为“正经”，于是《周礼》乃俨然为“礼”之正经，而《仪礼》反居其次了。但细按之，则三百六十官已是仅举成数（详下文），若又去其“六十”，离实数太远了；而三千条底文字，当十百倍于现存的《仪礼》，古代简策岂能如此繁多？何况《周礼》《仪礼》内容截然不同，不得以《周礼》为纲，《仪礼》为目呢？又何况《周礼》本名《周官》，本不列为仪经呢？所以现在先《周礼》，次《仪礼》，分别述说，明二书并无纲目主从底关系。

《周礼》六篇，每篇一官，凡六官，一曰天官，二曰地官，三曰春官，四曰夏官，五曰秋官，六曰冬官。第六篇冬官已亡，以《考工记》补之。这在上文第四章中已说过了。《天官》冢宰（即太宰）实总辖六官，小宰为冢宰之贰，故六官底职掌可于第一篇《天官》述太宰、小宰二职中见之。其文曰：“太宰之职掌建邦之六典，以佐王治邦国：一曰治典，以经邦国，以治官府，以纪万民；二曰教典，以安邦国，以教官府，以扰万民；三曰礼典，以和邦国，以统百官，以谐万民；四曰政典，以平邦国，以正百官，以均万民；五曰刑典，以诘邦国，以刑百官，以纠万民；六曰事典，以富邦国，以任百官，以生万民。”小宰之职曰：“以官府之六属举邦治：一曰天官，其属六十，掌邦治……；二曰地官，其属六十，掌邦教……；三曰春官，其属六十，掌邦礼……；四曰夏官，其属六十，掌邦政……；五曰秋官，其属六十，掌邦刑……；六曰冬官，其属六十，掌邦事……。”又曰：“以官府之六职辨邦治：一曰治职，以平邦国，以均万民，以节财用；二曰教职，以安邦国，以宁万民，以怀宾客；三曰礼职，以和邦国，以谐万民，以事鬼神；四曰政职，以服邦国，以正万民，以聚百物；五曰刑职，以诘邦国，以纠万民，以除盗贼；六曰事职，以富邦国，以养万民，以生百物。”六官底分职，即此已可见其纲要。兹表列之如左：

六官	长（卿）	贰（大夫）	职掌	明清官制底比拟
天官	冢宰	小宰	治典	吏部
地官	大司徒	小司徒	教典	户部
春官	大宗伯	小宗伯	礼典	礼部
夏官	大司马	小司马	政典	兵部
秋官	大司寇	小司寇	刑典	刑部
冬官	（亡）		事典	工部

六官之长恰似明清时六部底尚书，其贰则似六部底侍郎，且六部底分职，恰和六官相同。《周礼》是周秦间人一部理想的官制之书，不意数千年后，明清二代底中枢组织，竟以它为蓝本，而且沿用至四百年之久，这位无名的作者，也可以自豪于地下了。

说到这里，有两点得注意的，应当提出。小宰职“以官府之六职举邦治”条，每官都说“其属六十”，所以有周礼三百六十官”之说。细按之，则除长官卿一人之外，其贰以下，即照所举职名数之，已在六十以上（如天官除太宰外，有小宰、宰夫、宫正、宫伯、膳夫、庖夫、内饔、外饔、烹人、甸师、兽人、渔人、鳖人、腊人、医师、食医、疾医、疡医、兽医、酒正，酒人、浆人、凌人、笾人、醢人、醯人、盐人、幂人、宫人、掌舍、幕人、掌次、大府、玉府、内府、外府、司会、司书、职内、职岁、职币、司裘、掌皮、内宰、内小臣、阍人、寺人、内竖、九嫔、世妇、女御、女祝、女史、典妇、典丝、典枲、内司服、缝人、染人、追师、屦人、夏采，已是六十二了，余四官亦如此）；如并所列中大夫、下大夫、上士、中士、下士计之，人数更多；其下府、史、胥、徒之类，愈是不可胜计。所以“其属六十”，是举所属职位底成数而言的。因此，宋人俞廷椿底《周官复古篇》，王舆之底《周官补遗》，都有冬官之属散在五官之说；邱葵本之，乃割五官之属以补《冬官》，称为“《周礼定本》”。皆由误于《周礼》三百六十官之说，拘执每官之属必为六十之故。——此应注意者一。

六官所掌六典，虽分“治”“教”“礼”“政”“刑”“事”；这是就其主要的职掌而言，也不可过于拘泥。兹就六官分别言之。其一，天官。如冢宰之以“八法”治官府，以“八则”治都鄙，以“八柄”诏王驭群臣，以“八统”诏王驭万民，以“九职”任万民，以“九两”系邦国之民；小宰之以“六叙”正举吏，“六属”举邦治，“六职”辨邦治，“六联”成邦治，“八成”经邦治，“六计”弊吏治；宰夫之掌治朝之法，叙群吏之治，辨其“八职”……；固然是诠衡吏治，总揽民政的“治典”。但冢宰之以“九赋”敛财贿，以“九式”均节财用，以“九贡”致邦国之用，以及属官之有大府、内府、外府、司会，则又涉及财政了。且其属官，多掌王宫之事，宫正以下，并及于王之饮食服用医药等琐细的事务，而宫中底女官阉寺，也都列为天官之属。所以“治典”为天官主要的职掌，而不能以此统括天官底全部。其二，地官。如大司徒底施“十二教”：以祀礼教敬，以阳礼教让，以阴礼教亲，以乐礼教和，以仪辨等，以俗教安，以刑教中，以誓教恤，以度教节，以世事教能，以贤制爵[①]，以庸制禄，固然是“教典”；且以“六德”“六行”“六艺”底“乡三物”教万民而宾兴之，以“乡八刑”纠万民，及以“五礼”防民之伪，以“六乐”防民之情，更一望而知其为民众教育。其属官，如乡师乡大夫……都把各地方底“政”和“教”打成一片；如师氏之教国子以“三德”“三行”，保氏之教国子以“六艺”“六仪”，更是专掌教育的官。但细按之，则司徒之职，实以“土地”“民事”二项为主；特民事方面尤着眼于民众底教育而已。如大司徒以“土会”

① 爵　底本作“节”，据《十三经注疏》（P.1515）改。

之法辨山林、川泽、丘陵、坟衍、原隰五地之物产和住民底不同，以“土宜”之法辨十二土、十二壤之名物，“土均”之法辨五物九等，“土圭”之法测土深，正日景，制诸国之封疆，民家之田亩，都是关于土地的。其以“荒政”十二聚万民，以“保息”六养万民，以“本俗”六安万民，颁“十二职事”以登万民，则是民事方面底“养”的部分了。就其属官而加以检点，则小司徒为大司徒之贰，职掌亦相仿。余如封人等之掌祭祀底鼓舞牲畜，载师等之掌土地稼穑畜牧，司救、调人之掌纠正调和民事，媒氏之掌婚姻，司市等之掌市政，司门等之掌门关，遂人等之分掌都鄙政令，委人等之掌廪稍刍材，土训之掌地图，山虞等之掌山林川泽，以及角人以下之分掌琐事，也不能以“教典”包括之。其三，春官。春官是掌“礼典”的。故大宗伯之职首详五礼。一曰“吉礼”，祭天地神祇底“禋祀”“实柴”“槱燎”“血祭”“狸沉”“疈辜”，祭祖宗底“肆献祼”“馈食”“春祠”“夏禴”“秋享”“冬烝”属之；二曰“凶礼”，“丧”“荒”“吊”“禬”“恤”诸礼属之；三曰“宾礼”，“春朝”“夏宗”“秋觐”“冬遇”“会”“同”“问”“视”等朝聘之礼属之；四曰“军礼”，“大师”“大均”“大田”“大役”“大封”之礼属之；五曰“嘉礼”，冠、婚、宾、射、飨、燕、脤膰、贺庆之礼属之。五者为礼之大纲。至于命官底“九命”，王侯等所执的“六瑞”，相见用的“六贽”，礼天地四方的“六器”，也都是关于礼的器物。就是小宗伯所掌，也都是关于礼的。其属官自肆师以下，至于职丧，皆是如此。大司乐以下至于司干，都是掌乐和乐舞之具的，礼乐原是不可离的。但大司乐和药师，和大胥小胥，则又是掌教育之官。太卜以下，至于女巫，所掌是关于卜祝巫觋的；大史以下，至于御史，所掌是关于历史文件的；巾车以下，则又是掌车旗祭祀的了。所以春官全部，也非"礼典"所能包括，但所重者为礼而已。其四，夏官。夏官所掌为军政，故大司马以"九伐"之法正邦国，曰眚、伐、坛、削、侵、正、残、杜、灭，虽轻重不一，其为威以军力则同。其仲春教振旅，仲夏教茇舍，仲秋教治兵，仲冬教大阅，也是平时施于民众的军事训练。其属官，或掌防御，如掌固之类；或掌射，如射人之类；或掌护卫，如虎贲氏之类；或掌车御，如太仆之类；或掌军器，如司兵之类；或掌马，如校人之类；都是直接间接有关于军旅的。但是大司马底重要职掌，所谓建邦国底"九法"，"制军诘禁"仅是九法之一；其余八项，曰"制畿封国""设仪辨位[①]""进贤兴功""建牧立监""施贡分职""简稽乡民"都不能说是军事，故以国、侯、甸、男、采、卫、蛮、夷、镇、藩"九畿"之籍施邦国之政职，与其属职方氏诸官掌天下之图，辨九州之国，相邦国之宅，来远方之民，道四方之政，制邦国之封疆者，都是关于中央统驭封建诸国底政令。所以夏官之职亦不限于军事，其不曰"军

① 位　底本作"等"，据《十三经注疏》(P.1802)改。

典”而曰“政典”者，或亦因此。其五，秋官。秋官之属，确是刑官，故大司寇之职，首曰“三典”，有新国轻典，平国平典，乱国重典之不同；次曰“五刑”，有野刑、军刑、乡刑、官刑、国刑之殊异；而“圜土”“嘉石”皆听讼之法。小司寇之以辞、色、气、耳、目五听察狱以求民情，亲、故、贤、能、功、贵、勤、宾八议之辟，丽附刑法，也都是关于司法方面的。其属官，自士师以至伊耆氏，虽所掌各异，要以关于刑法狱讼者占大多数；否则，所掌亦为禁令；否则，所事亦为辟除之属。但大行人以下，则掌王室与诸侯国之外交，则秋官亦不专守“刑典”了。且就五官之属通览一过，则祭祀一项，五官殆莫不与之有关；且莫不含有教育与训导底意义；而贡赋财政，似亦分隶五官；是此三者，殆天官大①宰所谓“官联”之重要者吧！——此应注意者二。

至于补《冬官》的《考工记》则本来是另外一篇书。其中有曰:“秦之无庐（矛戟之柄）也，非无庐也，夫人而能为庐②也。”又曰:“郑之刀，宋之斤，鲁之削，吴、粤之剑，迁乎其地而弗能为良，地气然也。”秦封于周孝王时，郑封于周宣王时，可见这篇书是作于宣王、孝王之后的。它把百工列于王公、士大夫、商旅、农夫、妇功之类，为“六职”之一；且曰,“智者创物，巧者述之，守之世，谓之工。百工之事，皆圣人之作也”；必合天时、

① 大 底本作“小”，据《十三经注疏》（P.1390）改。
② 庐 底本作“卢”，据《十三经注疏》（P.1957）改。

地气、材美、工巧而后可以为良；重工之旨，已首先揭示明白了。又总述各项工艺，曰攻木之工七，轮、舆、弓、庐、匠、车、梓；攻金之工六，筑、冶、凫、栗、段、桃；攻皮之工五，函、鲍、韗、韦、裘；设色之工五，画、缋、钟、筐、㡛；刮摩之工五，玉、楖、雕、矢、磬；抟埴[①]之工二，陶、旊。全部《考工记》，此已括其大要。其曰“有虞氏上陶，夏后氏上匠，殷人上梓，周人上舆”，则所尚的工艺，古时各代不同。车以一器而备各工，且为周代所尚，故本书记制车之工特详。我们可以从这篇书里考察周秦之间工艺发达底状况；在文化史料中，是颇占重要地位的。

《史记·儒林传》于礼经传授，但叙《士礼》，不及《周官》；《汉书·艺文志》于礼之今古文，但录《礼经》及《古经》,《周官经》另附于后；则《史》《汉》皆以《仪礼》为礼之“经”，并未特崇《周官》，以为“礼经”。读《周礼》，须知其为周秦间一无名学者之理想的官制；读《仪礼》，须知其为孔子定以教人之本，所记皆当时曾通行的礼仪。汉儒以为此十七篇所记皆“士”的阶级之礼，故又名之曰“《士经》”，因有“推士礼以致之天子”之说，因有此十七篇所记不全，与“礼自孔子时其经不具”之说。但就今存之十七篇按之，则仅“冠”“昏”“丧”“祭”“相见”五种为士礼；“乡饮”及“射”，通乎士及大夫；“少牢馈食”“有司

① 埴　底本作“植”，据《十三经注疏》(P.1959) 改。

彻”为大夫礼；“燕”“聘”“大射”“公食大夫”为诸侯礼；“觐”，为天子见诸侯之礼；所记并不限于士礼。古书往往以首章首句之二三字为篇题，亦有以首篇为全书之名者。本书首篇为《士冠礼》，所以又有《士礼》之称。孔子生春秋之末，其时王室不纲，诸侯力征，大夫僭擅，陪臣跋扈，礼仪或成具文，或等弁髦，故曰“礼自孔子时其经不具”。“其经不具”者，其大纲已残坏之谓。秦代焚书，记礼之篇籍多亡，独此孔子所定之《士礼》十七篇在耳。并不是说这十七篇是秦火[①]残缺之余。且古者五十而后爵，大夫之子，年方二十，固未尝为大夫，故大夫无特冠殊之礼。《左传》曰：“君冠，必以裸享之礼行之，以金石之乐节之。”则诸侯固亦有冠礼，而其不同于士之冠礼者，后起之礼，有所增饰，其礼意亦与士之冠同。《士冠礼》曰：“夏之末造也。天子之元子犹士，天下无生而贵者也。”则虽天子之子，其冠，亦当与士之冠同了。《中庸》曰：“三年之丧，达乎天子；父母之丧，无贵贱一也”孟子亦曰：“三年之丧，齐疏之服，飦粥之食，自天子达于庶人。”则其它丧服虽有降杀[②]，而父母之丧，则天子与士同之。故西汉后仓等“推士礼致之天子”之说，本是无可厚非的。

《礼记·昏义》以冠、昏、丧、祭、朝、聘、乡、射八者为礼之大体；《礼运》记孔子之告子游，亦曰“达于丧，祭、乡、射、

---

① 是秦火　底本作“火是秦”，据文意酌改。

② 降杀　底本作“杀降”，据文意酌改。

冠、昏、朝、聘”，故此八者为礼之大纲，可以统摄十七篇。本书第二章，已详言之。故《仪礼》一书，说它已备记周代底仪礼，固然未妥；说它是孔子所定以教人，已可揽礼仪之大纲，则非臆说。兹将十七篇括为八类，表列如次。但此书在西汉已有三种本了，一为戴德本，二为戴圣本，三为刘向别录本；所列次序，各不相同，也分别在表中注明。

八大纲	篇名	戴德本次序	戴圣本次序	刘向本次序
冠、昏	士冠礼	1	1	1
	士昏礼	2	2	2
	士相见礼（附）	3	3	3
丧、祭	士丧礼	4	13	12
	既夕礼	5	14	13
	士虞礼	6	8	14
	丧服	17	9	11
	特牲馈食礼	7	10	15
	少牢馈食礼	8	11	16
	有司彻	9	12	17
乡、射	乡饮酒礼	10	4	4
	乡射礼	11	5	5
	燕礼	12	6	6
	大射	13	7	7
朝、聘	聘礼	14	15	8
	公食大夫礼	15	16	9
	觐礼	16	17	10

按右表所列，戴圣本底次序，最无条理可寻。戴德本依冠、昏、丧、祭、乡、射、朝、聘八大纲底顺序排列。但丧服独列于最后。康有为《伪经考》认为前十六篇乃孔子手定，末篇《丧服》乃子夏所作。按子夏所作，是《丧服》底“传”。此篇所以列于最后，大概一因《丧服》通乎上下，二因有“传”，与其余十六篇体例不同。但戴德既未自加说明，则后人解释，都是揣测而已。十三经底《仪礼》用的是刘向本。他以冠、昏、乡、射、朝、聘居先，丧、祭七篇列后；而此七篇中又以通乎上下的《丧服》冠之。因为前十篇是吉的，后七篇是凶的，前十篇是关于人的，后七篇是关于鬼的，故以吉凶人鬼为序。这也是一种有意义的排列法。

《礼记·典礼》曰:“人生十年曰幼，学；二十曰弱，冠。”又曰:“男子二十，冠而字。”可见冠礼是男子二十岁时举行的，表示他已成年了。《冠义》曰:“冠者，礼之始也，嘉事之重者也；是故古者重冠。重冠，故行之于庙。”古代底冠礼是在庙中举行的。已冠而命以字，因为他已是成人了，除了君父之外，便不当直呼其名。见于母，母拜之；见于兄弟，兄弟拜之；也是因为他已是成人，故以礼待之。《士冠礼》篇就是详述冠礼的。此种古礼，久已不行；只有民国初年，乡先辈夏震武，曾为他底儿子贞立举行过。昏，同婚。《礼记·昏义》曰:“昏礼者，将合二姓之好，上以事宗庙，而下以继后世也，故君子重之。”古之昏礼，有“纳采”“问名”“纳吉”“纳征”“请期”“亲迎”，这叫做“六礼”。纳采是昏礼底第一步。纳采是用雁的，见《士昏礼》。疏曰：“纳采言纳者，以其始相采择，恐女家不许，故言纳。”问名是第二步。问名者，问女之姓氏，将归卜其吉凶。纳吉是第三步，也须用雁。问名之后，归卜于庙而得吉兆，乃又使使往告女家，昏姻之事，于是始定。第四步是纳征，用玄纁束帛、俪皮，见《士昏礼》。征者，成也，使使者纳币以成昏礼，故曰纳征。第五步是请期，也是用雁的。男家卜定结婚底吉日，使使者告女家，征求同意，叫做请期。到了昏期，父命新郎往迎新妇，归而共牢合卺，昏礼乃成。《士昏礼》记古昏礼甚详。从前旧式婚姻虽已与古礼不同，而六礼底遗型尚在；现在都已改革了。《士相见礼》记士初次相见底礼，本与冠昏无关，故表中下注一“附”字。古代经人介绍，正式相见，礼节也是极繁复的。——以上是八大纲之二，“冠”“昏”。

表中第二项“丧祭”，前四篇是丧礼，后三篇是祭礼。《论语》：“曾子曰：‘慎终追远，民德归厚矣。’”儒家对于鬼神抱怀疑的态度，而对于丧祭特别隆重，便是此旨。墨子批评他们“犹无鱼而下网，无客而行客礼”，实在是没有懂得这种意义。记丧礼的四篇中，前三篇记丧事底仪式，后一篇记丧服底制度。丧事底仪式，现在已大多不通行了。丧服实际上虽然也不很通行，而“斩衰”三年、“齐衰”期年、“大功”九月、“小功”六月、“缌麻”三月底“五服”，现在一般的讣告中，还常常见到。衰，读若崔，同缞，粗麻布之衣。齐，读若咨。边缘不缝缉的叫做“斩衰”，加以缝缉的叫做“齐衰”。功服底布，较缞为细。加粗大之功，不善治练之者，曰“大功”；加精细之功，练饰之者，曰“小功”。“缌麻”则为练熟之细麻布，比小功服底布更精了，所以丧服是以所用之布底粗细，和服丧日期底长短分别的。五服底轻重，以服丧者和死者关系底亲疏为标准。这在《丧服》中已说得很详明了。关于祭礼的，共三篇。《礼记·中庸》曰:“郊社之礼，所以事上帝也；宗庙之礼，所以祀乎其先也。明乎郊社之礼、禘尝之义，治国其如示诸掌乎！”儒家把鬼神祭祀之礼，看得如此重要，所以和丧礼一样注意了。我国向无正式的宗教，而于神祇祖先底祭祀，则至今犹为民间所重视，大概也是受了儒家底影响。《礼记·祭统》曰:“凡治人之道，莫重于礼。礼有五经，莫重于祭。夫祭者，非物自外至者也，自中出生于心者也；心怵而奉之以礼，是故惟贤者能尽祭之义。”这和《中庸》底话，可以互发。《祭义》曰:“祭不欲数，数则烦，烦则不敬。祭不欲疏，疏则怠，怠则忘。”所以祭底次数，得有相当的规定。这也有它底理由。——以上又是八大纲之二，“丧”“祭”。

乡饮酒之礼，所以表示敬老，故年愈长，则礼愈尊。《礼记·乡饮酒义》曰:“民知尊长养老，而后能入孝弟；民入孝弟，出尊长养老，而后教成，教成而后国可安也。君子之所谓孝者，非家至而日见之也，合诸乡射，教之乡饮酒之礼，而孝弟之行立矣。孔子曰：‘吾观于乡，而知王道之易易也。’”则“乡礼”也和政治有关了。《射义》曰：“古者诸侯之射也，必先行燕礼；卿、大夫、士[①]之射也，必先行乡饮酒之礼。故燕礼者，所以明君臣之义也；乡饮酒之礼者，所以明长幼之序也。”即此可见表中列于“乡射”一项之四篇，有相互的关系。《论语》：孔子曰：“君子无所争，必也射乎！揖让而升，下而饮，其争也君子。”《中庸》：孔子曰：“射有似乎君子，失诸正鹄，反求诸其身。”《射义》曰：“故事之尽礼乐而可数为，以立德行者，莫若射，故圣王务焉。”即此，可见古人之重射，并非重在技术和勇力底竞赛，而重在礼仪底训练，德行底养成了。《射义》记孔子射于矍相之圃，命子路出延射者曰：“贲军之将，亡国之大夫[②]，与为人后者，不入，其余皆入。”于是去者半，入者半。可见同射者底资格也是以人品为标准的了。——以上又是八大纲之二，“乡”“射”。

聘，是诸侯国间命大夫互相聘问，为春秋时国际外交底典礼。公食大夫，是诸侯飨他国内的大夫，是那时君臣之间底典礼。觐，是诸侯朝见天子底典礼。读了这三篇，可以明了封建时代，天子和诸侯、诸侯和大夫、君臣之间，是以礼相交的；列国之间，也是礼尚往来的。那时，虽然以礼别尊卑，而君臣间仍有宾主之礼；

① 士　底本脱，据《十三经注疏》（P.3662）补。

② 亡国之大夫　底本作“与亡国之大夫”，据《十三经注疏》（P.3664）改。

虽然列国分立，而国际间仍有聘问之礼。春秋时，古礼已不甚通行了；降及战国，王室陵夷，而覲礼全废，纵横捭阖，兵祸愈亟，而聘礼亦废。现在底礼仪，当然大异于数千年前，而礼意则尚有可见者。——以上又是八大纲之二，“朝”“聘”。

上文所述，简略已极，而十七篇底内容，则八大纲可以尽之。但是阅读《仪礼》，有一点还得注意，就是除《士相见礼》《大射礼》《少牢馈食礼》《有司彻》四篇之外，其余十三篇都有“记”附在本文之后。《士冠礼》从“冠义。始冠，缁布之冠也”句以下，《士昏礼》从“凡行事”句以下，《乡饮酒礼》从“朝服，谋宾介”句以下，《乡射礼》从“大夫与公士为宾”句以下，《燕礼》从“燕，朝服于寝[1]”句以下，《聘礼》从“久无事则聘”句以下，《公食大夫礼》从“不宿戒”句以下，《覲礼》从“几俟于东厢”句以下，《士虞礼》从“虞，沐浴不栉”句以下，《特牲馈食礼》从记特牲以下，都是各篇底“记”。《士丧礼》底“记”，则附在《士虞礼》之后；从“士处适寝”句以下为《士丧礼》之“记”，从“启之昕”句以下，为《既夕礼》之“记”。因为《既夕礼》是《士丧礼》底下篇，故二篇之记，总附于下篇之末。《丧服》从“公子为其母”句以下为“记”；但记之外，又有子夏之“传”，分隶于每章经文及记之后。经文为孔子所定以教人的，记是弟子所记的；则子夏作传，似

① 朝服于寝　底本作“朝服以寝”，据《十三经注疏》（P.2214）改。

又在作记之后了。因此，颇有人疑子夏非指孔子弟子卜商，为西汉经师字子夏者。——韩愈《读仪礼》已有“苦此书难读”之语。因为它所记是古代底礼仪，后世大多已不通行，服物陈设也都是罕见的；且经不分章，记不随经，内容又都是繁琐而枯燥的，所以读未终卷，便昏昏欲睡了。我以为此书除欲考证古代礼俗外，实不必精读。但能略观大意，知古礼之意义，便不必过于细加推究了。

《周礼》《仪礼》二书，所记既异，文章风格亦各不同。《周礼》底优点在系统分明,《仪礼》底优点在委曲详尽;《周礼》多排比的文句,《仪礼》则为散文，典制记叙之文，二书盖各有所长，可以给我们做学文章底模范。这又是经学以外的事了。

第九章 ○

《礼记》述要（附《孝经》《尔雅》）

《礼记》是戴圣选辑而成的。《礼记正义》于每篇篇目之下，引郑玄《目录》曰："此于《别录》属××。"按《别录》所分，凡有八类，列举如左：

（一）属于"制度"者五篇——《曲礼》上下、《王制》、《礼器》《少仪》。

（二）属于"通论"者十六篇——《檀弓》上下、《礼运》、《玉藻》、《大传》、《学记》、《经解》、《哀公问》、《孔子闲居》、《仲尼燕居》、《坊记》、《中庸》、《表记》、《缁衣》、《儒行》、《大学》。

（三）属于"明堂阴阳"者二篇——《月令》《明堂位》。

（四）属于"丧服"者十二篇——《曾子问》、《丧服小记》、《杂记》上下篇、《丧大记》、《丧服大记》（本篇无篇次，且《正义》不记郑玄语，疑即《丧大记》之下篇）、《奔丧》、《问丧》、《服问》、《间传》、《三年问》、《丧服四制》。

（五）属于“子法”者二篇——《文王世子》《内则》。

（六）属于“吉事”者七篇——《投壶》（此篇《正义》作属于“吉礼”，吉礼即吉事）、《冠义》、《昏义》、《乡饮酒义》、《射义》、《燕义》、《聘义》。

（七）属于“祭祀”者四篇——《郊特牲》《祭法》《祭义》《祭统》。

（八）属于“乐记”者一篇——《乐记》。

细按四十九篇内容，为阅读时便利计，可以括为四类：

第一类——通论学术及礼意者，凡十一篇（《礼运》《学记》《经解》《哀公问》《坊记》《中庸》《表记》《缁衣》《儒行》《大学》《乐记》）。这十一篇是《礼记》底精华，有精读的价值；因为它们不但是古代学术史底材料，而且有一部分，虽在现代，也尚有价值。

第二类——记述古代制度礼俗，且带考证性质者，凡廿五篇（《曲礼》上下、《王制》、《礼器》、《少仪》、《玉藻》、《大传》、《月令》、《明堂位》、《丧服小记》、《杂记》上下、《丧大记》、《丧服大记》、《奔丧》、《问丧》、《服问》、《间传》、《三年问》、《文王世子》、《内则》、《郊特牲》、《祭法》、《祭统》、《投壶》）。这二十五篇，是研究古代文化底史料。在一般读者，略去不读亦可。

第三类——专释《仪礼》各篇者，凡八篇（《冠义》《昏义》《乡饮酒义》《射义》《燕义》《聘义》《祭义》《丧服四制》）。这八篇是读《仪礼》底参考材料；研究古代文化史的，也可以并入上一类中。

第四类——杂记孔子和他底弟子或时人底问答者，凡五篇（《仲尼燕居》、《孔子闲居》、《檀弓》上下、《曾子问》）。这五篇虽不及《论语》可靠，也有略读底价值。

以上四类，二三两类，比较专门，在一般读者，自可暂缓。但据以考究古代制度礼俗史、或单就“祭”“丧”“冠”“昏”作分类的探讨，以为现代制定礼仪底参考，也是学者应努力的工作。即以读《仪礼》而论，朱子已谓当与《礼记》参通（见《答潘恭叔书》），所作《仪礼经传通解》，即将仪礼分作若干章节、而引《礼记》以释之；江永底《礼书纲目》，亦用此法；我们也可以利用《礼记》作参考书，则《仪礼》底难读，必可减少许多。他如《曲礼》《檀弓》《少仪》《儒行》诸篇，其中有许多意义深长底格言故事，也是读者所当注意的。如《曲礼》曰：“傲不可长，欲不可纵，志不可满，乐不可极。”又曰：“四郊多垒，卿大夫之耻也。”《檀弓》所记，如孔子闻子路死而覆醢，饿者不食嗟来之食而饿死，这些格言故事，虽在现代，还是有价值的。

至于第一类诸篇，则都有熟读深思底必要，而尤以《礼运》《学记》《大学》《中庸》《乐记》五篇为最。《礼运》底理想最高，首段论“大同”“小康”，中山先生亦尝诵说引述。它说：“大道之行也，天下为公，选贤与能，讲信修睦。故人不独亲其亲，不独子其子。使老有所终，壮有所用，幼有所长，鳏寡孤独废疾者，皆有所养；男有分，女有归。货，恶其弃于地也，不必藏于己；力，恶其不出于身也，不必为己。是故谋闭而不兴，盗窃乱贼而不作，故外户而不闭，是谓大同。”在数千年前，已有这样高的政治理想，不能不佩服孔子思想底前进。近人吴虞，以“打孔家店”自豪，掊撦孔子，无所不用其极。而于此等政治理想，则统归之道家，以为孔子决不能有此理想。不知孔老同时，何以老子独能有此理想?《礼记》明为儒家之书，此篇明为儒家所记，即非孔子亲撰，亦当为七十子后学所记，为儒家政治理想底结晶。但如康有为之《大同书》，取近世社会主义者言，附会此篇，则又是康氏之书，而不是《礼运》之旨了。

《学记》是杂记儒家底教育理论的。其中亦多至理。如说“化民成俗，其必由学”；“古之王者，建国君民，教学为先”；“君之所不臣于其臣者二，当其为尸，则弗臣，当其为师，则弗臣”；是说教育为立国之本，当国者必须尊师。如说，“学然后知不足，教然后知困，知不足而自反，知困而自强，则教学可以相长”；是说教者当知进修。如说“不兴其艺，不能乐学”，君子于学，有藏修息游，故能安其学，亲其师，乐其友，信其道，是以虽离师辅而不反；否则“隐其学，疾其师，苦其难而不知其益，虽终其业，去之必速”，又说“大学之法，禁于未发谓之豫，当其可之谓时，不陵节而施之谓孙，相观而善之谓摩，四者为教之所由兴”；反之，则“发然后禁，扞格不胜，时过后学，勤苦难成，杂施不孙，坏乱不修，独学无友，孤陋寡闻，燕明逆其师，燕辟废其学，六者为教之所由废”；君子之教，道而弗牵则和，强而弗抑则易，开而弗达则思；学者有四失，或失之多，或失之少，或失之易，或失之止，教者当知其失而救之；善待问者如撞[①]钟，小叩则小鸣，大叩则大鸣。诸如此类，和近世教育家所说的教学原理，往往有暗合的。所以这一篇，在我国教育史上，确是有地位的。

《乐记》是论乐理的。首段曰：“凡音之起，由人心生也。人心之动，物使之然也。感于物而动，故形于声。声相应，故生变；变成方，谓之音。比音而乐之，及干戚羽旄，谓之乐。”论音乐之起原，在人心之感于物而动，故乐与人心底情感有关。所以又说：“是故其哀心感者，其声噍以杀；其乐心感者，其声啴以缓；其喜心感者，其声发以散；其怒心感者，其声粗以厉；其敬心感者，其声直以廉；其爱心感者，其声和以柔：六者非性也，感于物而后动。”因为人心感于物而动，而形于声，故情感不同，则所发之声亦异。情动于中而形于声；声成文者谓之音，则从音之不同，亦可以知其心之所感。国家政治，直接影响人民；人民心中因国家政治所发动的情感，都可从音乐中表现出来。所以又说：“是故治世之音安以乐，其政和；乱世之音怨以怒，其政乖。亡

① 撞 底本脱，据《十三经注疏》（P.3303）补。

国之音哀以思，其民困。声音之道，与政通矣。”乐与政底关系，如此密切，儒家礼乐并重，便是因此。故曰：“大乐与天地同和，大礼与天地同节。”又曰：“乐者，天地之和也；礼者，天地之序也。和，故百物皆化；序，故百物皆别。”“王者功成作乐，治定制礼。”“仁近于乐，义近于礼[①]。”可见乐是属于情感的，其功用在和谐；礼是属于理智的，其功用在辨别，二者似相反而实相辅。墨子底非乐，正由不懂得乐底原理。《乐记》又以郑卫之音为乱世之音，桑间濮上之音为亡国之音。所以孔子所谓“放郑声”“郑声淫”者，是指音乐而言，因其好淫滥志，多靡靡之音，并非说《诗经》中之《郑风》《卫风》多男女恋爱之诗。诗与乐，虽有密切的关系；但诗底文字所表示的意义，乐底音调所表示的情感，仍是二事，不能混为一谈。——《乐记》所论不仅此，这里不过举其一端而已。

至于《大学》《中庸》，则朱子曾取以与《论语》《孟子》合为“四书”；明清科举以“四书文”（即八股文）取士，故二篇已成家弦户诵之书。《中庸》为孔子孙子思所作，见于《史记·孔子世家》。《大学》究为何人作，古无定论。朱子把它分为“经”一章，“传”十章，以为“经”者孔子之意而曾子述之，“传”者曾子之言而门人记之，于是《大学》乃为曾子底作品。宋儒喜言心

① 义近于礼　底本作“礼近于礼”，据《十三经注疏》（P.3319）改。

性，而《大学》言“心”,《中庸》言“性”，恰与之合。故朱子以《论语》《大学》《中庸》《孟子》四书为可以代表孔子、曾子、子思、孟子一脉相传的“道统”。这种主观的说法，是否不错，固然可疑。而《大学》《中庸》二篇，在《礼记》中，为极有精采的二篇，在孔子以后的儒家，为极有价值的作品，则无可否认。分别论之，则《大学》是一篇政治哲学底论文,《中庸》是一篇人生哲学底论文，有中心思想，有系统条理，确值得精读的。《大学》以“明明德”“新民”“止于至善”为三纲领,“格物”“致知”“诚意”“正心”“修身”“齐家”“治国”“平天下”为八条目。治平须从修齐做起，而修齐又以格致诚正为本；这是儒家德治主义底原则。《中庸》以“天命之谓性、率性之谓道、修道之谓教”底性、道、教三者为根本，性由天命，故率性之道与修道之教，惟在“法天”。天道“至诚无息”，故率性修道，亦在乎“诚”。诚则可以立天下大本之“中”，行天下达道之“和”。致中和，则天地位，万物育了。这是儒家人生哲学底原则。《大学》主“诚意”，《中庸》主“至诚”；而诚之修养，始于“慎独”；诚之推行，在乎“忠恕”；这是二篇相同的基点。《大学》曰:“所恶于上，毋以使下；所恶于下，毋以事上；所恶于前，毋以先后；所恶于后，毋以从前；所恶于左，毋以交于右；所恶于右，毋以交于左：此之谓絜矩之道。”《中庸》曰:“君子之道四，丘未能一焉：所求乎子以事父，未能也；所求乎臣以事君，未能也；所求乎弟以事兄，未能也；所求乎朋友先施之，未能也。”《大学》底絜矩之道，是“己所不欲，勿施于人”。《中庸》底君子之道，是“己之所欲，施之于人”。前者就消极方面说，后者就积极方面说，这是忠恕底两方面。“忠恕违道不远”，“能近取譬”，可谓为仁之方。故《论语》：曾子曰：“夫子之道，忠恕而已矣。”修己、治人，不外忠恕。惟忠恕乃可以立“诚”，乃可以“致中和”。所以《大学》《中庸》底中心思想，就是孔子底“忠恕”之道。

《礼运》《学记》《乐记》《大学》《中庸》五篇底内容，略如上述。他如《经解》述六经之教，说《诗》教“温柔敦厚”，而其失“愚”；《书》教“疏通知远”，而其失“诬”；《乐》教“广博易良”，而其失“奢”；《易》教“絜静精微”，而其失“贼”；《礼》教“恭俭庄敬”，而其失“烦”；《春秋》教“属辞比事”，而其失“乱”；深于六经者，方能收其效而无其失。在经学上，可以说是平心之论。《儒行》记孔子答哀公之问，列举十六种儒者之行，可见服儒服者，未足以称“儒”。世人徒见衣逢掖之衣，冠章甫之冠，规行矩步，《诗》云子曰者，即命之曰“儒者”，仍是皮相而已。他如《哀公问》《坊记》《表记》《缁衣》等篇，亦言非一端，义各有当，玩索有得，是在读者。

此外，如《王制》之言制度，为今文派之根据，以之与《周礼》相抗衡。《释文·叙录》及《王制》篇《正义》，都引卢植说，以为汉文帝令博士作。《史记·封禅书》有曰：“明年，使博士诸生刺《六经》,作《王制》,谋议巡狩封禅事。”卢说盖本此。但《王制》中无一语及封禅,言巡狩者亦仅一端。司马贞《索隐》引刘向《别录》曰:“文帝所造书有《本制》《兵制》《服制》篇。”以今《王制》检之,绝不相合。则文帝时博士所作,明非今《礼记》中之《王制》篇了。文帝时所作之《王制》,或存于《汉志》所录之《古封禅群祀》二十二篇之中;或《史记》所云“作王制”,谓作王者之制度,而非篇名;均未可知。《正义》引郑玄《目录》曰:“名曰‘王制’者,以其记先王班爵授禄,祭祀养老之法度。”又驳《五经异义》曰:“《王制》是孔子之后大贤所记先王之事。”又答临[1]硕曰:“孟子在赧王之际,《王制》之作,复在其后。”《正义》说《王制》是秦汉之际底作品,因为篇中有“古者以周尺”之言,是周亡后人底话;又云“有正听之”,郑玄注曰:“汉有正平之官,承秦置之。”按战国时度量衡已不一致;故以“周尺”别于他种尺度。《尚书·冏命》有“太仆正”,《周礼》有“宫正”,《左传》有“遂正”“乡正”“校正”“工正”,又曰“师不陵正”[2],则“正”为古代长官之称;“有正听之”之“正”,为刑官之长。不能以此二者为秦汉人作《王制》之证。俞樾谓《王制》为孔氏遗书,七十子后学所记,“王”指“素王”,孔子将作《春秋》,先修王法,斟酌损益,具有规条,门弟子纂记而成此

① 临 底本作“林”,据《十三经注疏》(P.2861)改。
② 师不陵正 底本作“工不陵正”,据《十三经注疏》(P.4177)改。

篇。俞氏此说可谓发前人所未发。窃疑《王制》亦如《周礼》，为周秦间才士所作，而其改制之主张，不同《周礼》，故二书所言制度亦异。而此篇所记颁爵禄之制，与《孟子》“北宫锜”章合，似作者系孟子之徒。这也是读者应注意之一篇。

《礼记》四十九篇，系选辑而成，故多采之他书。《隋书·音乐志》引沈约说,《中庸》《坊记》《表记》《缁衣》皆取《子思子》。按《子思子》二十三篇,《汉志》列于儒家。《史记正义》谓《乐记》，公孙尼子次撰。刘瓛谓《缁衣》亦公孙尼子作。按《公孙尼子》二十八篇,《汉志》亦列儒家。《三年问》《乐记》《乡饮酒义》诸篇，文颇同于《荀子》，或即采之《荀子》。其尤可注意者则为《月令》。《正义》曰:“贾逵、马融之徒，皆云《月令》周公所作，故王肃用焉。”郑玄《目录》则曰:“《月令》者，本《吕氏春秋》十二月纪之首章，礼家好事者钞合之，后人因题之曰《礼记》，言周公所作。”而《后汉书·鲁恭传》载恭之议，以为“《月令》，周世所作，而所据为夏之时”。蔡邕《明堂月令论》曰:“《周书》七十一篇,《月令》第五十三。秦相吕不韦著书，取《月令》为记号。淮南王安，亦取以为第四篇，改名曰《时则》。故偏见之徒，或云《月令》，吕不韦作，或云淮南作，皆非也。”《唐书·大衍历议》言有僧一行，亲见《周书·月令》有七十二候，与《礼记·月令》无异。观此，则《礼记》《吕氏春秋》《淮南子》，殆同采之《周书》中者。郑玄因《月令》中有“命大尉”

句，大尉为秦官，故断为吕不韦所作。但《吕氏春秋》作“命大封”，即《易纬·通卦验》所谓“夏至，景风至，命大将，封有功”之义。《淮南子·时则训》作“命大尉”，盖据汉制改之；而今本《礼记·月令》，则又改从《淮南子》者。《汉志》《乐》类首录《乐记》二十三篇，《乐记正义》曰：“盖十一篇合为一篇，谓有《乐本》，有《乐论》，有《乐施》，有《乐言》，有《乐礼》，有《乐情》，有《乐化》，有《乐象》，有《宾牟贾》，有《师乙》，有《魏文侯》。”其余十二篇，篇名虽亦见《正义》中，因不为《诗记》所采，遂已亡失。则《礼记》中之《乐记》，系取二十三篇《乐记》之十一篇合成。那末，这二十三篇或本全在《公孙尼子》中，或《公孙尼子》本仅有此十一篇，均未可知。这是四十九篇中来历可考的几篇。可惜古书多所亡失，我底见闻亦太狭了，手头又没有可供考据的书籍，只能就记忆所及，举几篇作例而已。

《孝经》在经部中底位置，只能和《礼记》四十九篇相当，《尔雅》则更在其下，故于此附带述及之。胡适《古代哲学史大纲》说孔子之后的儒家，以“孝”为道德底根本观念。《孝经》一书，便是代表这一派的。《礼记·祭仪》引曾子曰：“孝有三：大孝尊亲，其次弗辱，其次能养。”这是孝底三等。《孝经》曰：“人之行，莫大于孝；孝，莫大于严父。”“严父”就是“尊亲”。尊亲之道有二：一是“先意承志，谕父母于道”，如舜之感化瞽瞍。故《孝经》曰：“父有争子，则身不陷于不义，故当不义。则子不可以不争于父……从父之令，焉得为孝乎？”二是为子者修身行道，以显其亲。故又曰：立身行道，扬名于后世，孝之终也。这是第一等。次之，则须“无忝所生”，故诸侯之孝，须“在上不骄，高而不危，制节谨度，满而不溢”；卿大夫之孝，须服先王之法服，言先王之法言，行先王之法行；士之孝，须忠以事君，顺以事长；如此，庶几可以不辱其亲。又次之，则此身为父母遗体，“父母全而生之，子全而归之”，方算是不辱其亲。故《孝经》又曰：“身体发肤，受之父母，不敢毁伤，孝之始也。”《论语》记曾子将死，叫门人启视他的手足，也是这个道理。此二者是第二等——“弗辱”。能养，也有二种，一是精神之养，一方面即所谓“养志”，是“先意承旨”底意思；一方面则在养而又能“敬”。《论语》：孔子曰：“今之孝者，是谓能养……不敬，何以别乎？”二是口体之养，则指甘旨之奉，温凊之礼，以及其他的事奉。《孝经》所谓庶人之孝，“谨身节用，以养父母”，生前的奉养，以及死后的丧葬等，都是这类起码的孝。《孝经》以孝为“天之经，地之义，人之行”，为“德之本，教之所由生”，而其大意则不外乎上文所述。有子以“孝”为“仁”之本，因为儒家言仁重在“推爱”，曰“亲亲而仁民，仁民而爱物”；故以孝弟为仁之本。其后乃以“孝”字包括一切道德，故“居处不庄”，“事君不忠”，“莅官不敬”，“朋友不信”，“战阵无勇”，曾子皆以为非孝（见《祭义》）。孔子以“仁”为道德中心，以“成人”为理想的人格；孔门后学以“孝”

为道德中心，以“孝子”为理想的人格。这是儒家学说底重要变迁。

《尔雅》是一部训诂书，在未有字典辞书以前，的确是读古书的良好的工具。全书共十九篇。《释诂》辑许多同义字为句，以相训释。如《释诂》首句曰：“初、哉、首、基、肇、祖、元、胎、俶、落、权、舆，始也。”这许多字都有“始”底意义。《释言》较为简单，如末数句曰：“宽，绰也；衮，黻也，华，皇也；昆，后也；弥，终也。”《释训》则所释为二字以上的复词或成句。如曰“明明、斤斤，察也。条条、秩秩，智也。穆穆、肃肃，敬也”，为同字叠用的复词。“不俟，不来也。不遹，不迹也”，则为二字连用的成语。“如切如磋，道学也。如琢如磨，自修也”，则为经生训诂《诗》句之文。以上三篇是一类。《释亲》专释亲属称呼，分父党、母党、妻党、婚姻四节，一篇为一类。《释宫》释房屋各部分底名称，《释器》释器物底名称，《释乐》释乐底术语和乐器底名称，这三篇又是一类。《释天》释岁时、天象、祭祀等名称，独为一类。《释地》《释丘》《释山》《释水》四篇，所释虽有地域、丘陵、山岳、川流之异，而同属于地理，故为一类。《释草》《释木》，所释皆为植物，又为一类。《释虫》《释鱼》《释鸟》《释兽》《释畜》五篇，所释都是动物，又为一类。《尔雅》全书底内容大要如此。它是供检查用的工具书，而不是经类底读本，自无精读底必要。但有许多古训，存于其中；故列于十三经中，作为经书底附庸，也不能说是全无理由的。

观上所述，则《礼记》四十九篇，当选读；除通论类中最重要五篇必须精读以外，可视读者底需要定之；而其中有许多篇，当与《仪礼》同读，以为参证之资。《孝经》可略读，且与《礼记》中论孝道的几篇互相印证，作为孔子以后重孝道的一派儒家底学术史料。《尔雅》，则是研究经学的工具书，除对于文字训诂之学，特具兴趣，有志深造者外，简直可以不必读它。

第十章○

《春秋》经传述要

《春秋经》和它底三部传,《左传》《公羊传》《穀梁传》，在十三经中，只算它们是三部书；因为经文是按年分载在“三传”中的。《左传正义》曰:“丘明作传，与经别行,《公羊》《穀梁》,莫不皆然。”按东汉底《熹平石经》底拓印残本,《公羊传》隐公一段，即直载传文而无经文，则灵帝时《公羊传》还是与经别行了。马端临曰:“《公羊传》《穀梁传》直以其所作传文搀入正经，而不曾别出,《左传》则经自经而传自传。”《公》《穀》二传，每于经文后即加解释，如隐公元年《公羊传》曰:“夏五月，郑伯克段于鄢。克之者何？杀之也。”“夏五月，郑伯克段于鄢”，是经文；“克之者何”以下，是传文。同条《穀梁传》亦于经文下即接传文曰:“克者何？能也。”《左传》则同年之经文，皆另列于前，传文则分条另列于后，郑伯克段一条传文，即以“初，郑武公娶于申……”句开始，详纪事实始末，与经文不相涉。故马氏云然。

但元时“三传”已各载经文，由此可见。杜预《左传序》自云“分传之年，与经之年相附”，是《左传》传文分年附经，似始于杜氏作注时。《公》《穀》二传附经，则不知始于何时了。

孟子曰:“王者之迹熄而《诗》亡;《诗》亡然后《春秋》作。晋之《乘》、楚之《梼杌》、鲁之《春秋》，一也。其事则齐桓、晋文，其文则史，孔子曰:‘其义则丘窃取之矣。’”孔子据鲁之《春秋》以作《春秋》，其事则无非齐桓、晋文之事，其文则多同鲁史之文，故与《晋乘》《楚梼杌》大致相同。唯其义，则孔子之义，不但为《乘》与《梼杌》所无，亦为《鲁春秋》所无。《春秋》之所以为“经”者，即在于此。否则，零零碎碎一条条的极简单的记载，难怪王安石有“断烂朝报”之讥了。《春秋》之“义”，即所谓“大义”与“微言”。孟子尝曰:“孔子成《春秋》而乱臣贼子惧。”《春秋》是孔子实行他“正名”主义的一部书，孔子所以要笔削鲁史而成《春秋》，是因为目击当时政治社会底紊乱，怀着救世底热忱，周游列国，不能见之实行，乃退而著此书，以寄托自己底政治主张。故孟子曰:“世衰道微，邪说暴行有作，臣弑其君者有之，子弑其父者有之；孔子惧，作《春秋》。”乱臣贼子弑其君、父，就是“暴行”，此类暴行，必有“邪说”为之掩饰。孔子则以“正名”为标准，秉笔直书，以“别异同”而“正名字”，以“辨上下”而“定名分”，以“寓褒贬”而“明是非”，使乱臣贼子无所隐遁。这就是孔子作《春秋》底“大义”之一。《春秋繁露·深察名号》篇曰:“《春秋》辨物之理，以正其名，名物如其真，不失秋毫之末。”他所举的例是僖公十六年底两条经文：一是“陨石于宋五”；一是“六鹢退飞过宋都”。前条是“记闻”，闻陨物之声填然，视之则“石”，数之凡“五”，故先言“陨”，次言“石”，末言“五”；后条是“记见”，仰视则“六”，察之则“鹢”，细察之则“退飞”，故先言“六”，次言“鹢”，末言“退飞”（见《公羊》传）。于此可见“君子于其言，无所苟而已矣”了。这是“正名”底第一义,“别异同，正名字”;《春秋》文法底谨严，即由于此。春秋时，吴、楚之君已僭号称“王”了，而《春秋》则仍称吴子、楚子；齐、晋虽强，仍称曰“侯”；宋、鲁虽弱，仍称曰“公”。践土之会，明明是晋文公召王,《春秋》仍书“天王狩于河阳”。因为孔子最不满意于当时诸侯大夫底僭窃。《论语》曰:“孔子谓季氏,‘八佾舞于庭，是可忍也，孰不可忍也！’”又曰:“三家者以《雍》彻。子曰:‘相维辟公，天子穆穆’，奚取于三家之堂？”八佾是天子之舞,《雍》是天子祭祀彻时所奏的乐歌，而季孙三家以大夫僭之，所以孔子有这样的批评。第一条何等愤慨？第二条即取《雍》底诗语驳诘之，何等严正？这是“正名”底第二义,“辨上下，定名分”。《庄子·天下》篇说:“《春秋》以道名分。”便是指此。又如同是弑君，隐公[1]四

① 公 底本脱，据文意酌补。

年三月，则书“卫州吁弑其君完”；九月，则书卫人“杀州吁于濮”。前条明正州吁弑君之罪，是显而易见的。后条称“卫人”，明是国人底公意；称“杀”、称“州吁”，明州吁虽篡而不成为君，罪有应得；曰“于濮”，濮是陈地，明卫人力不能讨，假手外国。又如桓公二年正月，书“宋督弑其君与夷及其大夫孔父”，便有一面贬斥弑君的华督，一面褒扬殉难的孔父底意思。至如文公元年十月，书“楚世子商臣弑其君髡（《左传》作“頵”）”，曰“世子”，表示商臣不但是臣弑君，而且是子弑父。成公十八年正月，书“晋弑其君州蒲”。明是栾书、中行偃嗾使程滑去弑的，所以但曰“晋”而不书名者，明虽是弑君，却也因州蒲罪恶太甚，故国人公意以为可杀。就这几条例，可见虽同是弑君，而其中情形不同，故书法亦异。在极简单的语句中，以几个字底不同寓其褒贬。这是“正名”底第三义，“寓褒贬，明是非”。前人所谓“一字之褒，荣于华衮；一字之贬，严于斧钺”便是指此而言。

“尊王攘夷”，也是《春秋》底大义。那时王室陵夷，诸国分立，夷狄侵入中国，所以孔子认为非“尊王攘夷”不可。《论语》记孔子答子贡论管仲，有曰：“微管仲，吾其被发左衽矣。”可见孔子称赞管仲之功，说“民到于今受其赐”者，便是因为他能“攘夷”。《春秋》于华夷之别，辨之最严。可见抵抗异族底侵略，是孔子生平底主张。但欲“攘夷”，必先“尊王”。近来有些人因为《春秋》主张“尊王”，以为孔子是专制政体的拥护者，这是没有懂得尊王底意义。所谓“尊王”，就是“大一统”，主张中国要有一个统一的中央政府；否则，诸国割据，自相争伐，便不能“攘夷”了。隐公元年第一条经文，只有“元年春王正月”六个字，乍看简直是毫无意义的。《公羊传》却说：“何言乎‘王正月’？大一统也。”“王正月”何以是大一统呢？因为夏建寅，以阴历底正月为正月；商建丑，以阴历底十二月为正月；周建子，以阴历底十一月为正月；三代底正月不同。《春秋》书“王正月”，表示采用周王所定的正月。三代易姓改代之际，虽然改定正朔，民间有仍沿用前朝底正朔的；这和民国元年已明令改用阳历，民间仍沿用阴历一样。何况春秋时分立的诸国，各自为政，不奉行周底正朔的，想也很多。《春秋》特书“王正月”，正和现在的文件上写“国历一月”相同。孔子主张一统，历法便应当遵守中央政府所规定颁布的；所以《春秋》书“王正月”，就是大一统了。大一统也就是“尊王”；故尊王实际上就是拥护统一的中央政府。中国能统一，方可以“攘夷”。所以“尊王攘夷”正是春秋时代救世底对症的良药！成公元年《公羊传》曰：“王者无敌，莫敢当也。”此明《春秋》尊王之义。僖公四年《公羊传》曰：“其言盟于师、盟于召陵何？师在召陵也。师在召陵，则曷为再言盟？喜服楚也。何言乎喜服楚？楚有王者则后服，无王者则先叛，夷狄也，而亟病中国。南夷与北狄交，中国不绝若线。桓公救中国而攘夷狄，卒怗荆，以此为王者之事也。”此明《春秋》攘夷之义。

《汉书·艺文志》曰:“昔仲尼没而微言绝[①],七十子丧而大义乖。”大义可于文字中求之,微言则非夫子口授者不易领会,故大义尚易见,微言则难知。孟子曰:“《春秋》,天子之事也。孔子曰:‘知我者其惟《春秋》乎?罪我者其惟《春秋》乎?’”(惟,以也)孔子作《春秋》,传之后世;后世读《春秋》者,以此知孔子,亦以此罪孔子者,正以大义易见而微言难知。何则?《春秋》褒贬诸侯大夫,此王者赏罚之法,故曰“天子之事”。孔子怎么配执行天子之事呢?《春秋》方讥贬当世诸侯大夫之僭,而作者乃以布衣而僭天子赏罚之权,则反唇相讥者,不将曰“夫子未出于正”吗?故曰“罪我者其惟春秋”。所以说《春秋》者,有“黜周王鲁”之说。《史记·孔子世家》所谓“据鲁,亲[②]周,故殷[③]”,就是“黜周王鲁”。《公羊传疏》曰:“以鲁隐公为受命王,黜周为二王后。”盖《春秋》用鲁君纪年,故言以鲁当新王,而黜周为胜代之后,其地位略等于商后之宋之在周世;宋则又退而等于夏后之杞。何休明言:“惟王者改元立号。《春秋》王鲁,故得改元;托王非真,故虽得改元,不得改正朔。”这是一种解说。或谓《春秋》非王鲁,乃孔子自居王者。董仲舒《对策》已言“孔子作《春秋》,见素王之文焉。”郑玄《六艺论》曰:“孔子西狩

① 仲尼没而微言绝 底本作“夫子没而微言绝”,据《汉书》(P.1701)改。
② 亲 底本作“新”,据《史记·孔子世家》(P.1943)改。
③ 殷 底本作“宋”,据《史记·孔子世家》(P.1943)改。

获麟，自号素王。”卢钦《公羊传序》亦曰：“孔子自因鲁史而修《春秋》，制‘素王’之道。”《孔子家语》记齐太史子余美孔子曰：“天其素王之乎？”杜预《左传序》乃径以孔子为素王，左丘明为素臣。现在一般学者，以为“素王”即“无冠帝王”之意。如此说来，孔子竟以王者自居了。这又是一种解说。按素者，空也；谓空设一王之法；孔子空设一王之法以作《春秋》，即孟子所云“有王者起，必来取法”底意思，并非称鲁为王，更非孔子自称为王。周敦颐曰：“《春秋》正王道，明大法也。孔子为后世王者而修也。”程子亦曰：夫子作《春秋》，为百王不易之大法。中有经世大法，不但褒善贬恶而已。孔子怀抱着救世底热忱，而周游列国，终不得行其道，不能实现他最高的政治理想，故借鲁史事实，制王者之法，而作《春秋》。《史记·自序》叙孔子作《春秋》，引孔子曰：“我欲载之空言，不如见之于行事之深切著明也。”行事，犹云“往事”。孔子不做发挥政治理论的文章，笔削《春秋》，借往事以明义，而微言不可以文字见，故口授其弟子。后世学者，不明此义，因此纷纷揣测；可见《汉志》所谓“孔子没而微言绝”，并非故甚其词。

“三传”中，能明《春秋》底微言者，当首推《公羊传》，故在专制时代底学者看来，其中颇多“非常可怪”之论。《穀梁传》于《春秋》大义，尚能阐明；《左传》则惟详载事实而已。能发《公羊传》之微者，在西汉有董仲舒底《春秋繁露》，在东汉有何休底《公羊解诂》。《公羊传》有“三科九旨”，见何休《公羊文谥例》：“新周，故宋以《春秋》当新王，此一科三旨也。所见异辞，所闻异辞，所传闻异辞，此二科六旨也。内其国而外诸夏，内诸夏而外夷狄，此三科九旨也。”这就是所谓“存三统”“张三世”“异内外”，可以说是《春秋》底微言。按《春秋繁露·三代改制质文》篇曰：“《春秋》上绌夏，下存周，以《春秋》当新王。”此即所谓“存三统”，上节已详述之。又《楚庄王》篇曰：“《春秋》分十二世以为三等，有见，有闻，有传闻。有见三世，有闻四世，有传闻五世。故哀、定、昭，君子之所见也；宣、成、襄、文，君子之所闻也；僖、闵、庄、桓、隐，君子之所传闻也。所见六十一年，所闻八十五年，所传闻九十六年。”此即所谓“张三世”。按《春秋》于隐公元年书“公子益师卒”。《公羊传》曰：“何以不日？远也。所见异辞，所闻异辞，所传闻异辞。”何休《解诂》曰：于所传闻之世，见治起于衰乱之中，用心尚麤觕，故内其国而外诸夏，先详内而后治外；于所闻之世，见治升平，内诸夏而外夷狄；至所见之世，著治太平，夷狄进至于爵，天下远近大小若一。是所谓“三世”，就是“拨乱世”“升平世”“太平世”了。拨乱世须拨乱反正，把诸国分立的局面统一起来；好像中山先生所说国民革命底“军政时期”。升平世，则中国已经统一，达到“小康”之治了。进而至太平世，则是天下为公的“大同”之治。所以《春秋》底“张三世”，正和《礼记·礼运》篇首段论“大同”“小康”相合。但是《春秋》所载鲁十二公，从隐公到哀公，世事日非，何尝合于孔子三世进化底理想？《公羊》疏“著治太平”句下曰：“当尔之时，实非太平。”所以“世愈乱而《春秋》之文愈治”（此贾逵之言）者，仅是“借事明义”而已。“异内外”即从“张三世”而来，观上引《公羊解诂》文可见。《春秋繁露·王道》篇曰：“内其国而外诸夏，内诸夏而外夷狄，言自近者始也。”其说亦同。“所闻世”尚是升平的小康之世，故外夷狄。成公十五年，叔孙侨如等会吴于钟离。《公羊传》曰：“曷为殊会吴？外吴也。”宣公十五年《公羊传解诂》亦有“殊夷狄”之语。此所闻世外夷狄之例。哀公四年，晋人执戎曼子赤归于楚。赤为戎曼子之名。戎亦称爵，是所见世为太平的大同之世，不外夷狄了。上文刚说过，攘夷是《春秋》大义，为什么这里又把夷狄和诸夏一视同仁了呢？因为大同之世，中国一人，天下一家，不必再有种族底界限了。但这仅是孔子底理想，仅是“借事明义”；若拘于事实，求之文字，则孔子忽主攘夷，外夷狄，忽主华夷一视同仁，不也成为一个朝三暮四，意志薄弱的动摇分子了吗？

除上节所述“三科”之外，尚有“讥世卿”，亦为《春秋》底微言之一。隐公三年《春秋经》书“夏四月辛卯，尹氏卒”。《公羊传》曰：“尹氏者何？天子[1]之大夫也。其称尹氏何？贬。曷为

① 子　底本作“如”，据《十三经注疏》（P.4784）改。

贬？讥世卿，世卿，非礼也。”古代不但天子诸侯世袭，官也是世袭的。世卿怎么是“非礼”呢？而且《春秋》时世卿不仅尹氏，何以独贬尹氏呢？孔子所以讥世卿时贬尹氏，反对贵族世袭卿位底制度，因为昭公二十三年，尹辛、尹圉逐周襄王而立其弟王子朝。孔子认为尹氏之擅废立，非一朝一夕之故，由于他家世袭卿位，大权独揽，故酿成此变。现在一般人说孔子因为自己是贵族，故拥护贵族的封建制度。不知孔子祖先在宋固是贵族，奔鲁之后早已降为平民。他底讥世卿，明见《公羊传》，还说他拥护旧有的贵族制度，读书真太粗心了！《左传》却把尹氏改做“君氏”，以为是隐公底生母声子，并且加以解释道：“不书姓，为公故，曰君氏。”但“君氏”二字，终嫌不词。康有为因此疑《左传》是刘歆就《国语》中抽取事实，假造《春秋》之传；其改称“君氏”，盖欲抹杀孔子之“讥世卿”，为世代专政、驯至篡汉的王家讳，也非全无理由。《左传》媚世者不仅此条，如文公十三年，晋人复士会条，末加一句曰：“其处者为刘氏。”则刘氏为士会之族之留秦者。昭公二十年，又言陶唐氏之后有刘累者，能豢龙，事夏后孔甲，范氏为其后。范氏即士氏。此明刘氏系出于尧。东汉明帝时，贾逵上疏有云：“五经皆无证图谶明刘氏为尧后者，而《左氏》独有明文。窃谓前世借此以求道通，故后引之以为证耳。”见文公十三年《正义》引。这和改“尹氏”为“君氏”，都明明是媚世。所以《公羊传》“讥世卿”之说，决不应因《左传》而妄生疑虑的。

《春秋经》既有微言大义寓于它字句简单的条文中，于是它底书法底条例如何，遂为传《春秋》者所注意，而有所谓“例”者出。何休《公羊解诂序》曰:“往者略依胡毋生条例，多得其正。”可见胡毋生时，已有《公羊传》底“例”了。《七录》亦有《公羊传条例》一书。何休所作《公羊文谥例》,《公羊疏》常引之。刘逢禄又作《公羊何氏释例》。《穀梁传》底时月日例，更详于《公羊传》。范宁《穀梁传集解》亦有“例”,《自序》有“商略名例”底话。疏称宁别有《略例》百余条。疏中所引，据王仁圃《汉魏遗书钞》所摘录者，凡二十余条。许桂林作《穀梁释例》。《公羊》《穀梁》之传《春秋》，以释义例为主，故都有“例”。《左传》虽详于记事，而郑兴、郑众、贾徽、贾逵父子已各有《左氏条例》，颍容有《左氏释例》。杜预《左传序》言例更详，但以为出于周公，孔子有所增益。《正义》则云:“先儒以为并出丘明。”但例与传文亦有不合者。刘逢禄疑系刘歆羼入。林黄中已说《左传》中“君子曰……”是刘歆之言了。朱彝尊《经义考》论崔子方《本例》条，所举古来研究《春秋》之例者，共四五十家。内惟陆淳《春秋纂例》兼采“三传”，崔子方《春秋本例》多本《公》《穀》，为能成一家之言。而孔广森之《公羊通义》言义例者，多本之赵汸底《春秋属辞》。孔氏谓“知《春秋》者惟赵汸一人”，推崇可谓至极了。洪兴祖曰:“《春秋》本无例，学者因行事之迹以为例；犹天本无度，治历者因周天之数以为度也。”此言殊有理。孔子作

《春秋》时，未尝先自定了许多定例，然后笔削；后来说《春秋》者就经文归纳出许多例来而已。但传《春秋》者，释《春秋传》者，对于经文，见仁见智，不无出入，故各家所说之例，亦有不同。读《春秋》经传者，能博考诸家所说，固然很好，但恐参考愈博，异说愈多，头绪愈纷繁而已。大抵读春秋，当以《公羊传》为主,《穀梁传》为辅,《左传》则可另读，因为它原是文史而不是经传呀！

《左传》和《春秋》，可以说“离之则两美，合之则两伤”。因为它本不是《春秋》底“传”。康有为、梁启超均疑左丘明所作是《国语》，非《春秋左传》。因为:（一）司马迁言“左丘失明，厥有《国语》”，言“吾尝读《春秋》《国语》”，而《史记》采《左传》之文甚多;（二）《汉志》《春秋》类有《国语》二十一篇（自注:“左丘明著”),《新国语》五十四篇（自注:“刘向分《国语》”）。二十一篇之《国语》，即今存本。但其书则甚可怪。因它既是记春秋时代的史书，何以春秋时（隐公元年至哀公十四年间）的事反而不详，而反详于春秋前后？它既是分国编录的史书，何以鲁国部分，竟大半是记敬姜一妇人之言？反观《左传》，既是解《春秋经》的，何以隐公元年“惠公元妃孟子”条，及桓公二年“晋穆侯夫人姜氏”条，竟追记到春秋之前？而末条智伯之诛，又下及春秋之后？刘向分《国语》二十一篇为五十四篇，增至一倍以上，又是什么缘故？刘向编录诸书，传者甚多，何以此五十四篇之《新国语》，从没有人提及？因此，颇疑五十四篇者，为左丘明所作之原本；二十一篇者，乃刘歆取其大部分事实以为《左传》底剩余。所以《左传》和《国语》，如仍合为一书，则不失为春秋时代一部文事并茂的良好的古史；现在分作两部，不但《国语》有残缺之嫌，《左传》与《公》《穀》二传平列，把它看做解经之书，也只能说是下驷了。这两部书，倒是“合之则两美，离之则两伤”哩！

《左传》不当附《春秋经》，前人已多言之。卢植、王接曰：“《左氏》自是一家言，不主为经而发。”高祐、贺循亦皆谓《左传》为史。《大中遗事》及《北梦琐言》并载唐陈商《立〈春秋左传〉学议》，亦言左丘明为鲁史，记述时政，以日繁月，本非扶助圣经，是太史之流。……当与司马迁、班固等列。刘安世曰：“《公》《穀》皆解《春秋》，《春秋》所无者，《公》《穀》未尝言之。若《左传》，则《春秋》所有者或不解，《春秋》所无者或自为传……故读《左氏》者当经自为经，传自为传，不可合而为一也。”朱子亦言《左氏》是史学，《公》《穀》是经学。叶梦得曰：“《左氏》传事不传义，是以详于事，而事未必实；《公》《穀》传义不传事，是以详于经，而义未必当。”吴澄也说：“载事，则《左氏》详于《公》《穀》；释经，则《公》《穀》精于《左氏》。”刘逢禄曰：“《左氏》以良史之材，博闻多识，本未尝求附于《春秋》之义。后人增设条例，推衍事迹，强以为传《春秋》，冀以夺

《公羊》博士之师法。名为尊之，实则诬之,《左氏》不任其咎也。余欲以《春秋》还之《春秋》,《左氏》还之《左氏》，而删其书法凡例。论断之谬于大义，孤章绝句之依附经文者，冀以存《左氏》之本真。”皮锡瑞曰：“《左氏》叙事之工，文采之富，即以史论，亦当在司马迁、班固之上；不必依傍圣经，可以独有千古。《史记》《汉书》后世不废，岂得废《左氏》乎？”此皆持平之论。学者因为“尊经”底传统观念所拘，所以听说《左传》是“史”非“传”，便觉得是尊《公》《穀》而抑《左传》。其实经学和史学性质不同，而地位并无高下；如能改正传统底观念，把《左传》和《春秋经》分开，而与《国语》合并，则此书将为我国史类中第一部杰作，它底地位当较之附于《春秋经》为高。《史通》有《惑经》《申左》二篇，此由刘知幾以史学的眼光去衡量《春秋》和《左传》之故。刘氏是史学家，不是经学家。他以史学批评《左氏》，是对的；以史学批评《春秋经》，却是错了。《史通・六家》篇分列《尚书》《春秋》《左传》《国语》《史记》《汉书》六类。其实这六部书,《尚书》《春秋》是“经”,《史记》《汉书》是“史”,《左传》《国语》实际上也是“史”，而刘氏列之经史之间，似乎刘氏以为由经而史，是古代史书底渐次蜕变而成的路径。从这一点上看，刘氏也未尝不知道《左传》非纯粹的经书。——总之,《左传》在经学中的价值，决不如它在史学上的价值之大。

《左传》是史，故长于记事，为“记载之传”;《公羊》《穀梁》

二传是传，故长于解经，为“训诂之传”。但《左传》记事亦有错误者。兹姑举二例以明之。《左传》卫宣公烝于夷姜，生急；为之娶于齐而美，因纳之，生寿及朔。朔谮急于宣公。宣公命急使齐，使盗伺于途，将杀之。寿醉急以酒，而先往，盗杀之云云。按急可娶妻，年必在十六七以上；朔能谮兄，寿能代兄赴死，亦必在十六七以上；而宣公立于隐公四年，死于桓公十三年，共在位二十年，以事实揆之，岂能有此？宣公未即位时，夷公尚在，又岂能烝于夷姜，生急而以为己子？故《史记·卫世家》只说宣公爱夫人夷姜，不云烝于夷姜而生急。此《左传》记事之误一。昭公七年经书曰“正月，暨齐平”，“以外及内曰暨”（用《穀梁传》语）。详此经语气，明明是说鲁与齐平。故同年三月又书“叔孙舍如齐莅盟”。《左传》则曰“燕人行成”云云，是误以为是燕国与齐国讲和了。此《左传》记事之误者二。况其辞尚浮夸，事多增饰。叶梦得说它事未必实，亦非虚诬。但其记战事则描写如生，记辞命则隽永有味，虽迁、固亦无以上之。——所以《左传》在史学上的价值，又不如它在文学上的价值之大。

故就经学言经学，则《春秋》当然是一部重要的“经”，它底价值，不在所记之“事”，不在记事之“文”，而在孔子所寄托的“大义”“微言”。《公羊传》《穀梁传》是两部正式的解经之“传”，它们底价值，也不在所记之“事”，与记事之“文”，而在笺释《春秋》之“义”。至于《左传》，则解经不如《公》《穀》，而其事则详，其文则富，只能认它为一部有价值的史书或文学作品。因此，我们读《春秋经》《公羊传》《穀梁传》和《左传》，所当注意之点，也各不同。

第十一章

《论语》述要

现存十三经中的《论语》是《张侯论》，与《鲁论》同为二十篇，曰《学而》《为政》《八佾》《里仁》《公冶长》《雍也》《述而》《泰伯》《子罕》《乡党》《先进》《颜渊》《子路》《宪问》《卫灵公》《季氏》《阳货》《微子》《子张》《尧曰》。前十篇叫做《上论》，后十篇叫做《下论》。《论语》之在孔门，极似宋明理学家底语录，以记言为主。《上论》前九篇都如此。中篇《乡党》所记，则为孔子底起居饮食等日常生活，在全书中是特殊的。我颇疑心这十篇是《论语》底初编，故前九篇记孔子之言，末一篇记孔子底生活。宋赵普不是有“以半部《论语》治天下”底话吗？因为《下论》是续编，所以他特别推崇前半部了。《下论》前八篇也以记孔子之言为主，第九篇《子张》则所记都是孔子弟子底话。我颇疑心《论语》续编，本仅此九篇，把记弟子之言的《子张篇》列在最后，正和《上论》底《乡党篇》一样。末篇《尧曰》，殆后来学者收集所闻，附加上去，以凑成二十篇的。《尧曰》篇共只三章。第一章“尧曰”章历记古代帝王底言与事，与孔子无关，就是“谨权量，审法度”以下，亦未记明为孔子之言。柳宗元《论语辨》说它是孔子常常称道之言；朱子《论语集注》引杨时说，以为是历叙尧舜汤武以明圣学之传。柳氏所说，固为猜度之辞；朱子所引，也是宋儒“道统论”底说法；都不足据。末章“知命”章，郑玄曾曰:“《鲁论》无此章。”中间“子张问从政”章，孔子答话，先说“尊五美，屏四恶”，故作笼统语，以待子张再问；及子张问“何谓五美”，又但列举“惠而不费，劳而不怨，欲而不贪，泰而不骄，威而不猛”五语，而不加以解说。必待子张又问“何谓惠而不费”，方并下四语一一加以解说。如此故意腾挪曲折，与本书他篇所记孔子答弟子之问，态度迥然不同，文体亦是特殊。此篇仅三章，在二十篇中，章数为特少，而三章又皆可疑，其为后来附加，形迹显然。

试就《下论》底文体议论加以检讨，亦有与《上论》各篇殊异者。如《季氏》篇底“三友”章、“三乐”章、“三愆”章[①]、“三戒”章、“三畏”章、“九思”章，都是排句;《阳货》篇底“六言六蔽”章、“子张问仁”章,《尧曰》篇底“子张问从政”章，不但是排句，而且都是先作总括语，笼统语，待其再问，方逐项分疏；

① 三愆章　底本作“三衍章”，据《十三经注疏》(P.5479)改。

《上论》中不见有此类文体。《微子》篇底“楚狂”章、“长沮桀溺”章、“荷蓧丈人”章，所载议论，都似道家之言。子路评论荷蓧丈人，把“行道”和“行义”分作二类，且以隐居不仕为“欲洁其身而乱大伦”，也是颇难索解的。《下论》底驳杂，此其一端。

更就上下《论》记者对孔子之称谓考之，亦可发现其不同之点。《上论》记孔子答鲁君，称“孔子对曰”；记孔子答诸大夫，但称“子曰”。朱子说，这是“尊君”，所以辨上下，别君臣，其说甚是。《上论》记人之问，都不曰“问于孔子”，因为此书是专记孔子的，自然没有说“问于孔子”底必要。《下论》则记孔子答季康子等之问，也用“孔子对曰”了。《下论》《先进》《子路》二篇，尚无“问于孔子”底记录，《颜渊》篇三记季康子问，及齐景公问，《卫灵公》篇首章记卫灵公问，便都说“问于孔子”；《阳货》篇“子张问仁”章、《尧曰》篇“子张问从政”章，则记弟子之问，也说“问于孔子”了。《上论》记孔子，单称“子”，不称“孔子”。《下论》《季氏》篇竟始终称“孔子”，《微子》篇称“孔子”者亦不少。《上论》中记弟子当面称孔子亦曰“子”，只有对他人说起孔子，方叫他“夫子”。《下论》，则《先进》篇“侍坐”章记曾皙语，《阳货》篇“武城”章记子游语，都当面称孔子曰“夫子”了。《子张》篇记子贡答公孙朝，又称孔子之字曰仲尼，和《中庸》称仲尼同。称谓虽是小节，但也可以见《下论》驳杂之一斑。

《下论》各篇所记孔子底事实，也有许多不可靠的，兹就其显著者举六例如下。（一）《阳货》篇“孺悲”章曰：“孺悲欲见孔子。孔子辞以疾。将命者出户，取瑟而歌，使之闻之。”按孺悲学士丧礼于孔子，见《礼记·杂记》。如欲见孔子时，尚未受业，何以知其不可教而拒绝不见？互乡童子尚可接见，难道孺悲还不及互乡童子吗？孔子自云：“自行束修以上，吾未尝无诲焉。”又曰“有教无类”。何以独拒孺悲？且既拒之，何以又“取瑟而歌，使之闻之”，故意叫他难堪；这岂是“不为已甚”的孔子所忍做的？如已及门受业，则孺悲即使有过，亦可加以面斥；更不必如此恶作剧了。故以情理度之，此章所记，殆不可靠。（二）《季氏》篇首章，季氏伐颛臾事，不见《春秋》经传，且他书也没有颛臾为鲁之附庸的记载。子路为季氏宰，在鲁定公时，此时孔子方为鲁司寇；冉有为季氏宰，在哀公时，当孔子自卫反鲁前后；此时子路正留仕卫。子路、冉有并无同时仕于季氏的事实。则虽有伐颛臾事，亦不当牵涉二人。而且如其子路果与此事有关，孔子何以独责冉有？如其子路果与此事无关，冉有何以定要将他扳入，子路亦不自辨？故就事实考之，此章所记，更不可靠。（三）《微子》篇“齐景公”章曰：“齐景公待孔子曰：‘若季氏，则吾不能。’以季孟之间待之。曰：‘吾老矣，不能用也！’孔子行。”孔子适齐仅一次，在昭公二十五年，季平子逐昭公时。此时孔子尚未做过司寇，资望未尊，景公为什么似乎以不能待之若季氏为歉，且仍以季孟之间底卿礼待之？景公在昭公二十五年后，还在位二十余年，何以遽自称为老？下文“吾老矣不能用也”之上又有“曰”字，则上句“以季孟之间待之”，当是记事之文。如此，则孔子曾在齐国为卿了。何以除此章外，并未见于他处？则此章所记，也不可靠了。（四）同篇“齐人归女乐”章曰：“齐人归女乐。季桓子受之。三日不朝，孔子行。”此事，《史记·孔子世家》载之更详，故为一般人所共信。但《春秋经》于归俘、归瑁、归禭，都有记载，何以独于他自己去国有关的归女乐，却漏而不书？孟子记孔子之去鲁，又何以不及此事？如果孔子因季桓子受了女乐，致定公三日不朝而去，何以孟子说他“欲以微罪行，不欲为苟去”，而从祭之后，膰肉不至，乃不脱冕而行呢？所以此章亦在可疑之列。（五）《阳货》篇“公山弗扰”章曰：“公山弗扰以费叛。召，子欲往。子路不悦，曰：‘末之也已！何必公山氏之之也？’子曰：‘夫召我者，而岂徒哉？如有用我者，吾其为东周乎？’”按公山弗扰即《左传》之公山不狃，见定公十二年。此时，孔子为鲁司寇，主堕三家之都。叔孙氏既堕郈，季氏将堕费，费宰公山不狃乃据费以叛，袭定公，矢及公侧。孔子命申句须、乐颀伐之，公山不狃败而奔齐，遂堕费城。此事书于《春秋》，详载于《左传》。据此，则公山弗扰之以费叛，正因反抗孔子，终为孔子所讨平。试思，叛国的县宰，怎么欲召他所反抗的执政？执政者又何以闻召而欲往，且以“东周”期之？且其时孔子方为司寇，与闻国政，并未去国周游，子路何以说他“末之也已”？《史记·孔子世家》知其事之不可解，乃移公山氏之叛于定公九年，则公山氏又因何而叛？且其据费独立，直到四年之久，季氏何以不讨平之？此章厚诬孔子，决不可信。（六）同篇“佛肸”章曰：佛肸以中牟叛。召，子欲往。子路曰：昔者由也闻诸夫子曰：“亲于其身为不善者，君子不入也。”佛肸以中牟叛，“子之往也，如之何？”子曰：“然，有是言也。不曰坚乎？磨而不磷。不曰白乎？涅而不缁。吾岂匏瓜也哉？焉能系而不食？”按《韩诗外传》，佛肸据中牟以抗赵襄子。襄子立于鲁哀公二十年；则佛肸之叛，当在哀公二十年以后。孔子卒于哀公十六年，安得及见此事？佛肸又安得召孔子呢？《史记·孔子世家》把这件事记在孔子在卫之时，约当定公十四五年。此时中牟还不属于赵氏，因为赵鞅取中牟，《左传》明明载在哀公五年。如果佛肸于此时据中牟以抗赵氏，则是抵抗赵氏底侵略，岂得谓之“叛”？且中牟抗赵，亦当在哀公五年，仍与《史记》之年不合了。孔子作《春秋》以斥乱臣、贼子，今乃闻叛臣之召，欣然欲往，且以不磷之坚，不缁之白自居，而有意磨之涅之，且曰“吾非匏瓜，焉能系而不食”；是孔子直与后世以生活困难为口实，甘心作叛国之人者，同一行径，同一口吻了！此与前章，同是上诬孔子，下误后世，疑是佞臣张禹之流，据失实之传闻，妄自窜加的；读者决不可为它们所欺！即此六例，可见《下论》所记孔子事实之驳杂了。

综上所述，则《下论》十篇，就编制、文体、议论，以及对孔子之称谓，与所记孔子之事实按之，其内容俱不及《上论》十篇之纯粹。我们读《论语》时，应当加以辨别，加以注意。此外，还有一点，须特加注意者，就是《论语》各篇之末，往往有附记见闻，而羼入本文的。兹并举数例于此。（一）《雍也》篇末“子见南子”章曰：“子见南子。子路不悦。夫子矢之曰：‘予所否者，天厌之！天厌之！’”此章径称孔子曰“夫子”，与他章不类，一可疑。南子为卫灵公夫人，孔子何以往见？朱子虽云“古者仕于其国，有见其小君之礼”，但亦于他书无据。子路又何以不悦？孔子何以不加说明，而急至矢天自明？此事虽亦见于《史记·孔子世家》，且格外加以渲染，但终是可疑。此章之后，仅有“子贡问博施”章。故疑是后来附记的。（二）《乡党》篇末章曰：“色斯举矣，翔而后集。子曰：‘山梁雌雉，时哉，时哉！’子路共之，三嗅而作。”朱子《论语集注》，崔述《论语余说》，都说此章有阙文。朱子认为“不可强为之说”。崔氏认为系后人采之他书，附记篇末者。其实，此章倒并不难解。王引之《经传释词》曰：“色斯者，状鸟举之疾也。”以为“色斯”即《公羊传·哀公六年》“诸大夫见之，皆色然而骇”之“色然”。何休注为“惊骇之貌”。王氏并举了许多汉代人文中“色斯”二字连用之例。按“色”“斯”二字为双声，二字连用，成一双声连语，与“迅速”音近义同。“色斯举矣”记雉飞举之迅速，“翔而后集”记雉翔集之舒缓，二句为对文，乃记述之辞，所记者即集于山梁的雌雉。共，同拱，执也。嗅，当如朱注引刘聘君说，作“狊”。此字从目、从犬，音古阒反。《尔雅·释兽》曰：“鸟曰狊。”疏曰：“张两翅，狊狊然摇动。”鸟将飞举，往往先张开它底两翅扑扑地搧动，就叫做“狊”。张参《五经文字》已误作“臭”；《唐石经》又加“口”作“嗅”，《吕氏春秋·审己》篇言“子路揜雉而后释之”，即指此事。徒手执雉，本不可能；雉见有人往捕，故三狊其翅而飞去。此章记孔子子路师生郊游，见雌雉迅速飞举，又回翔而集于山梁。孔子见之，道：“时哉，时哉！”此见物兴感之常情。子路见之，戏往拱执，雉忽飞去。此亦郊游嬉戏之常事。且叹者自叹，拱者自拱，子路并非因孔子之叹而往执，亦非既执之，因闻孔子之叹而后释之。此章与同篇“厩焚”章、“康子馈乐”章，同记孔子琐事。徒因注者读者过于深求，遂觉难解，因此异说纷歧，并疑有阙文耳。以上二章是在《上论》的。（三）《下论》中，篇末附记之章更多。如《季氏》篇末“邦君”章曰：“邦君之妻，君称之，曰夫人；夫人自称，曰小童；邦人称之，曰君夫人，称诸异邦，曰寡小君；异邦人称之，亦曰君夫人。”此章既非孔子之言，而且邦君之妻底称呼，何关宏旨，而记之于《论语》中？《微子》篇末，也有三章。其一曰：“太师挚适齐，亚饭干适楚，三饭缭[1]适蔡，四

① 缭　底本作“潦”，据《论语正义》（P.730）改。

饭缺适秦，鼓方叔入于河，播鼗武入于汉，少师阳、击磬襄入于海。”鲁国乐官散之四方，与孔门何涉，而亦记之于《论语》中？其二曰：“周公谓鲁公曰：‘君子不施其亲，不使大臣怨乎不以；故旧无大故，则不弃也；无求备于一人。’”此周公告鲁公之言，亦与孔子无关。如因其为嘉言而记之，则可记者，又岂仅此数语而已？其末章曰：“周有八士：伯达、伯适、仲突、仲忽、叔夜、叔夏、季随、季騧。”此章仅记八士之名，更是莫明其妙了。——凡此篇末附记各章，读者也当加以辨别。

但《下论》中也有精确可读的。如《宪问》《子张》二篇所记，而《先进》《子路》《颜渊》《卫灵公》《微子》五篇次之。最驳杂的，是《季氏》《阳货》二篇；最可疑的，是《尧曰》篇。所以读《论语》的，应当先仔细加以检点，把最精确的辑做“内篇”，次一等的辑做“外篇”，驳杂而可疑的辑成“杂篇”；然后精读、略读，分别用功，不必拘于本来的篇次。

梁启超主张读《论语》须把它分成几类，这也是很好的一种方法。但是所分之类，不一定要和梁氏相同（梁氏之说，见《要籍解题及其读法》），我以为《论语》底内容，可以分括为三大类：（一）孔子底人格；（二）孔子底学说；（三）孔门弟子。第一类，又可分作四项；一是孔子底事实，《论语》此项记载反少，而且有几章是靠不住的；二是孔子底日常生活，此种材料，以《乡党》篇为最多；三是孔子底神情态度，《论语》中虽也不多，却描写得恰到好处；四是弟子和时人赞美或风刺孔子底话，此为弟子时人对孔子所得的印象，可借以见孔子之为人者。《史记·孔子世家》，虽有不可信处，也可以供参考。梁氏尝说《论语》为表现孔子人格唯一之良书；孔子有若干价值，则《论语》亦连带有若干价值。我们要重新估定孔子与《论语》底价值，不得不首先注意于《论语》中此类的记载。第三类也可以分做二项：一是孔门弟子底言论，此以见于《子张》篇中者为最多；但散见他篇者亦复不少；一是孔子对于弟子的批评，"知弟莫若师"，何况孔子对于他底学生?《史记·仲尼弟子传》，虽也可供参考，但所记事实，仍得加以辨别。第二类却是《论语》底中心，读者尤当加以注意，所以特把重要的几点提出来，说明其概要。

第一是关于"教学"的。——孔子以前，学在王官，故非"宦学"无从"事师"，非"入官"无从"学古"。孔子开私人讲学之风，及门者又有三千之众，可以说是我国教育史上一个划时代的学者。近来教育部规定，以他底诞辰为"教师节"，是极有意义的。那末，他底教育学说和方法，是必须加以探究的了。孔子底教学材料，是《诗》《书》《礼》《乐》(《史记·孔子世家》说孔子以《诗》《书》《礼》《乐》教。《论语》子贡曰:"夫子之文章，可得而闻也；夫子之言性与天道，不可得而闻也。"所谓"文章"，就是《诗》《书》《礼》《乐》)；他底教育目的，是文行忠信(《论语》曰:"子以四教，文、行、忠、信。""文"指文章，是知识底传授,“行”是行为底训练,“忠信”是品性底陶冶);他底教育步骤,是下学而上达(“多学而识”,是下学工夫;“一以贯之”,是上达工夫);他底教育范围极广,故曰“有教无类”(《论语》,子曰:“自行束修以上,吾未尝无诲焉。”故贫如颜渊、原思,富如子贡,愚如高柴,鲁如曾参,辟如颛孙师,喭如仲由,都可及门受业。东郭子惠且有“夫子之门,何其杂也”之叹);他底教育方法,则重在“启发”(《论语》:子曰:“不愤,不启;不悱,不发;举一隅,不以三隅反,则不复也。”),重在“因材施教”(《论语》中孔子对于弟子问仁、问孝、问政、问士……答语都不同。《先进》篇“子路问闻斯行诸”章,尤其显著。可见孔子施教,因弟子个性不同而异);尤其使弟子们感动的,是他底教学精神,“学不厌而教不倦”(《论语》首章,子曰:“学而时习之,不亦说乎?有朋自远方来,不亦乐乎?人不知而不愠,不亦君子乎?”学而时习,中心悦怿,即是学不厌;人不知而不愠,即是教不倦。故纂《论语》者,列之首章);尤其使后人神往的,是他和弟子们底师生之情,简直和父子一般,而精神感应之最上乘,则有所谓“不言之教”,这是更不容易施行的了。如孔子者,方配称为“人师”啊!还有值得注意的,是他所谓“学”,不仅指知识底获得,而尤重在行为品性底修养。在《论语》中,例证极多。这和现代仅视学校为知识贩卖所,教师为知识贩卖者底商业式的教育,相去正不可以道里计了!

第二是关于“道德”的。——孔子论道德以“仁”为中心。仁是人之所以为人之道。《论语》中论仁的凡六十一章。我们要明白“仁”底含义，必须把这数十章《论语》作比较综合的研究，方可找出它们底要领来。阮元曾有一篇《论语论仁论》，便是做这种工夫的。“仁”字从二从人会意；因为二人以上相交接，方能看出这人是否能仁。以现代语释之，则从“知”底方面说，仁以“同类意识”为基础；从“情”底方面说，仁以“同类情感”为基础；而同类情感，又须从同类意识发生。因为知道对方也是“人”，方能推己以及人，而引起我底恻隐之心。那些毫无同情的冷酷者，推其所以如此之故，便是由于同类意识麻木，同类情感消失之故。医生名身体四肢不知痛痒的病曰“麻木不仁”，正因同为自己身体底一部分，而感觉完全消失。同为人类，而对于他人的同类意识麻木了，同类情感消失了，便不得谓之仁了。所以孔子以“能近取譬”为“为仁之方”。能近取譬，即是推己及人。“己欲立而立人，己欲达而达人”，是积极的；“己所不欲，勿施于人”，是消极的；这就是“忠恕”。子贡说：“夫子之道，忠恕而已矣。”也就是说，孔子之道，仁而已矣。至于父慈、子孝、兄友、弟敬、夫和、妻顺、君义、臣忠、朋友有信，都是做人之道，不过因各人底地位不同，各人和对方底关系不同，而异其德目之名。所以“仁”是各种道德底中心。《论语》中论其它德目的话也不少，都可以“仁”为核心，把它们贯串起来的。

第三是关于修养或做人底方式的。——《论语》以“君子”或“成人”为理想的人格。一切修养，都是要把自己造成“君子”或“成人”。这部书里论君子的话最多，且大部和“小人”对举，我们如能把它们辑录在一处，便可归纳出如何便成君子，如何便成小人的原则来。论成人的，只有一章，更是显而易见。他如圣人、善人、有恒者……，也都是修养上成德底各阶段。把孔子底理想人格揣摩明白了，修养底目标便确定了。至于做人之道，最要的，似乎在于“敏言慎行”和“求己”二端。最坏的是“骄”和“惰”；骄者自满，惰者自弃，自满自弃，便不能更求进步了。余如交友，改过，学思并重，也都是做人和自修底要项。总之，《论语》中此类言论，几乎字字句句是精金美玉。虽在现代，还是有价值的。“哑子吃苦瓜，与人说不得。要知此瓜苦，仍须自家吃。”这类关于修养和做人的话，不仅是书本的知识的，须亲身体验躬行，方能有得。此须各个读者自己去下工夫的。

第四是关于“政治”的。——孔子底时代和现在相去太远了，所以他认为可以救世的，未必是适于现代的。可是他底德治主义，重在执政者先正己而后正人，我终认为是颠扑不破的。反过来说，以贪污的执政提倡廉洁，以残暴的执政提倡仁爱；推而至于假借种种好听的口号标语，以售其欺骗民众之计，以逞其出卖民族之心，决不配称为政治家，决不能获得人民底拥护！现代人常把政治和道德打成两橛，以为政治家不可无才，不妨无德；我以为这是谬误的理论。孔子底政治主张，还有所谓“正名”，也很值得注意。正名者，就是“君君，臣臣，父父，子子”，人人各尽其分，各努力于其本位底工作。这话虽是“老生常谈”，却也是不可磨灭的至理。我们四万万[1]五千万同胞，如果能各尽其职责，我国怎会贫弱[illegible]至于此！他最高的政治理想，是“无为之治”。不过儒家的无为而治，和道家底无为，根本不同。前者是德治底极致，就是仲弓所谓“居敬而行简”；后者则一切无为，一切放任，推而极之，和现代底无政府主义极相似，那是仲弓所谓“居简而行简”了。这一点，须得加以细辨。

第五是关于“伦理”的。——孔子底伦理说，当然是以“五伦”做骨子的。而且孔子对哀公，曾说“君使臣以礼，臣事君以忠”。君臣各有其当遵守的道德。现在一般腐化的官吏，上骄下谄，能以礼使下，以忠奉公吗？总之，五伦中每一伦底双方，各有它们相对的应守之道德，并不能以片面的道德责人而自恕。至于由五伦蜕化为“三纲”，那是汉儒底伦理观；由君臣一伦引出的“臣罪当诛，天王圣明”底理论，由夫妇一伦引出的女子片面的贞操，那更是唐宋时的伦理观；《论语》中并没有这类言论。

第六是关于“哲理”的。——《论语》中此类记载不多；因为孔子是重实践而不重玄谈的。但如论“性”，孔子只说：“性，

---

① 万万　底本脱一“万”字，据文意酌补。

相近也；习，相远也。”“中人以上，可以语上也；中人以下，不可以语上也。”“唯上知与下愚不移。”他所谓上、下、中人，是指天资底智愚而言；故又曰：“生而知之者，上也；学而知之者，次也；困而学之，又其次也；困而不学，民斯为下矣。”生知者是上智，困而不学者是下愚。但所谓上智者，不过是极言其聪颖过人，事实上决没有生知的人。所以他自己亦只承认是“好古敏求”，不承认是“生而知之者”。又曰：“十室之邑，必有忠信如丘者焉，不如丘之好学也。”就是对于他最得意的弟子颜渊，也只是屡赞其好学，而不曾许他为生知。可见“生知”仅是理想的上智，而紧要处仍在好学。所以他底论性虽与韩愈底性三品说相似，而又有别。他论行仁，有“安仁”底“仁者”，有“利仁”底“知者”，似和《中庸》所谓“安而行之”“利而行之”正同;《中庸》所谓“勉强而行之”者，又似和《论语》之“用力于仁者”相当。其实,《论语》只有“好仁者”是安仁,“恶不仁者”是利仁，一是无所为而为之，一是有所为而为之；为之，即是用力于仁了。所以孔子底哲理谈，虽仅寥寥数语，其见解却高出后儒高谈心性者之上。——以上六项，是孔子学说底纲领，可以从《论语》各篇中搜辑疑问而加以研究的。

第十二章○

《孟子》述要

《孟子》一书，书名同诸子，体裁似《论语》，地位在经部底传记与诸子之间。刘歆《七略》，班固《汉志》，尚列之诸子儒家中，故无今古文之分。今本凡七篇，曰《梁惠王》《公孙丑》《滕文公》《离娄》《万章》《告子》《尽心》。《史记·孟子荀卿传》明言“作《孟子》七篇”，故今存十三经中之《孟子》，并无残阙，其每篇各分上下者，乃赵岐作《孟子章句》时所分。但是《汉志》著录则为十一篇，较《史记》多四篇。按应劭《风俗通·穷通》篇言孟子作书中外十一篇，则《汉志》所多的四篇是“外书”了。赵岐《孟子题辞》曰：“又有外书四篇，《性善》《辨文》《说孝经》《为政》。其文不能宏深，不与内篇相似，似非《孟子》本真，后世依放而托也。”赵岐以四篇外书为伪托，故仅注内书七篇。外书四篇，因此而亡。但赵岐固曾见之。司马迁仅云七篇者，想也知道外书四篇是伪托的吧！顾炎武《日知录》说《史记》《法言》

《盐铁论》诸书所引孟子底话，其不见于今存《孟子》中的，疑即在外篇中。此虽猜度之辞，但也颇近情理。《隋书·经籍志》有梁人綦毋邃底《孟子注》九卷，比别种《孟子注》多二卷；似乎外书四篇，梁时尚存其二。但綦毋邃之注，李善底《文选注》尝引之，似乎此书在唐代还流行；而其中究竟有无外篇，唐人绝无提及之者，则又难以征信了。宋孙奕《示儿编》曰："闻先辈言，亲见馆阁中有外书四篇，曰《性善辨》，曰《文说》，曰《孝经》，曰《为政》。"赵岐《题辞》虽举四篇之名，未加分别，孙奕方把它们底名称，分别为四。但南宋去赵岐已千余年，馆阁中岂能完全保存？且当时在馆阁中诸公，未尝有详言曾目睹之者。孙氏得之耳闻，所云恐未足信。王充《论衡·本性》篇曰："孟子作《性善》之篇。"似又以"性善"二字为篇名，不当连下"辨"字。《孝经》另有其书，似不当与《孟子》篇名相同。故四篇之名，或当为（一）《性善》、（二）《辨文》、（三）《说孝经》、（四）《为政》，亦未可知。刘昌诗《芦浦笔记》又曰："予乡新喻谢氏，多藏古书，有《性善辨》一帙。"谢氏所藏的外书一篇，刘氏似乎曾亲眼看到过。但此帙或系后人伪造，非其本真。因为《孟子外书》，明末姚士粦所传的，明是伪中之伪；刘氏所见，谢氏所藏，安知不也是一类的东西呢？姚氏所传的《孟子外书》，四篇完全，说是宋熙时子注，前有马廷鸾序，友人吴骞板行的。按熙时子是刘攽底别号；攽字贡父，号公非。清人丁杰底《小西山房集》中，已著文辨证其为伪书了。总之,《孟子》内书七篇之题，皆取首章第一二句中二三字，为无意义的篇题。何以外书四篇，篇题又皆有义，且其题目究为何数字，又在疑似之间呢？今四篇本文已亡，后出者明为伪中之伪，所以我们读《孟子》，只能读今存的、完全可靠的七篇。

孟子自言愿学孔子；孟子七篇又是模仿《论语》的，所以我们读《孟子》，也可以用读《论语》的方法，把它挈领提纲地分做几类，作归纳的研究：

第一是论性。——“性善”说是孟子底基本观念；孟子底学说，都以此为出发点，故为读《孟子》者所当首先注意的。《中庸》说性由天命，率性为道，已含有“性善”底意思了。孟子传子思之学（《史记》本传说孟子受业于子思之门人，王劭以“人”为衍字。故孟子究竟是子思底弟子，还是子思底弟子底弟子，是一个问题，当于《诸子学纂要》中详考之。但其学之出于子思，则是可信的事实），故遂进一步，明白地主张“性善说”。主张“性恶说”的荀子，在孟子之后。和孟子同时的，也别有三派论性的学说，见于《孟子》底《告子》篇:（一）性无善无不善说;（二）性可以为善可以为不善说;（三）有性善、有性不善说。孟子则坚决地主张“性善”。孟子曰:“恻隐之心，人皆有之；羞恶之心，人皆有之；恭敬之心，人皆有之；是非之心，人皆有之。”怎么知道人皆有恻隐……之心呢？他又设一件极通常的事来做例证说:

“今人乍见孺子将入于井，皆有怵惕恻隐之心。非所以内交于孺子之父母也，非所以要誉于乡党朋友也，非恶其声而然也。”这确是人之常情，而且是无所为而然的。他但证明人皆有此不忍人之心，其余羞恶、是非、辞让之心，当然也为人人所同具。“恻隐之心，仁之端也；羞恶之心，义之端也；辞让之心，礼之端也；是非之心，智之端也。人之有是四端也，犹其有四体也”（按《孟子》中,《公孙丑》《告子》二篇中，都有这么一段话；但一作“恭敬”、一作“辞让”，字面微有不同而已）。四体为凡人所同具，仁义礼智四端也是凡人所同具，故曰：“仁义礼智，非由外铄我也，我固有之也。”因为人人有此四端，故有所谓“良知良能”。《孟子》曰：“人之所不学而能者，其良能也；所不虑而知者，其良知也。孩提之童，无不知爱其亲也；及其长也，无不知敬其兄也。亲亲，仁也；敬长，义也。无他，达之天下也。”良知良能，就是生来具有的仁义之端。只要能扩而充之，推而达之，便可以成为圣贤了。那么，世上为什么有恶人呢？他以为人之不善，都是由于“不能尽其才”。不能尽其才者，就是不能“尽其性”，也就是不能推扩他固有的“善端”，使“良知良能”尽量地发展。故曰：“若夫为不善，非才之罪也。”又曰：“求则得之，舍则失之；或相倍蓰而无算者，不能尽其才者也。”他们为什么不能尽其才呢？或是由于外力底影响。孟子尝曰：“富岁子弟多赖（同懒），凶岁子弟多暴；非天之降才尔殊也，其所以陷溺其心者然也。”一般人常为环境所影响，所改造，故席丰履厚的青年子弟，往往不知稼穑之艰难，而奢惰成习，至于堕落；其处于贫困的环境中者，则又易铤而走险，陷于暴乱；这就是孟子所说“多赖”“多暴”了。水性本就下，但搏之，则跃而过颡；激之，则逆行上山；同此麰麦底种子，同时下种，而收获时丰歉不同，也是因为土地有肥瘠，雨露和农功有不齐；环境底影响个人，正是如此。但是有志的人，能和环境奋斗的，便可不受环境底限制和影响。孟子尝举舜为例，他虽然出身微贱，家庭环境又极不好，而终能成为大圣人者，便由于他自己底努力。反之，“自暴自弃”的人，放其良心而不知求，则平旦之夜气，反覆梏亡，终于成为去禽兽不远的小人之尤。所以推扩善端以尽其才，全在于个人自己底修养。可是“养”也很难，“养心”者可成圣贤，“养口体”者则不免为小人。因为“体有贵贱，有小大”；我们当先知道那是“大”者、“贵”者，那是“小”者、“贱”者；不要专注意于口体底奉养，而忽略了精神底“修养”，方能推扩固有的善端，而成为大人君子，孟子底“性善说”，大致是如此的。

第二是论教育。——孟子主张“性善”，故其论教育，也主张“自得”。尝曰:“君子深造之以道，欲其自得之也。自得之，则居之安；居之安，则资之深；资之深，则取之左右逢其源：故君子欲其自得之也。”“自得”，在知识方面，重在“自学”；在道德方面，重在“自律”。所以凡是被动的“注入”和“他律”，当然都不能使学者居安，资深，左右逢源，都不是“深造”的教育法。他说：“君子之所以教者五：有如时雨化之者，有成德者，有达材者，有答问者，有私淑艾者。”最高的教法，便是“如时雨之化”。所谓时雨之化，化之者虽是“时雨”，化者还在自己。教者若想替学者尽力，使学者速成，便不免是“揠苗助长”的宋人，必致“非徒无益，而又害之”了。教育虽是自得的，但也须有它理想的标准。故曰：“羿之教人射，必至于彀，学者亦必至于彀；大匠诲人必以规矩，学者亦必以规矩。”“大匠不为拙工废其绳墨；羿不为拙射变其彀率。”那末，什么是教育底标准呢？他说：“圣人，人伦之至也。”圣人是人人都可做到的吗？他以为人性既善，凡能尽其性的，都可以成圣人；故曰：“人皆可以为尧舜。”他以教育人才为君子底乐事，故以“得天下英才而教育之”为君子“三乐”之一。他对学生的态度，似与孔子不很相同。孔子曾斥子路道：“是故恶夫佞者！”宰我主张短丧，孔子俟其既出，叹曰：“予之不仁也！”孟子则对于公孙丑、万章、陈臻……反复辩论，必至折服之始已。就是桃应假设“舜为天子，皋陶为士，瞽瞍杀人”底事实去问他，他也并不拒不答复。这和孔子答子路以“未能事人，焉能事鬼；未知生，焉知死”底态度不同。

第三是论修养。——孟子述说他自己底修养工夫，在乎“养气”和“知言”。养气者，以“集义”之法，养其“至大至刚”的浩然之气。以道义配气，以志为气之帅，使气勿馁，则可以塞乎天地之间。把浩然之气养好了，方可以成为“富贵不能淫、贫贱不能移、威武不能屈”的大丈夫。孟子又尝说“养心”。如“苟得其养，无物不长；苟失其养，无物不消”；如“养其大者为大人，养其小者为小人”；如“养心莫善于寡欲”。其实，“养心”即是“养气”。孔子曾答或人问申枨曰：“枨也欲，焉得刚？”申枨因多欲而不得为“刚者”，则以“寡欲”养心，便可以养其“至大至刚”之“气”，不言可知。《孟子》书中，这“养”字确有极深的含义。他又说，贤父兄能以“中养不中”，“才养不才”；则不但自己底修养重在“养”底工夫，就是父兄教育子弟，也重在“养”了。他论“知言”，在于“诐辞知其所蔽，淫辞知其所陷，邪辞知其所离，遁辞知其所穷”。能知言，则声入心通，灼然无所隐蔽了。养气是情感方面底修养；知言是智识方面底修养。养气、知言底工夫做得透了，便不至为人言所惑，为感情所冲动，自然能“不动心”，而意志坚强了，这是他论修养最吃紧的地方。

第四是论道德。——他论道德，似乎也和孔子微有不同。孔子以“仁”为各种德目底核心；他却往往以“仁”“义”二字并提。他所谓“居天下之广居”，“行天下之达道”，也是指的仁和义；因为“仁”是“人之安宅”，“义”是“人之正路”。故曰：“居仁由义，大人之事备矣。”按之实际，仁是偏于情感方面的，义是偏于理智方面的。孟子仁义并重，也不能说他不对。《孟子》书中，常说到“大人”“大丈夫”，这是他底理想人格。可是他又把人分作六等，说：“可欲之谓‘善’，有诸己之谓‘信’，充实之谓‘美’，充实而有光辉之谓‘大’，大而化之之谓‘圣’，圣而不可知之之谓‘神’。”他底弟子乐正克，就是一个“善人”“信人”，而没有达到“美”“大”“圣”“神”之域的。他批评古人，以孔子为最崇高伟大的人物，而伯夷、伊尹、柳下惠次之。伯夷是“圣之清者”，伊尹是“圣之任者”，柳下惠是“圣之和者”；但都不如“圣之时者”的孔子，为能“集大成”。他又承孔子之说，以为人有“中行”和“狂”“狷”三种；“狂者进取”，“狷者有所不为”。故狂者之至，可以成“圣之任者”“圣之和者”而为伊尹、柳下惠；狷者之至，可以成“圣之清者”，而为伯夷；“中行”之至，方可成为“圣之时者”，而为孔子。狷者近于所谓“沉潜”，“狂者”近于所谓“高明”。是孟子之说，又远承《洪范》了。其实，人们底个性往往毗刚毗柔；不偏不倚的“中庸”，原是难得的。在现社会中，观察人们底个性，我们也可以发现有这两类典型的。明了自己底个性，发展它底优点，补救它底缺点，确是于道德修养上有益的。

第五是论政治。——孟子底政治主张是由孔子引申出来的。《论语》曰：“子适卫，冉有仆。子曰：‘庶矣哉！’冉有曰：‘既庶矣，又何加焉？’曰：‘富之。’曰：‘既富矣，又何加焉？’曰：‘教之。’”可见孔子已有“先富后教”底主张了。孟子提出的政治主张，也是“先富后教”。如曰：“五亩之宅，树之以桑，五十者可以衣帛矣；鸡豚狗彘之畜，无失其时，七十者可以食肉矣；百亩之田，勿夺其时，八口之家可以无饥矣。谨庠序之教，申之以孝弟之义，颁白者不负戴于道路矣。老者衣帛食肉，黎民不饥不寒，然而不王者，未之有也。”又曰：“是故明君制民之产，必使仰足以事父母，俯足以畜妻子，乐岁终身饱，凶年免于死亡，然后驱而之善，故民之从之也轻。”可见他底主张是先解决民生问题，然后加以学校底教育，驱而之善；这不是先富之而后教之吗？至于制民之产底办法，他主张实行井田制，采用“助法”。井田者，把九百亩田画作井字形，中央百亩为公田，同一井的八家各有百亩为私田，即以八家之力同耕公田，而以公田所收获的为国家底税收，这就是所谓“助法”。他又说夏用“贡法”，殷用“助法”，周用“彻法”，三代底税制不同。又引龙子底批评道：“治地，莫善于‘助’，莫不善于‘贡’。贡者，校数岁之中以为常。乐岁，粒米狼戾，多取之而不为虐，则寡取之；凶年，粪其田而不足，则必取盈焉。为民父母，使民盻盻然，将终岁勤动，不得以养其父母，又称贷而益之，使老稚转乎沟壑，恶在其为民父母也？”井田制度，我国古代曾否实行过，还待考证；即使曾有类乎此制的制度，但要如孟子所说的制产授田，怕也不是事实。我颇疑此为孟子底托古改制；他生长在北方平原之地，又当人口未稠密时，所以有这样的理想。至于教底方面，则主张“设为庠、序、学、校以教之”，并说：“庠者，养也；校者，教也；序者，射也。夏曰校，殷曰序，周曰庠，学则三代共之；皆所以明人伦也。人伦明于上，小民亲于下。”教底效果，甚至“可使制梃，以挞秦楚之坚甲利兵”。其实，这也不是夸大之辞。人民训练好了，国家民族底意识明了而坚强了，则敌忾同仇，众志可以成城。这是孟子政治论底一方面。他论政治，又有“民权”的意味。如曰：“民为贵，社稷次之，君为轻。”他以人民为最贵，国家次之，国君反是最轻，在数千年前，已是很前进的思想了。他把君臣看作平等的，故曰：“君之视臣如手足，则臣视君如腹心；君之视臣如犬马，则臣视君如国人；君之视臣如土芥，则臣视君如寇仇。”但这些议论，还不能说他主张民权。他解释尧舜底禅让，说“天子不能以天下与人”。必须民意完全归向舜禹，方能成此禅让底美事。他又引“天视自我民视，天听自我民听”底话，以明所谓“天意”者，即是“民意”。故曰：“得乎丘民而为天子。”这不能不说它是民权论底嚆矢了。所以他评武王伐纣道：“闻诛一夫纣矣，未闻弑君也。”总之，孟子底论政治，完全是以人民为基础的，故首重“民生”与“民意”。吾无以名之，名之曰“民本主义”。

第六是论立身处世之道。——孟子生平，于取与出处之间，律己最严。故齐王馈以兼金一百而不受，表示君子不可以货取；齐王欲以万钟养弟子而不受，表示不为垄断罔市利的贱丈夫；而竭力赞扬伊尹之一介不与，一介不取，子思底不受鼎肉，摽使者于大门之外。这是他严于取与底明证。至于出处，他虽然周游列国，和孔子一般地栖栖皇皇；虽然后车数十乘，从者数百人，传食诸侯，不以为泰；但终不肯做“枉尺直寻”的事情，去见诸侯。齐宣王对他，总算是能礼贤下士了，但他以为“自古大有为之君，必有所不召之臣”，不肯因宣王托辞寒疾之召而往见。这是慎于出处底明证。取与出处，都有所谓“义”在。推而极之，因为要合于义，就是牺牲生命，亦在所不惜；这就是所谓“舍生取义”。文天祥绝笔有曰：“孔曰成仁，孟曰取义。……读圣贤书，所学何事？而今而后，庶几无愧。”可见文天祥之所以能从容殉节，得力处便在于此。我们读《孟子》，对于这一点，也得特加注意。

以上六项，是比较重要的。他如论《诗》，则主张“以意逆志”，力戒“以文害辞，以辞害志”；论《书》，则以为“尽信书不如无书”；论《春秋》，则不重在其事其文，而重在其义；论古人，则以为有许多传说是“好事者为之”的齐东野人之语；论时人，则以公孙衍、张仪等为妾妇之道，以时君之政为“率兽食人”，以所谓良臣为古之民贼，都足令读者深思[①]。有些论者，以为孔子未尝辟老子，而孟子独力距杨墨，甚至以为“无父无君，是禽兽也”，其气量偏窄，不如孔子远甚。不知孔子开诸子底先河，孔子时尚无其它学派和儒家竞争。老子虽和孔子同时，主张

① 思　底本作“者”，据文意酌改。

不同，而其学以自隐无名为务，《老子》一书，汪中等颇疑为战国时人所依托。孟子之时，则杨朱、墨翟之言盈天下，天下之言，不归杨，则归墨，不距杨墨，则无以张孔子之道。杨朱为我，故孟子以为“无君”。无君，即无国家。因为极端的个人主义，是不承认有国家存在的。墨子兼爱，视其父与人之父同，故孟子以为“无父”。这两派绝对相反的学说，各趋极端，在孟子看来，自然以为是“非人”之道了。战国时，道术已裂为方术，诸子各得一察焉以自好，其入主出奴，凡在诸子，莫不如是。我们看了《老》《庄》《墨》《韩》诸子底排斥儒家，不遗余力，则于孟子之言，自不宜独责他过火了。至于他和农家许行之徒陈相辩论，反对他们“君臣并耕”底主张，而以“分工”底理论折之，也很能持之有故，言之成理。难怪当时人要说他“好辩”了。

《孟子》与《论语》体裁相似，而文章风格则大不相同。《孟子》中虽也有记片言单辞的短章，和《论语》极相似的；但也有许多长篇大论，波澜翻腾的。所以《论语》之长在于“简朴”；孟子之长，则在“宏肆”。《论语》所记孔子之言，以有含蓄者为多；《孟子》则光芒万丈，圭角崚嶒。这固由于孔孟个性之不同，而春秋与战国底文章之变，亦于此可见。此虽和经学无关，也是读者所当注意的。

第十三章 ○

经学史鸟瞰

十三经中,《易》,经孔子赞修,而后成为言哲理之书;《书》,经孔子编纂,而后定为二十八篇;《诗》,经孔子订正,而后皆可合乐;《仪礼》,经孔子撰次,而后用以教人;《春秋》,经孔子笔削,而后有大义微言;这五部经是和孔子有直接关系的。《论语》是孔子弟子记录孔子言行之书;《礼记》是汉人辑录孔门后学所记;《公羊》《穀梁》《左氏》三传,是释孔子底《春秋经》的;这五种传记是和孔子有间接关系的。所以除依托周公底《周礼》,依托孔子底《孝经》,汉儒缀辑训诂之文的《尔雅》,记录孟子之言的《孟子》外,十三经底大部分,都与孔子有直接间接的关系。我们认为经学创始于孔子,决不是过于推崇他的话。

孔子主“学”“思”并重,以为“学而不思则罔,思而不学则殆”。但他底弟子,却分为偏于“学”和偏于“思”的二派。笃学切问的子夏,是属于前一派的,为“传经之儒”;闻一贯之道的曾子，是属于后一派的，为“传道之儒”。子夏之传，至战国而有荀子；西汉初五经之传，大都出于子夏、荀子。曾子之传，有子思，有孟子；故宋代理学诸儒自以为承孔、曾、思、孟道统之传。从汉到清，我国学术思想为孔子所笼罩，而蜕分衍变，举不能跳出经学、理学二派范围之外。理学底历史，当别于《理学纂要》中述之。本章但就经学底历史，作概括的叙述而已。

秦始皇焚书，是经学底一大打击。虽此举未足以毁灭群经，而其受打击之大，则是铁一般的事实。幸而秦祚短促，且所焚仅是民间之书，博士官所职，不在被焚之列，故至汉惠帝四年明令除挟书之禁后，诸经皆先后出现。当时诸老儒殆皆以传经为己任者；而所传之经，则又有以传之之人不同，而分为若干派者。如《易》，自孔子传商瞿后，六传至田何，适逢汉兴之时。何以齐王族，于汉高祖徙六国豪族时，被徙至杜陵，号杜田生。故汉初传《易》者，以杜田生为最早。自田何、王同而至杨何，乃以《易》学名家。杨何一传为丁宽，再传为田王孙，此后乃分施雠、孟喜、梁丘贺三家，皆立于学官。别有焦延寿者，自谓得孟喜之传，传之京房，以言灾异著称，元帝时亦立于学官。前三派为正传，后一派为别传。《易》之传授，大致如此。传《书》者，首推济南伏胜。伏胜故为秦博士，所传之《书》，实仅二十八篇。伏胜传之张生及欧阳生。张生又传之夏侯都尉，再传而至夏侯胜，胜又传其从兄子建。时人谓胜为大夏侯，建为小夏侯。于是《尚书》分欧阳、大小夏侯三派，皆立于学官。西汉传《书》，大致如此。《诗》则自汉初即分为三派：一曰《鲁诗》，为鲁人申培所传；二曰《齐诗》，为齐人辕固所传；三曰《韩诗》，为燕人韩婴所传；三家皆立于学官。传《礼》者，为鲁人高堂生；经萧奋、孟卿而至后仓，以《礼》名家。仓之弟子，有戴德、戴圣、庆普，皆能传其学。时人谓德为大戴，圣为小戴。于是《礼》分大小戴及庆氏三派，亦皆立于学官。但此所谓"《礼》"者，指十七篇之《仪礼》而言，不是《礼记》，更不是由《周官》改名的《周礼》。西汉时，传《公羊春秋》者，以齐人胡毋生及董仲舒为最有名。数传至眭孟，传其弟子严彭祖与颜安乐。眭孟尝曰："《春秋》之义，在二子矣。"于是《公羊春秋》分为严、颜二派。《穀梁传》亦申培所传。惟《公羊》武帝时已立于学官，《穀梁》则至宣帝时始得立。以上西汉诸儒所传，皆为今文经。《易》则四家俱出于杨何，武帝时立《易经》博士，宣帝分立施、孟、梁丘三家，元帝时又立《京氏易》。《书》则三家同出于伏胜，武帝时立《尚书》欧阳博士，宣帝时添立大小夏侯二家。《诗》则《鲁诗》《韩诗》，文帝时已立博士，景帝时又立《齐诗》博士。《礼》则三家同出于高堂生，武帝时，立《礼经》博士，宣帝时分立大小戴二家。惟《庆氏礼》，《汉书·艺文志》谓亦列于学官，《后汉书·儒林传》又谓并未立学，尚是疑问。《公羊春秋》二家同出于胡毋生、董仲舒，武帝时，立《春秋公羊》博士，宣帝时，分为严、颜二家。《穀梁》博士，宣帝时始立。所谓西汉今文十四博士，或谓《庆氏礼》不在内，或谓《穀梁传》不在内，或谓《京氏易》不在内；因为一总数起来，已共有十六种之多了。

西汉末，哀、平之间，刘歆校书，发现了许多古文经，大加提倡。据说，《易》则与流传民间的高相、费直所传之本相同，《书》则鲁共王得之孔宅壁中，较今文二十八篇多十六篇，《诗》则有毛公所传之《毛诗》，《礼》则得自鲁之淹中里，较今文十七篇多三十九篇，《春秋》则有《左氏传》，此外还多了一部托于周公的《周官》，刘歆改名《周礼》，以为《礼经》的。古文经发现之后，乃称西汉博士所诵习之本曰“今文经”，于是经学上遂起重大的纷争。直到东汉末郑玄出来，今古文之争，方才停止，但是今古文底家法却从此混乱了。这件事，影响于经学者极大，当于下章另行说明。总之，从西汉末到东汉中世，是今古文学分争的时期，古文家斥今文经为秦火残缺之余，今文家以古文经晚出为不足信。但东汉初世以后，帝王底信任，学者底信仰，已渐渐倾向于古文经了。

东汉经学与西汉经学不同者，约有数端；今文经盛于西汉，古文经盛于东汉，只是其中的一端而已。西汉承秦火之后，群经方陆续出现，故经师所注意者，一为经籍底传授，一为经籍底整理。传经旨在保存，保存尤贵得其本真，而其时经书由口授手钞，故特重“师法”。且纸未发明，简重帛贵，传写甚难，重在记忆，故多专守一经，罕能兼顾，甚且“或为《雅》，或为《颂》”，数人合治一经。其后一经分为数派，于是“师法”之外，复有所谓“家法”，范围愈狭，门户愈歧。而精力过人之学者，不屑斤斤株守此“狭的宠”。于是有一人兼通各经者，如马融、郑玄辈之遍注诸经，许慎之以“五经无双”著名是；有抉破师法、家法之藩篱，甚且抉破今文古文之藩篱者，如郑玄、王肃之混合今古文是。这是两汉经学学风不同之第一点。西汉老儒，初着手于群经底整理，故重在分章断句，离经辨志。即有作传以训说诸经者，亦以明其大义为主，且多专治一经，故其著述，种类不多，篇幅不富。虽其书多已亡失，然按《汉志》著录，尚可概见。东汉则所谓大儒，几莫不著述等身，种类繁多，文词丰富，且由大义转而求其文字之训诂，名物之考据。故其长在博综，其短在烦琐。如秦延君之说《尧典》，仅释篇名及首句“曰若稽古”四字，已十余万字，颜之推《家训》所讥为“博士买驴[①]”者，便是东汉经学底末流之弊。这是两汉经学学风不同底第二点。西汉经师所传弟子不多，看《史记》《汉书》两《儒林传》可见。东汉著名经师，弟子著籍者动以千计，多至万余。弟子多至如此，故转相传授，至有数年不得见其师者。郑玄在马融门下底故事，即其一例。我们只要翻阅《后汉书·儒林传》，便可看到这种情形。因为那时经学家已成

① 博士买驴　底本作“博士卖驴”，据《颜氏家训集解》（P.177）改。

为有权威的学阀，故希声附光者日多。东汉末年，此种风气，愈演愈甚。党祸株连之广，此亦一因。这是两汉经学学风不同的第三点。但也有其相同相似之处。方士起于战国末年，燕、齐二国。秦始皇、汉武帝两个雄主，做了皇帝想登仙，都迷信方士。西汉经学受了方士底影响，故多羼入迷信。如《易》有“爻辰”灾异,《书》有《洪范》五行,《诗》有“五际六情”,《礼》有《封禅群祀》,《春秋》有董仲舒求雨求晴等把戏。这些，实在已是方士和经学底混合物了。西汉末，哀、平之际，谶纬又兴。谶为图谶预言，纬则依附六经。故《易》《书》《诗》《礼》《春秋》《孝经》《论语》，各有纬书。所谓孔子作《春秋》，受命为汉制法，书成，告备于天，绛衣缥笔，俨似道士，即纬书中所记的故事。光武完成大业之前，已有“刘秀作天子”底预言，刘歆因此改名曰秀。后来又以“赤伏符”之瑞即天子之位。故谶纬至东汉而更甚。大儒如郑玄，尚采谶纬之说以注经，其它可知。故经学在西汉则混合于方士，在东汉则混合于谶纬，使孔子蒙了一种迷信底色彩，这是相同的一点。西汉经学之所以勃兴，一方面固然由于秦始皇焚禁《诗》《书》百家语之后，引起了社会大众知识底饥荒；一方面也是帝王竭力提倡，以利禄为饵之故。例如公孙弘曲学阿世，竟由白衣而致卿相，天下之士自然闻风兴起了。故“遗子满籯金，不如教一经”,“经术苟明，取金紫如拾芥”等卑鄙的话，一时竟传为美谈，见之史册。刘歆底提倡古文经，初为师丹等大臣所阻而失败，后又因依附王莽而成功。东汉时古文经之所以大盛，也因为帝王底倾向它。《左传》中且有窜入刘姓为尧后以媚世的事实。所以无论西汉、东汉，无论今文古文，都是依附政治势力而在学术竞争中得到胜利的。这又是相同的一点。经学以经籍为研究底对象，以书本文字为研究底对象，是客观的。虽今文家重在大义，古文家重在训诂名物，前者似略带主观的色彩，后者似为纯客观的，前者多通经致用的观念（如以《洪范》察变，以《禹贡》治水，以《诗三百》作谏书，以《春秋》决狱等；自今日视之，皆为迂怪之论），后者似乎有为经学而治经学的精神；但其忽于内省存养，躬行实践底工夫；如孔子所讥“学而不思”，司马谈所讥为“博而寡要，劳而少功”，“累世不能通其学，当年不能究其礼”，则两汉经学，都有此弊，不过东汉更甚而已。这又是相同的一点。西汉末之刘歆，伪乱古经，如以《周官》为《周礼》，托之周公，引《左氏》解《春秋》，以陵《公》《穀》。康有为且谓古文经皆出歆所伪造。东汉末之王肃，造伪古文《尚书》、《孔丛子》、《孔子家语》，为其《圣证论》之根据，以难郑玄。但虽反对郑玄，而其混合今古文则又蹈郑氏之覆辙。故自刘歆出而今古文分争之局以启，自王肃出而今古文混合之局以定。两汉经学，各有一伪乱古书之学者为作结束，而刘歆之依附王莽，王肃之依附司马氏，其行事亦复遥遥相对。这不是很相似的一点吗？

南北朝时，经学也随政治而成分立的局面。但此时期，南北抗衡者，非向之今文与古文，而为同是混合今古文的郑玄、王肃二派，南宗王而北宗郑。因为南北地方性不同，故“南人简约，得其英华；北人繁芜，穷其枝叶”。但所谓得其英华者，并非真能得经学之英华，不过玄言华辞，渗入经学而已。所谓穷其枝叶者，亦并不是北方经学者底缺点，不过郑学较王学为切实而已。司马炎为王肃外孙，王肃及其父朗所注之经，西晋已立学官；故东晋虽偏安江左，仍崇王学。则王学之所以特盛于南，又有它政治的背景了。魏晋以后的经学，还有几点，也值得我们注意。因为那时，老庄玄言，已渐昌盛，经学亦受其影响，如王弼底《周易注》，皇侃底《论语义疏》，即其显著之例。此其一。魏晋人不拘礼教，嵇康、阮籍等可以代表。但南朝诸儒对于《礼》，尤其对于丧服，研究特盛（如雷次宗即其最著者），确是一种矛盾的现象。此其二。上文引《北史》底话，说“南人简约，北人繁芜”，南北经学繁简不同，原是指文词方面的。但南朝底“义疏”，就前人经注加以阐发，已开唐人为五经作“正义”底先声。这种注经之注的“疏”，实在不能谓之“简约”；不过以文章论，比唐人正义较为简约明净而已。此其三。

隋平江南，政局复归一统；经学也随之而统一。但政治方面，是北方征服南方；经学也是北方折服南方。唐人作疏，《诗》用郑笺，“三礼”皆用郑注，虽《尚书》用伪古文本，伪孔安国传，原出王肃；但在唐代，实误以为是孔安国底注；即此，已可见郑学在隋唐时的声价。所以然者，南北朝时，北方久为异族所占，北方人士每每恋念江南，以为中华文物所存。这种心理，颇为普遍，故在学术方面，南方独占优势。庾信以南人羁留北方，一时推为宗匠。他曾说“唯韩陵一片石，可与共语，余皆驴鸣犬吠”。南方文人轻视北方底情形，至为明显。而经学独北盛南衰者，实因王学不如郑学之故。但是六朝以来，经学上殊无显著的成绩。即在唐代，也只有孔颖达、贾公彦等几部疏，而且不见得有什么精采。所以这时代是经学底衰落时期。两汉底经学，盛极难继；继承尚难，更不能冀其后来居上。况东汉经师说经动辄数十万言，饾饤琐屑，已不能餍才士之心。及玄言复昌，佛理输入，学者趋向已渐变迁。陶渊明说“读书不求甚解”。所谓“甚解”，即指“博士买驴式”的烦琐的经说。况且六朝至五代，是文学兴盛的时期，骈体文、近体诗、传奇体小说，都产生发达于此时。长短句的词，也胚胎于六朝，诞生于唐末，渐盛于五代。才智之士，别有发展，经学衰落，也是自然的趋势啊！

宋明是理学特盛的时期，经学既成为掏掘故纸堆的，局促于注疏之中的，枯燥而烦琐的学问，学风自然要转易方向了。而佛学传入既盛，禅宗一派，又别开生面，直指心性，不落言诠。于是我国原有的儒道之说，遂与之融合，而产生了所谓性理之学。其详当于《理学纂要》中述之。另一方面，则文学还在继续地发展。如词之特盛于两宋，更衍变而成曲，元代北曲杂剧，明代南曲传奇，各有特殊的成就；而白话小说，由短篇而为章回的长篇，也是这时期特殊底成绩，所以这时期底经学，仍承前一时期没落的趋势，由衰颓而几至中绝。但在宋代，尚有其值得注意之点。唐人陆淳、啖助、赵匡等已有兼综“三传”以治《春秋》者。宋儒乃有抛弃“三传”，自为传以释《春秋》之胡安国；“胡传”虽无甚可取，但即此，可以见到宋儒治经，有摆脱古人传记，自辟蹊径底勇气。更进一步，乃有疑其乱误脱衍，割裂经传，删改经传，补缀经传者。如朱子之《大学章句》《孝经刊误》《仪礼经传通解》，皆以己意窜改删补；俞廷椿、王与之、邱葵等主割裂《周礼》五官以补《冬官》；都是实例。更进一步，乃有疑古经而欲删改之者。如伪古文《尚书》之可疑，朱子及吴棫已启其端，明人梅鷟更从而发挥之，已开清儒之先河；而王柏之《书疑》《诗疑》，虽不足取，其怀疑精神亦有足多者。总之，宋代学风实已由客观的转而为主观的，故对于古经本身，有以己意妄加改窜剪截之短，也有以怀疑精神批评之长；其注释古经，有以己意改变古经中事实文句之短，也有体会语气，揣求义理之长。这是宋代经学和汉唐不同底特点。至于元明，则惟能掇拾宋儒唾余而已。明代之《五经大全》，虽与唐代之《五经正义》同为奉诏官修之书，但其成绩，更不如唐了。

经学至清初而复兴。清代底经学，不但超越唐宋，甚且轶过两汉，实在是经学史中底黄金时代。经学之所以复兴于清初者，一因明末王阳明一派理学盛极而敝，学风底妄诞空疏，达于极点，且希附末光者，皆不学无行之人，已失了社会底信仰，于是起了一种反动，复归于朴实无华的经学，那时满洲以异族入主中国，文字之狱迭兴。一般学者，既不甘屈膝异族，而又无以苟全性命，于是群趋于与世无争，不带现代政治色彩的经学之研究。经学复兴，其因缘大致如此。至有清一代经学之历史，则梁启超《清代学术概论》说它“以复古而得解放”，颇能抓住它底要点。梁氏把清代经学分做四期，一为启蒙期，二为全盛期，三为蜕分期，四为衰落期。第一期由明以复宋之古，对于王学得解放；第二期由宋以复汉唐之古，对于程朱之学得解放；第三期由东汉复西汉之古，对于许郑之学得解放；第四期由西汉复先秦之古，对于一切传注得解放，这几句简单的话，已足概括清代经学底历史了。现存把这四期底概况，撮要说明如左：

启蒙期底代表人物，为顾炎武、胡渭、阎若璩，而顾炎武为其盟主。顾氏攻击王学甚力，且倡“经学即理学”，“舍经学无理学”之说，教学者脱王学之羁绊。其论学以“博学于文”“行己有耻”为旨，以矫王学末流之空妄。故顾氏所反对的，是王学，而非程朱之学。朱子遍注诸经，以读书穷理为格物致知，其学风固有近于汉唐经师者，故仍为顾氏所推崇。而顾氏实事求是的治学方法，实已树立清代经学底规模。胡氏底《易图明辨》，扫除宋儒邵雍一派先天诸图底道士式的《易》学。阎若璩底《尚书古文疏证》力辨梅本古文《尚书》之伪，唤起清代经学家“求真”底观念。这三位学者，都是清代经学“正统派”不祧之祖。可是这时期，尚有独主程朱和兼宗陆王底理学家，如陆世仪、孙奇逢、李颙等，但其学风，亦已一洗明末王学末流底面目了。

全盛期底代表人物，为惠栋与戴震。这一期和前一期底学风不同。前期对于理学，攻击王派，而仍因袭朱派；这一期则自固经学底壁垒，对宋学置之不论不议之列，戴震一派且为程朱派理学附庸底古文家所攻击（方东树底《汉学商兑》，即为攻击经学家底著作）。前一期底学者，如顾炎武，抱有恢复明朝底大志，故“通经致用”的观念颇强，且喜言经世之务；此期学者，则为经学而治经学，不复言经世了。这一期底经学分“吴”“皖”二派，惠栋是吴派底领袖，戴震是皖派底领袖。其实，戴氏以先辈之礼事惠栋，二派后学也交相师友，并没有以师弟标榜，分门户派别的事实。所以说他们有二派者，不过因他们治学有所不同而已。惠氏尊闻好博，戴氏深刻断制；惠氏独尊汉学，几有“凡汉必是”底观念，戴氏则综形名，任裁断；惠氏努力于考据训诂，戴氏则于训诂考据之外，能独创学说，如《孟子字义疏证》直欲建立其“情感哲学”，以矫宋儒唯理的哲学；故惠氏仅为“述者”，而戴氏则由述者进而为“作者”了。惠氏一派，后学有江声、王鸣盛、钱大昕、汪中、江藩等，戴氏一派，后学有卢文弨、孔广森、段玉裁、王念孙、王引之等，都是清代有名的经学家。但惠派后学底成绩，也不及戴派后学。段氏和王氏父子尤能发挥光大。清末经学大家俞樾、孙诒让都是出于王氏的。而俞氏弟子章炳麟为这一派最后的巨子。惠、戴虽分二派，但也有其相同之点，即以“实事求是”“无征不信”为治学底根本信念。近人常说清代学者以归纳法治学，有科学的精神，即是因此。这时候，学术界已为经学所统一。所以从惠、戴以迄于章氏，可以称为清学底“正统派”。

所谓蜕分期者，即经学因今文学之复兴，而又发生分化的时期。清代今文经学底代表人物为刘逢禄、康有为，正统派底经学还是承东汉末郑、许底遗风，混合今古文的。刘逢禄受学于治《公羊传》有心得的庄存与，对于《公羊传》作更精深的研究，并大疑《左传》，今文经学乃有复兴之象。庄、刘都是常州人，所以称他们为“常州派”。其后，宋翔凤、魏源、廖平等继起，其地域便不限于常州了。康有为著《新学伪经考》以攻击古文经，以为都出刘歆伪造；又著《孔子改制考》，说五经皆孔子所作，孔子作五经，旨在托古改制。于是经学得一大解放，而学术底园地由此扩大。清末至民国初，经学今古文各有一硕果仅存之大师，即康有为与章炳麟，彼此因经学上门户派别底不同，而互相排诋。西汉末东汉初今古文底激烈竞争，又重演于此时，为经学史演最后一出压轴戏。今文学所以复兴于道光以后，也有政治为其背景。因为那时外则战争失败，外交失败，内则洪、杨之后，遍地疮痍，学者皆悟笃守古经，钻研书本，无裨实际。而今文家喜托孔子底大义微言，讥评时政，以求达改制之主张。戊戌政变，正是康氏改制不成的一次政变。康氏说孔子托古改制，先秦诸子无不托古改制。而康氏之借经术以文饰其改君主专制为君主立宪底主张，由《礼运》大同引申以为《大同书》，硬坐其主见为孔子底主见，又何尝不是托孔子之古以期改制呢？

经学底蜕分期又同时为其衰落期。一则因为清学研究底范围，早已由经而扩张至子。康氏又谓孔子托古改制与诸子同，则定于一尊之孔子亦降而与诸子平列。于是对于孔子，亦得解放，经书亦自无特殊的地位了，又值东西学术思想蜂涌而入，其哲学理论有非古代经学理学所能抗衡者。而革命告成，民国肇建，学校读经，亦告废止。一般人并以历代专制帝王往往利用尊孔尊经以牢笼士子底思想，遂谓五经为专制思想底结晶，唾弃之不暇。及五四运动以后，一切旧思想旧文化遂益成众矢之的。故经学之衰落，亦为大势所趋，不可避免的事实。

把上文所述综括起来，则经学创自孔子，从西汉以至清末，可分为三大时期：两汉为经学昌盛时期，三国至明末，为经学中落时期，从清初至清末，为经学复兴时期。而其全部历史，恰以今文经学始，以今文经学终。可见经今古文学底分合盛衰，是经学史中最可注意的一件大事。所以特地把它提出，另列一章，详述于下。经学既已衰落，我们也无所用其留恋。但是反过来说，现在还要对于这已没落的经学，纂述大要，又别有其意义。我并不是想开倒车，主张再来读经。一则因为经书是我国固有文化底最重要的一部分，我们要接受祖宗底遗产，要了解固有的文化，不得不知道它底大概，这在《绪言》中已提及过的。二则因世界上有长远的历史的民族，各有其民族精神底渊薮的经典，发展而成一特殊系统的文化。此种精神文化，对于外来的异族的精神文化，并没有绝对的相拒性的，两种精神文化接触融乳以后，往往会孕育出一种新的精神文化来。佛教哲学输入之后，和我国儒家底经典，道家底玄言相融合而产生了宋明理学，便是一个先例。但是外来文化输入之时，若把固有的文化完全抛弃了，去尽量地吸收，而又不能尽量消化，只是活剥生吞，结果便只能得其皮毛，得其糟粕，将如寿陵余子学步邯郸，未得国能，先丧故步，只得匍匐而归了。所以我希望我国此后学者，能使我国固有的精神文化，和所接受的世界底精神文化，结合和来，胚孕出一种适合时代需要的新文化。这并不是绝对不可能的理想。中山先生底思想已开融合古今中外，自成新思想底先河了。所以对于我国底经学，也当在不予唾弃之列。不过本书所述，仅其崖略而已！

第十四章 ○

经今古文学

上章就经学历史作概括的叙述，我国数千年来经学底衍变，已可明了其大概。经学史上最重大的问题，莫过于今古文学之争。今文学和古文学既是经学底两大主流，自不得不把他们提出来，再加以特别的说明。本书第四章，已把何谓今文，何谓古文，简括地解释过；十三经中，何者为今文，何者为古文，何者无所谓今古文，分别地说明过；本章当更进一步，叙述今文学和古文学争执分合底情形，今文学和古文学歧异的主张，今文学和古文学及于其它学术的影响。

西汉时，十四博士所传习的，都是今文经。古文经，是西汉末刘歆校书，从中秘书里发现的。所以今文古文之争，是起于哀、平之世的。从刘歆提议，建立古文《尚书》、逸《礼》和《左氏春秋》于学官以后，直到东汉末年，郑玄混合今古，遍注群经为止，约有二百余年。今文古文二派热烈的争辩，重要的约有四次：

第一次是刘歆与太常博士们之争。——西汉成帝河平中，刘歆受诏与父向领校中秘书，及向卒，哀帝命歆卒父业。据说刘歆校书时发现许多古文经。他既为侍中，得亲近，乃求建立古文《尚书》、逸《礼》、《毛诗》、《左氏春秋》于学官。他认为自经秦始皇焚书之后，汉初经师所传的今文经，多残缺不全，如伏胜所传的今文《尚书》较古文《尚书》少十六篇，高堂生所传的今文《礼》（即《仪礼》）较古文《礼》少三十九篇；而且今文经底本子，内中脱误甚多，如以施、孟、梁丘三家所传的今文《易》，以古文《易》校之，或脱去“无咎”“悔”“亡”，今文《尚书·酒诰》脱简一，《召诰》脱简二，文字与古文《尚书》异者七百有余；而且今文经如《公羊传》《穀梁传》都是孔子弟子子夏所口授，口耳相传，至汉初始著于竹帛，而古文的《左传》，则作者左丘明曾亲见孔子，早已写录成书。于是哀帝命刘歆与诸博士讨论，诸博士或不肯置对。刘歆又数见丞相孔光，为说《左氏》以求助，光卒不肯。刘歆于是移书太常博士责让之。博士们底反抗，不见于《汉书》。但就刘歆《移让太常博士书》观之，博士们似曾“以《尚书》《礼》（“礼”字依康有为说增）为备，谓《左氏》为不传《春秋》”，自卫其今文经而攻击古文经。这封移书发表以后，诸儒皆怨恨，名儒光禄大夫龚胜上书乞休，以去就力争；大司空师丹亦奏歆改乱旧章，非毁先帝所立。刘歆惧，乃求出为太守。后来王莽篡汉，封刘歆为嘉信公，称为“国师”，故左将军公孙禄还说刘歆颠倒五经，毁灭师法，请诛之谢天下，可见当时今文学派对刘歆的深恶痛绝了！

第二次是韩歆、陈元等与范升之争。——东汉光武建武时，尚书令韩歆疏请立《费氏易》《左氏春秋》博士。光武召集公卿大夫博士于云台，令博士范升与韩歆及大中大夫许淑等辩论，至日中方罢。升后又奏上《左氏》之失十四事，奏上《左氏春秋》不可录三十一事。陈元复上疏辨之。范升乃又与陈元相辩难。结果，卒立《左氏》博士。但以陈元新与范升忿争，用司隶从事李封为博士。诸儒议论喧哗，公卿以下数廷争之。会李封病卒，《左氏》博士又废。这一次争论，皈依古文派的人已渐多，帝王也渐渐倾向古文派了。

第三次是贾逵和李育之争。——章帝建初元年，诏贾逵入讲。贾逵奉诏条奏《左传》大义长于《公羊》《穀梁》者，又集今古文《尚书》同异为三卷，并撰《毛诗》与齐鲁韩《诗》异同，并作《周官解诂》。同时有今文学家李育，习《公羊传》，作难《左氏》四十一事。建初四年，大会诸儒于白虎观，李育以《公羊》义难贾逵，往返皆有条理。

第四次是郑玄与何休之争。——桓帝、灵帝之世，今文经学家何休作《春秋公羊解诂》，与其师羊弼，追述李育之意，以难《穀梁》《左氏》二传。休作《公羊墨守》《左氏膏肓》《穀梁废疾》。同时郑玄作《针膏肓》《发墨守》《起废疾》以难何休。何休见之，叹曰:“康成入吾室，操吾戈，以伐我乎！”

此外，两派争论的事实，都是比较琐细的，故不赘述。但就《后汉书·儒林传》检之，则东汉一代大名鼎鼎的经师，如郑众、杜林、贾逵、马融等，都是属于古文派的；今文派除何休外，著名的学者实在很少。可见西汉是今文经底全盛时代，东汉则是古文经底全盛时代了。两汉学者，今古文派别分明，都各严守其家法。故郑众、杜林、贾逵、马融之注《左传》《周礼》，不用今文说；何休之注《公羊》，不用古文说；许慎之作《五经异义》，今文说和古文说分别得很明白。郑玄初事第五元先，后事张恭祖，已是不拘今古家法；学成之后遍注群经，著述之多，在两汉可说是空前的；而其内容则都兼采今文古文。如作《毛诗笺》，以毛为主，而又兼采今文的三家《诗》说；注《尚书》，用古文，而又兼采今文家言；其注《仪礼》《礼记》，直欲融会“三礼”，调和今古，于是今古文家法荡然。故郑学盛而今古文两派经学混合。王肃反对郑玄，只是好胜争强，故其混合今古文一点，仍同郑氏。他底《尚书》、《诗》、《论语》、“三礼”、《左氏解》，因为晋武帝司马炎是他底外孙，在西晋时立于学官，郑玄之学，曾因此遭受打击。但自郑、王二氏之后，今古文二派经学竟混合了二千余年，直到清朝道光之世，今文学方才复兴。

十三经底注本，只有《公羊传》底何休《解诂》是纯粹今文家言，所以清代今文学底复兴，以《公羊传》为出发点。庄存与底《春秋正辞》，不拘拘于训诂名物，而专讲微言大义，可以推为清代今文学家底第一部著作。但他又作《周官记》《周官说》《毛诗说》等书，可见他并非是专门的今文经学家。他底弟子刘逢禄作《春秋公羊经传何氏释例》(简称《公羊释例》)、《公羊何氏解诂笺》、《左氏春秋考证》等书，专主董仲舒、李育之说，今文经学才渐渐确立规模。此后，魏源底《诗古微》《书古微》，攻击《毛传诗序》及东汉马融、郑玄等之壁中古文《尚书》；邵懿辰底《礼经通论》，攻击古文逸《礼》三十九篇；戴望底《论语注》，引《公羊义》以释《论语》，皮锡瑞底《经学通论》《经学历史》，也偏主今文；而廖平底《今古学考》，康有为底《新学伪经考》，崔适底《春秋复始》《史记探原》，更足为今文派张目。这在上章已叙述过，读者可以覆按的。

经今古文学争执和分合底情形，略如上述。那末，这两派经学底歧异在那里呢？如第四章所说，今文经是用汉隶写成的，古文经是用古籀写成的；它们经文中文字既异，且衍脱不同；它们底篇章有多少；如《周礼》一经，只有古文本，无今文本；如《公羊》《穀梁》和《左氏》有口耳相传和早已成书底不同：这些歧异，都只在经传底本子方面，虽是今古文之根本的歧异，但还不很重要。重要的歧异之点，却在二派底主张。兹撮述其重要者如左：

(一)所列六经次序不同。——今文家所列次序为“《诗》《书》

《礼》《乐》《易》《春秋》"。《庄子·天运》篇引孔子谓老聃曰："丘治《诗》《书》《礼》《乐》六经以为文。"《荀子·儒效》篇曰："《诗》言是其志也,《书》言是其事也,《礼》言是其行[①]也,《乐》言是其和也,《春秋》言是其微也。"(缺《易》)《春秋繁露·玉杯》篇曰："《诗》《书》序其志,《礼》《乐》纯其养,《易》《春秋》明其知。"都是依照这种次序的。此外如《史记·儒林传》序汉初传经诸儒,《庄子·天下》篇论六经之用,《礼记·经解》篇论六经之教(引见《绪言》),也都是依照这种次序的。古文家所列次序为"《易》《书》《诗》《礼》《乐》《春秋》"。《汉书·艺文志》"六艺略"叙述六经,其次序即如此。它著录经书,都先古经,次今文经,因为它底蓝本是刘歆底《七略》,所以是古文家底说法。《汉书·儒林传》叙传经之儒,次序也是如此。今古文二派底六经次序所以不同,因为他们对于六经的看法不同。今文家以为六经是孔子作以教人的,故以程度浅深为次序。《诗》《书》是文字的教学,故列在最前;《礼》《乐》是身心的训练陶冶,故列于其次;《易》言哲理,《春秋》有大义微言,故列于最后。古文家以为六经是周公底旧典,是古代底史料(按"六经皆史"之说,李贽《焚书》中已有之;章学诚《文史通义》承之;章炳麟言之更详。其实,六经皆"史料",还说得过去;六经皆"史",即未免穿

① 行　底本作"相",据《荀子简释》(P.89)改。

凿），故以时代先后为次序。《易》原于八卦，八卦相传为伏羲所作，故列于首；《尚书·尧典》为虞史所记，故次之；《诗》有《商颂》，故又次之；《礼》《乐》为周公所制，故又次之；《春秋》为孔子根据周公旧例，据鲁史修成，故列最后。

（二）对于孔子印象不同。——今文家以六经为孔子所作，虽多根据前世固有的材料，但经过孔子下一番工夫后，便与原来的本子截然不同。如《周易》，本来只是卜筮之书，自经孔子赞修，加上《彖》《象》《系辞》《文言》之后，便成为一部哲理之书了。如《仪礼》，虽记当世通行的冠、昏、丧、祭、朝、聘、乡、射之礼，但是孔子辑成十七篇以教人的，于礼仪已挈其大纲。如《春秋》，虽以鲁史之事实为据，而笔削褒贬，具有大义微言，和其它《晋乘》《楚梼杌》不同。就是《尚书》，孔子只选辑了这二十八篇，也另有其意义存在。《诗》三百篇，即非孔子删存，而正《乐》以正《诗》，使全部《诗经》都成为可以合乐的活的文学，也是孔子之功。孔子所以作六经，或用以教人，或借此寄托他改制的主张，或借以谈哲理。故孔子是教育家、政治家、哲学家，是值得崇奉的第一个伟大的“作者”。古文家以为孔子自承“述而不作，信而好古”，他不过把前世已有的史料，加以整理，传之后人，以保存古文化而已。但因民族底存亡和历史有密切的关系，孔子是古代一个“继往开来”的史学家，故在我国学术史上亦自有其相当的地位，若以六经论，自《易》自周公作爻辞，方成为

“经”，孔子所作，只是《易》之“传”;《礼》《乐》，皆周公所定，尤其《周礼》，是周公致太平之书，和孔子无关;《春秋》，孔子亦据周公旧例修之；他如《书》《诗》二经，皆成于孔子以前，孔子不过为之作序而已。六经皆古史，故孔子为一史学家；六经皆周公旧典，故他们所崇奉的，是周公而非孔子。

（三）所说古代制度不同。——如说封建，今文家以为全国分五服，每服各五百里，合为方五千里；其爵有三等，公侯方百里，伯方七十里，子男方五十里；王畿之内也封国；天子五年一巡狩。古文家以为全国分九服，亦各五百里，并王畿千里，合为方万里；其爵分五等，公方五百里，侯方四百里，伯方三百里，子方二百里，男方百里；王畿之内不封国；天子十二年一巡狩。如说中央官制，今文家以为天子立三公（司徒、司马、司空）、九卿、二十七大夫、八十一元士，凡百二十官；无世卿，有选举。古文家以为天子立三公（太师、太傅、太保）、三孤（亦曰三少，少师、少傅、少保），皆无属官，六卿曰冢宰、司徒、宗伯、司马、司寇、司空，各有属官，凡万二千官，有世卿，无选举。如说祭祀，今文家以为社稷所奉皆天神，天子有太庙，无明堂，七庙皆时祭，禘即时祭，有祫祭。古文家以为社稷所祀皆人鬼，天子无太庙，有明堂，七庙之祭有日月时之分，祷之祭大于郊，无祫祭。如说赋税，今文家以为不论远近，皆取什一之税，山泽无禁，十井出一车。古文家以为赋税以远近分等，山泽皆入官，一甸出一车。经学家考证古代制度是很烦琐的，今但就上面四项，举几个例而已。大抵今文家以《孟子》《王制》为主，古文家以《周礼》为主，故所说各有不同。

上述三端，是今古文学不同之荦荦大者。此外，如六经唯《乐》无经，今文说以为《乐》本无书，不过是诗歌底乐曲，附于《诗经》的，西汉经师重在章句训诂底研究，故对于《乐》经独无著作；古文说以为《乐》本有经，亡于秦火，故《汉志》仅录《乐记》而不录《乐经》。如《诗》三百十一篇，六篇有目无诗，今文说以为是笙诗，是奏笙的曲调，本只有乐曲而无歌辞；古文说以为本有这六篇《诗》，经秦火而亡，故《小序》尚能言其义。此二者，上文都已提及过的。又如哀、平之际始盛行的纬书，今文家以为孔子底微言大义，间有存者，故亦有可取；古文家则斥为诬妄，全不可信。今文经在西汉皆立于学官，经底传授大都可考；古文经在西汉或藏于秘府，或遗于民间，经底传授大都不可考。今存十三经中的五经,《易》与《诗》，虽皆为古文，但本经今古文尚无大异;《仪礼》为今文,《周礼》为古文,《春秋公羊传》《穀梁传》为今文,《左传》为古文，至于《尚书》则为东晋晚出之伪古文。而今文学家以为根据者则是《公羊传》，古文家以为根据者，则是《周礼》。今文古文二派底歧异，大致如此。

这二派不同的经学，对于学术，各有影响。兹举史学与文字学为例：

（一）史学——我国人研究历史，有两种相反的根本观念：一种认为我国底“黄金时代”远在尧舜之世，那时代已有极光明灿烂的文化了；尧舜以后，夏商周则帝降为王，春秋则王降为霸，战国则霸降为雄，秦汉之后，更是一蟹不如一蟹了。这是退化的历史观，带有主观的、复古的色彩。一种认为我国文化最发达的时代，不在尧舜之世，而在周秦间诸子蜂起之时，秦以后，虽受专制帝王之诱胁而停滞进步，但今已改专制为共和，只须学者能振奋，未必无前进的希望。这是进化的历史观，带有乐观的、革新的色彩。这二种不同的历史观，都受有经学底影响的。古文学派以为六经是古史，是真实可信的史实。《尚书》所记的尧舜之治是事实，《周礼》也是周公致太平之书，而且曾见之实行。前一派历史研究者受其影响，故以为三代以后远不如三代以前，而黄金时代更系在尧舜之世。今文学派以为《尚书》所记的尧舜之治，不是事实，而是孔子托古改制的理想；孔子底“祖述尧舜，宪章文武”，和道家之托于黄帝，许行之托于神农，墨子之托于夏禹一样；至于《周礼》，最早也不过是周秦间一位无名的学者依托周公而作的一部理想的官制书。后一派历史研究者受其影响，故以为今不如古的历史观是靠不住的，我国文化底黄金时代是在周秦之间。更进一步，研究古史的学者们，乃对古代史实，发生种种怀疑，而产生一派古史怀疑论者，如近人顾颉刚等，有《古史辨》等著述。就是研究古代文化史的，对于古代底制度，信仰今文说和古文说的，也各有不同的说法。尤其是对于古代的史学者和史书，推崇贬斥，亦各不同。如刘知幾《史通》底《六家》篇、《申左》篇，对于古文的《左传》，和古文说最有关系的《汉书》，则竭力褒崇；对于和今文说最有关系的《史记》，则时施讥评。章学诚底《文史通义》既申“六经皆史”之说，其《校雠通义》亦竭力推崇刘歆《七略》、班固《汉志》。今文家则以《左传》为刘歆从《国语》抽出，窜改而成。《汉志》根据《七略》，助古文说张目，亦非信史。惟司马迁生于古文经出世以前，且习闻今文学大家杨何、董仲舒之说，故其所记关于经学者独可靠。所以研究历史，和今古文经学有密切的关系，而今古文所影响于史学者各有不同。

（二）文字学——文字学本由经学之附庸，蔚成大国者，故与经学之关系尤密。我国二千年来，文字学之所以特盛于清代者，也是清代学术以经学为最盛之故。文字学者所认为最有权威的书籍是《尔雅》和《说文》。《尔雅》为古文家言，故多与《毛诗》《周礼》等合，第四章中已述及之。《说文序》明曰：“其称《易》孟氏、《书》孔氏、《诗》毛氏、《礼》《周官》、《春秋》左氏、《论语》、《孝经》皆古文也。”则亦以古文经为根据的。文字学者所认为最有价值的“六书说”，也出于古文经《周礼》和拥护古文说的《汉志》。至其分古代文字为“古文”“大篆”“小篆”“隶书”，而小篆于大篆则笔画多减少，大篆于古文则笔画反增多，不合于文字由繁而简的原则。《说文序》谓“古文为孔子壁中书”，鲁共王得古文书于孔宅壁中，今文家根本不信有此事。《汉志》谓“隶书施之徒隶”，盖以“今文”为徒隶之书，所以辱之；《说文序》谓太史籀造大篆，程邈造隶书，文字亦非个人所能创造颁行。总之，由今文学底眼光衡量之，则《说文》所说，几一无是处。反之，信古文学者，如近人章炳麟，笃信《说文》，不敢逾越；故于光绪末发现的甲骨文字，直斥为假古董，毫无研究的价值，即古钟鼎彝器等金文，凡有与《说文》不合者，也概斥为不足信。所以经今古文学及于文字学的影响，也大不相同。

经今古文学之歧异与其及于学术之影响，既已说明，则此二派不同的经学，似可重新估定其价值了。我以为与其信古文说，不如信今文说。这问题说来话长，现在姑且举出两点来，让读者去下判断吧！

其一，经之所以有今文古文者，因为有秦始皇焚书这件事。按焚书事见于《史记·秦始皇本纪》及《李斯传》。始皇三十四年，置酒咸阳宫。仆射周青臣进颂谀始皇。博士淳于越进言，反对废封建为郡县，以为“事不师古而能长久者，非所闻也”。始皇下其议。丞相李斯以为五帝不相复，三代不相袭，各以治，非其相反，时变异故。陛下创大业，建万世之功，非愚儒所知。今皇帝已并天下，别黑白而定一尊，而令下各以其私学议之，率臣下以造谤，禁之便。于是陈焚书底办法说：“臣请史官非秦记皆烧之。非博士官所职，天下敢有藏《诗》、《书》、百家语者，悉诣守尉杂烧之。有敢偶语《诗》《书》者弃市。以古非今者族。吏见知不举者，与同罪。令下三十日不烧，黥为城旦。所不去者，医药卜筮种树之书。若欲有学（原文作“若欲有学法令”。《集解》徐广曰:“一无‘法令’二字。”《李斯传》亦无此二字），以吏为师。”制曰:“可。”从这一段记载看，则始皇焚书底动机，在禁臣下之“以古非今”，故所定刑罚，以古非今者重至灭族，而违令藏书不烧者，不过黥为城旦。此可注意者一。非博士官所职，悉缴地方官焚烧，则博士官所职不在焚烧之列了。此可注意者二。若欲有学，以吏为师，则其旨非在禁绝读书，但为统制思想言论计，欲复孔子以前学在王官之旧制而已。此可注意者三。令中明以“百家语”与《诗》《书》并列，则诸子之书亦在焚禁之列可知。此可注意者四。汉初老儒，如伏胜，曾为秦博士，则其所职之书，不在焚禁之列，所传今文《尚书》二十八篇，何至残缺？诸子同被焚禁，何以西汉中世以后，独无古文本发现？藏书不烧之罚，并不是最严厉的；且从下令焚书之年至三十八年始皇崩，仅四年，至二世元年，各地起兵，仅五年；至汉惠帝四年明令除挟书之禁，亦仅二十二年。似乎不至于使六经残缺，一至于此。且《易》既不在焚禁之列，则经本文字略有脱衍，当系传钞之误，与今古文无关。而《乐经》与政治无涉，苟有此经，何以独并残本而亦无之？且《尚书》《仪礼》《论语》《孝经》，古文本较今文本所多之篇，何以都又亡失，并无一种流传下来？且所谓古文经传者，其来历，其传授，其撰述人，又都可疑？所以今文家说刘歆之伪造古文经，其目的在以《周礼》佐王莽，而莽以周公自命，故亦托之周公；又恐仅此一书，不能使人信以为真，故抽取《国语》底一部分，造为《左传》，又造群经皆有古文之说以证之；此说虽未必完全可信，似乎尚能言之成理（康有为《新学伪经考》斥古文经为“伪经”，斥刘歆之学为“新学”而非汉学，即是因此）。

其二，经今文学在我国学术思想上的影响与结果，似较古文学为尤伟大。清代经学底正统派，有极浓厚的古文色彩。其影响之及于学术思想者，为实事求是之客观的近于科学方法的研究精神，其所产生之实际结果，为古籍之整理（不限于经的一部分），文字学之建立，所贡献者，已不可谓不大。今文学之价值与功绩，则友人周予同在他底《经今古文学》里曾说：“清代今文学在中国学术思想上，也自有其相当的价值与功绩，未可一概抹杀。就普通的影响说，在消极方面，能发扬怀疑的精神；在积极方面说，能鼓励创造的勇气。就实际的结果说，在消极方面，使孔子与先秦诸子平列；在积极方面，使中国学术，在考证学理学之外，辟一新境地。”这几句话，虽然简单，却能把经今文学底长处，统括地说了出来。怀疑精神，清代经学家早已具之。如清初，胡渭著《易图明辨》，斥宋儒假托于伏羲、文王、周公、孔子的道教底《易》图为诬妄，阎若璩著《尚书古文疏证》，斥六朝以来，误认为孔壁古文的尚书为伪古文，已开怀疑经书之端了。今文学者，则斥《诗》之《毛传》、卫《序》,《书》之真古文，以及费氏之《易》,《周官》之《礼》,《春秋》之《左氏传》；至康有为之《新学伪经考》出，乃更大声疾呼，以古文经为刘歆所伪造。此其勇于怀疑为何如？孔子为我国二千余年来学者所共奉的偶像，而此偶像往往随崇奉之利用之者为何如人，而屡变其相。梁启超《清代学术概论》曾说："寖假而孔子变为董江都、何邵公矣，寖假而孔子变为马季长、郑康成矣，寖假而孔子变为韩退之、欧阳永叔矣，寖假而孔子变为程伊川、朱晦庵矣，寖假而孔子变为陆象山、王阳明矣，寖假而孔子变为顾亭林、戴东原矣。"我国数千年来的学者，殆莫不以孔子为招牌，梁氏所云，诚是实情。则今文学家所说的孔子，究竟是否孔子底真相，原也还待证明。不过他们所说的孔子却是有生气的，有热情的，有创造革新的精神的；较之古文家所说的孔子，仅为一史学家，仅为一保存古代一部分史料的史学家，却胜一筹。他主张救世，他主张改革，他底著述六经是寄托他改制的主张的。他在当时，固然是一位"知其不可而为之"的救世底热心人；他在后世，也可予我们以鼓励，使我们有向创造改革的路上前进底勇气。康有为是清代今文经学家底后劲。他曾著《孔子改制考》。说孔子底著述六经，旨在托古改制。康氏本意原在尊孔子为创教底教主；而其结果，则孔子和诸子，同以改制为目的，以托古为手段，于是孔子底地位乃与先秦各学派底始祖老子、墨子等平列了。加以当时考证之学，已自经旁衍及于诸子，于是诸子学底研究乃大兴盛。我们得从孔子定于一尊的观念中解放出来，对古代学术能作自由的平等的研究，实由于此。秦汉以来，我国学术思想，为儒家一系所笼罩，故所谓学术者，无非是两汉及清代底经学，宋明及清初底理学二派，完全在训诂名物底考据与心性理气底体验二条路上盘旋。到了清代中世以后，经今文学复兴，他们不拘拘于经籍书本上的研究、个人心理上的探讨，而着眼于政治社会制度底改革，不可不说他们能在汉学、宋学之外，另辟一学术底新境地，新出路。这固然由于道光以后，内则有洪杨之变，外则有鸦片战争、甲午战争之败，有以促成之；而经今文学者借经义以讥切时政，欲效孔子之以改制救世，也是学术界思想转变底一种原动力啊！

就上文所述两点看来，则我们现在研究经学，于这二大派之间，与其采取古文学，不如采取今文学；因为从前一派底观点来读经书，来研究孔子，则经书是死书，孔子也成了木偶；从后一派底观点来读经书，来研究孔子，则书和人便都凛凛有生气了。不过古文派所长底客观的近于归纳法的治学方法，却也是不能一笔抹杀的。

附录○

十三经注本举要

我们现在读经，和从前的读法不同。从前的读经，不管它底价值如何，性质如何，效用如何，只要是“经”，便须熟读；即使不能懂得意义，不能感到兴趣，也得熟读，但求熟读，不求深思，只是死读而已。现在则须选读，何者宜精读，何者只须略读，何者宜先读，何者可以缓读，何者竟可不必读，看完了本书，已可得其大概。但如要阅读原书，有许多地方，不能不靠注解底帮助，所以把十三经底注本，择要介绍，使读者便于选择。十三经原是一部经类的丛书，它底注本，最现成的，当然要推所谓《十三经注疏》了。现在先列表于左：

（一）《周易正义》十卷——魏王弼、韩康伯注，唐孔颖达等正义。

（二）《尚书正义》二十卷——汉孔安国传，唐孔颖达等正义。

（三）《毛诗正义》七十卷——汉毛公传，郑玄笺，唐孔颖达等正义。

（四）《周礼注疏》四十二卷——汉郑玄注，唐贾公彦疏。

（五）《仪礼注疏》五十卷——汉郑玄注，唐贾公彦疏。

（六）《礼记正义》六十三卷——汉郑玄注，唐孔颖达等正义。

（七）《春秋左传正义》六十卷——晋杜预注，唐孔颖达等正义。

（八）《春秋公羊传注疏》二十八卷——汉何休注，唐徐彦疏。

（九）《春秋穀梁传注疏》二十卷——晋范宁注，唐杨士勋疏。

（十）《论语注疏》二十卷——魏何晏等注，宋邢昺疏。

（十一）《孝经注疏》九卷——唐玄宗注，宋邢昺疏。

（十二）《尔雅注疏》十卷——晋郭璞注，宋邢昺疏。

（十三）《孟子注疏》十四卷——汉赵岐注，宋孙奭疏。

就上表加以检点，则由汉人注者凡七，由魏晋人注者凡五，由唐人注者仅一；由唐人疏者凡九，由宋人疏者凡四。“注”者所以注经，“疏”者所以疏注。注，或曰“传”，如《尚书传》；或曰“解诂”，如《公羊传注》本称《春秋公羊传解诂》；或曰“集解”，如《论语注》《穀梁传注》，本皆称《集解》。疏，则凡孔颖达等撰者皆曰“正义”，《易》《书》《诗》《礼记》《左传》，合成《五经正义》，余皆曰“疏”。南宋以前，经与疏本各单行，南宋光宗时，始有合刊本。其后复有“十行本”底《十三经注疏》。明世宗嘉靖时之闽本，即据十行本重刻者。后又据闽本重刊为监本。庄烈帝时，又有毛晋据监本重刊之汲古阁本。清高宗时，又有所谓殿本。

近来通行的是阮元刻本，后面附有校勘记的。

《周易》经孔子赞修，乃由卜筮一变而论哲理；而西汉传《易》经师，焦、京一派又主言灾异，郑玄爻辰之说，虞翻用魏伯阳之《参同契》，皆只能为《易》学别传。及王弼注《易》，始一扫灾异术数之说，独崇哲理，可谓能得孔子之易之真。故程子曰："学《易》须先看王辅嗣注。"王应麟亦曰："辅嗣之注，学者不可忽也。"是不仅孔颖达以为"独冠古今"了。至其引用《老》《庄》，亦魏晋间以《老子》《庄子》与《易》为"三玄"之习尚。且较引《参同契》，终胜一筹。弼所未注者，韩康伯补之。至于孔颖达等之《正义》，初名"赞义"，后改今名，而卷端又题曰"兼义"，不知何故。其卷数，序称十四卷，《唐书·艺文志》作十八卷，《书录解题》作十三卷，今本作十卷，盖后人从王注本合并之。

《尚书》之孔安国传，是假托的。如注《禹贡》"瀍水出河南北山"一条，"积石山在金城[1]西南羌中"一条，皆用孔安国以后地名（见梅鷟《尚书考异》）。如注《书序》"东海驹骊"，驹骊王朱蒙，汉元帝建昭二年始建国，亦远在孔安国之后（见朱彝尊《经义考》）。注《泰誓》"虽有周亲，不如仁人"二句，亦与孔安国《论语注》异（见阎若璩《尚书古文疏证》）。诸如此类，皆

① 金城 底本作"舍城"，据《十三经注疏》（P.317）改。

足证明孔传之伪。即《汉书·艺文志》亦但云孔安国献古文《尚书》，不云作传。《释文叙录》方说孔安国献《尚书传》。明明东晋梅赜献伪古文《尚书》后，方有此种说法。十三经中《尚书》，既用伪古文本，所以注也用伪孔传了。至于孔颖达等之正义，晁公武以为因梁人费甝疏广之。但自序称“为正义者，蔡大宝、巢猗、费甝、顾彪、刘焯、刘炫六家，而刘焯、刘炫最为详雅”。则其书实以二刘为蓝本，朱子曾谓《五经正义》，“《易》《书》为下”，其说诚是。

《诗》之《毛传》，《隋书·经籍志》题曰“毛苌”。《后汉书·儒林传》曰：“赵人毛长传《诗》。”其字不从艸。按《汉志》有《毛诗故训传》三十卷，俱曰“毛公作”，未著其名。郑玄《诗谱》谓“鲁人大毛公为《训诂传》”。陆玑亦谓“鲁国毛亨作《训诂传》，以授赵国毛苌”。则作传者，是毛亨，非毛苌了。故《正义》曰：“大毛公为其传，由小毛公而题毛也。”《隋志》所云，明系舛误。郑玄《六艺论》曰：“注《诗》，宗毛为主。毛义若隐略，则更表明。如有不同，便下己意，使可识别”（见《正义》引）。则郑《笺》《毛传》，亦有异同可知。《隋志》附郑《笺》于《毛传》。作二十卷，疑为郑玄所并。今本四十卷，疑为孔颖达所重析。其书亦以刘焯之《毛诗义疏》、刘炫之《毛诗述义》为蓝本。

《周礼》之注，为郑玄所作，《隋志》作十二卷。贾公彦作疏后，因文繁，乃析为四十二卷，但新旧《唐书·艺文志》并作五十卷，又与今本不同。郑玄本长于“礼”，故所注特精。但亦有短处：一为调停今古，欲疏通《周礼》《仪礼》，此郑氏混合今古文学之通病；一为好引纬书，欧阳修上《请校正五经札子》，至欲加以删削，盖讥纬兴于西汉之末，郑玄为东汉人，纬书已盛行，故亦夹杂引入。或讥玄好改经字，但玄仅于注中曰“当为某字”，并未径改经文，不足为病。贾公彦疏亦精博。故朱子《语录》称“《五经疏》,《周礼》最好”。

郑玄注《仪礼》，用刘向《别录》本。其经文，有采用今文者，则本文从今文本，于其下注曰古文作某。如《士冠礼》“闑西阈外”句，注曰:“古文‘闑’为‘槷’,‘阈’为‘蹙’。”有采用古文者，则本文从古文本，于其下注曰今文作某。如《士冠礼》醴辞“孝友时格”句，注曰:“今文‘格’为‘嘏’。”则也是混合今古文的了。此书郑氏以前，绝无注者。郑氏以后，虽有王肃之注，不久亦亡。至于贾公彦之疏，则是根据北齐黄庆、隋李孟悊二家而成的。贾氏之前，疏此书者，虽《北史》有沈重一家,《隋志》有无名氏二家，亦都已不传。因为《仪礼》是记古代仪文的，文既古奥，礼尤繁琐，所以则如疏者特少。

《礼记》亦用郑玄注本。玄于“三礼”，本为专门之学，故遍注三书，各有长处。疏郑注者，唐初尚存皇侃、熊安生二家。孔颖达等作正义，便以皇氏为本，以熊氏补之。但颖达序中，讥皇氏为“虽章句详正，微稍繁广，既遵郑氏[1]，时乖郑义，此是木落不归其根，狐死不首其丘”。又讥熊氏为“违背本经，多引外义，犹之楚而北行，马虽疾而去愈远；欲释经文，惟聚难义，犹治丝而棼之，手虽繁而丝益乱”。则其校正二家处，当亦不少。又作疏之体，例不破注，但孔疏专欲伸郑，不免有附会之处。然其词富理博，多摭旧文，故在《五经正义》中，算是一部好疏。

《春秋左传》之注，采用杜预之《春秋左传集解》。杜氏以前，孔奇、孔嘉之说，久佚不传；贾逵、服虔之说，亦仅偶见他书；故《左传》注本，今存者以杜氏《集解》为最古了。杜注多强经以就传，是其短处，刘炫曾作《规过》以攻之。而孔疏凡于炫所驳正，皆以为非，更有不恤强传以从杜者，其失殆较杜尤甚。杜注以为《左传》发凡言例，皆周公旧典。孔疏承而申之，乃以《左传》发凡五十为周公旧例，其称“书”“不书”“先书”“故书”“不言”“不称”“书曰”之类，为孔子新例。按传例有曰：“凡弑君，称君，君无道也，称臣，臣之罪也。”岂周公预设弑君之例？又曰：“凡用大师[2]曰灭，弗地曰入。”岂周公预设诸侯相灭之例？诸如此类，皆事理所不可通；柳宗元、陆淳已驳之了。杜注又有“经承旧史，史承赴告”之说。杜、孔二氏并以《春秋》中日月、四时、州国、人名、爵字之不具者，皆为阙文，并

① 郑氏　底本作“郭氏”，据《十三经注疏》（P.2652）改。
② 用大师　底本作“大用师”，据《十三经注疏》（P.4028）改。

无他义。果如此说，则《春秋》但录鲁史，等于抄胥，且全书仅万六千余字，而阙文多至百数十条，真是王安石所谓“断烂朝报”了。故焦循直谓“例”为杜预所妄作，预父恕为司马懿所幽死，而预注《左传》处处为弑逆之臣回护（如郑祝聃射周王条，即其一例），实不忠不孝之人。按《左传》本非《春秋》经之传，刘歆引以解经，乃窜入许多凡例。刘歆背了他底父亲刘向，佐成王莽之篡，正和杜预相同。刘歆在前，杜预在后，把这部文史上有价值的书，弄得失了它底本来面目，孔疏又从而张之，可以说都是左丘明底罪人！所以除文字底训释外，其大义实不足取。

《公羊传》底注，是何休底《公羊解诂》。十三经中，惟此注为纯粹的今文家言，于《春秋》之微言大义，多所发明。但何氏《解诂》，释传不释经，与杜预注《左传》异。则东汉时,《公羊传》尚与《春秋经》别行了。所以蔡邕所写《熹平石经》残本，《公羊传》也不附经文。疏，为徐彦所作。《文献通考》作三十卷，而今本只有二十八卷者，或彦本以疏经文者别为二卷，后又散入二十八卷中，亦未可知。徐彦《公羊传疏》，不见于《唐志》。《崇文总目》始著录，不著撰人名氏，但曰“或云徐彦”。董逌《广川藏书志》意其人在贞元、长庆之间。疏中“邲之战”一条，犹及见孙炎《尔雅注》之完本，则其人当在宋代之前；又“葬桓王”一条，全用杨士勋《穀梁传疏》文，则其人又当在贞观之后。中多自设问答，次繁语复，极似邱光庭底《兼明书》，亦为唐末人著书之体例。故《四库书提要》定为唐人。又有说徐彦即《北史》之徐遵明者。但《北史》本传不言长于《公羊》，其弟子亦无传《公羊》之学者，似仍未可为据。

《穀梁传》底注，是范宁底《穀梁集解》。宁以兼载门生故吏子弟之说，故名曰“集解”。其《自序》有“商略名例”一语，疏亦谓宁别有《略例》百余条。注中时有“传例曰”云云，疑已散入注中。又此传本亦与经别行，而宁合之，故每条冠“传曰”二字以别之。此与郑玄、王弼所注之《易》，有“彖曰”“象曰”相同。今本“公观鱼于棠”“葬桓王”“杞伯来逆叔姬之丧以归”“曹伯庐卒于师”“天王杀其弟佞夫”五条，尚有“传曰”字冠于其端。盖后人传写翻刻者删其每条“传曰”二字，而此五条则为尚未删尽者。又孔颖达《左传正义序》，自言“与故四门博士杨士勋参定”，则杨士勋乃孔颖达同时之人。汉以后学者，治《左传》者多，治《公羊》者少，治《穀梁》者更少。且《左传正义》或于众手，而此疏成于一人，故其博洽不及《左传正义》。但也没有杜孔注疏所有的缺点。

《论语》注，用何晏《集解》。按《集解论语序》，末见上此书者姓名，计有孙邕、郑冲、曹羲、荀顗、何晏五人。是《集解》非何晏一人所作。宋裴松之《三国志·曹真传注》已称“何晏集解”，则以集解专属何晏一人，并不始于《隋》《唐》二志了。序又曰：“今集诸家之善，记其姓名。”皇侃《义疏》亦曰：“何集注皆呼人名，惟苞独言氏者，苞名咸，何氏讳咸，故不言也。”则《集解》于所引十三人，本皆举其姓名，而今本仅曰某氏者，乃后来传写刊刻所省略。但因此而周氏与周生烈遂无从分别了。邢昺疏,《宋志》作十卷，今本二十卷，盖后人依《论语》篇第分之。晁公武称其因皇侃所采诸儒之说，刊定而成。按皇疏多采玄言佛说，是六朝人习尚。邢疏剪截皇疏，稍附以义理，汉唐人注疏，转而为宋儒之注，此书殆可以见转变底情形。但在宗汉学者，则嫌其随注敷衍，不免空疏，宗宋学者，则又嫌其所说义理，未能深造了。

唐玄宗注《孝经》，颁行天下，按《唐会要》凡二次，一在开元十年，一在天宝二年。《唐书·元行冲传》称玄宗则自注《孝经》，诏行冲为疏，立于学官。《唐会要》又载天宝五年诏曰:“《孝经》书疏，虽粗发明……未能赅备，今更敷畅，以广阙文，令集贤院写颁中外。”可见当时底注疏，并已经过再修了。至于《旧唐书·经籍志》称“孝经一卷，玄宗注”,《新唐书·艺文志》称“今上《孝经制旨》一卷”，注曰玄宗，则同指《孝经》注一书。其曰“制旨”者，和梁武帝《中庸讲义》亦称“制旨”正同。天宝四年以玄宗御注《孝经》刻石于太学，称为“《石台孝经》”，今尚存陕西旧西安府学中。邢昺之疏，即以元行冲之疏为蓝本。《唐志》注疏共为二卷，今本凡三卷，或再修时续增一卷。邢疏奉太宗诏为之，与唐孔颖达等之奉诏撰《五经正义》，同为官修之书。但其袭用元行冲疏处，不复明白引述，所以疏中那些是元疏旧文，那些是邢氏增改，已无从分辨了。

《尔雅注》，以魏孙炎为最早。然孙注宋代已无完本，今本用晋郭璞注，亦《尔雅》注本之古者。郭氏所注，多引古书，为后来所未见。所注亦精当，后人虽多为之补正者，亦不能逾其范围。邢疏所引，如《尸子·广泽》篇《仁意》篇等，亦已亡佚，可借以考见《尸子》旧文。惟释文所录犍为文学注（《七录》有犍为文学《尔雅注》三卷），樊光注，李巡注，多未辑入；然疏体惟明本注，本注之外，不复旁搜，此亦唐以来作疏者之习尚，不能独责邢氏。疏中时复述注文，标以“郭注”云云，不易一字，亦不别加一语，似疏与注本系别行者然。今已不能考求它底原故。

《孟子》之赵岐注，亦《孟子》注本之最古者。岐初名嘉，后因与中常侍唐衡之兄玹有隙，逃祸走避，乃改名曰岐。此注，岐方避难隐居北海孙宾石家中，于夹柱中写之。或谓汉儒注经，多重训诂名物，而此注仅笺释文句，阐发义理，疑其不类。不知《易》《书》文句古奥，故必通其训诂；“三礼”名物，古多异今，故必详加考究；《论》《孟》性质，不同《易》、《书》、“三礼”，故马融、郑玄之注《论语》，亦与赵注《孟子》相类。所注之书异，则所加之注亦不同，此不足为疑赵注之据。其疏，旧题孙奭作。《宋史·邢昺传》，称昺于咸平二年，受诏与杜镐，舒雅、孙奭、李慕清、崔偓佺等校定《周礼》《仪礼》《公羊》《穀梁》《春秋传》《孝经》《尔雅》《论语义疏》，不云《孟子》。《涑水纪闻》载奭所定著之书，有《论语》《孝经》《尔雅正义》，亦不云有《孟子》。朱子《语录》亦谓为邵武士人所假托，蔡季通识其人。则《孟子疏》非孙奭所作，信而有征了。朱子又谓其全不似疏体，不曾解出名物制度，只缠绕赵岐之说，至岐注好用古事为比，疏亦多不得其根据。甚至如“欲见西施者输钱一文”，云见《史记》；如“单豹养其内而虎食其外”，明见《庄子》，而亦不能举其出处；如尾生事见《庄子》，陈不瞻事见《说苑》，并误谓出于《史记》；诸如此类，都足见其疏陋。在十三经疏中，殆为最劣者。

《十三经注疏》中，虽有魏晋及唐人之注，宋人之疏，但以大体言，则注多宗汉，疏多宗唐，与宋代理学诸儒注经之体迥异。邢昺《论语疏》已渐开侧重义理之端。其后理学诸儒之注，阐发义理，体会语气，实较汉注为长，惟于训诂名物，赅博不及汉儒耳。宋儒之注，未有如《十三经注疏》之辑成整部者，兹举其重要者。《易》注，当首推程颐之《易传》。程子《答张闳中书》谓“《易》有理而后有象，有象而后有数，得其义，则象数在其中矣”。故所作《易传》，惟以义理为主。但又与王弼之参杂《老》《庄》者异。顾炎武曰：“见《易》说数十家，未有过于程《传》者。”确非阿其所好之言。次之，为朱子之《周易本义》。此书亦以义理为主，但卷端冠以《太极》《先天》等九图，则又堕入陈抟、邵雍等道士《易》的一派了。如阅此书，当去此一部分。《尚书》注，当首推蔡沈之《书集传》。次则金履祥之《尚书注》。学者或病宋人注书，有时凭主观之见解，妄疑古经，与经生研究态度不合。其实,《尚书》所记为古代史，古代史实多可疑者；宋人所注为伪古文《尚书》，其可疑者更多；不得因其怀疑《尚书》，而遽斥之。蔡、金二氏之注，平心论之，实在伪孔传与孔氏正义之上，可供参考。《诗》注，则欧阳修之《诗本义》，不轻议毛郑，亦不轻徇毛、郑，且往往能探本诗人之旨，不为毛、郑所囿，是《毛传》、郑《笺》以外的一部好的《诗》注。朱子之《诗集传》，初稿亦采《小序》之说，后始改从郑樵而弃《小序》，但又别有其主观的见解，不免武断凿空之弊，读者当加以审辨。宋人于“三礼”实无好注。惟朱子晚年所修之《仪礼经传通解》，就《仪礼》分章分节，每节标曰“右某事”，眉目清楚，且引《礼记》以解之。朱子有《乞修三礼札子》，主张“以《仪礼》为经，而取《礼记》及诸经史杂书所载及于礼者，皆以附于本经之下，具列诸儒之说”。《仪礼经传通解》一书，即为实现此种主张而作。其《答应仁仲书》曰:“前贤常患《仪礼》难读，以今观之，只是经不分章，记不随经，而注疏各为一书，故使读者不能遽晓。今定此本，尽去此弊，恨不得令韩文公见之也。”可见他自己也很得意这部著作了。可惜此书实际上并没有完成。陈澔《礼记集说》，病在太繁。惟朱子取《礼记》中《大学》《中庸》二篇，定为“四书”之二，其所作《大学章句》《中庸章句》，阐明义理，可为宋儒经注楷模。惟将《大学》强分经一章，传十章，复以为有错简而颠倒之，以为有脱简而补撰之，未免有改窜经文之嫌。宋人于《春秋经》，好弃“三传”而径释《春秋》之经，否则，不别今古，为兼综“三传”之说，故亦无可称之注。《论语》《孟子》，则朱子各有《集注》。此二书之注，不必考证训诂，而重在义理之阐发，故朱子《集注》，实有胜于何晏《论语集解》、赵岐《孟子章句》者。且词句简明，尤便初学。朱子又有《孝经刊误》，以古文本为据，而加以删改。与唐玄宗注之今文《孝经》，成对抗之局。但一则古文《孝经》本不可靠，二则仍不免与《大学章句》同有割裂古经之嫌，此其短处。至于《尔雅》，则宋人亦无佳注。——总之，宋人经注，惟程子《易传》，蔡沈《书集传》，欧阳修《诗本义》，朱子《论语集注》《孟子集注》，为最佳者，可供读者参考。

清代经学，远过唐宋，其成就则有过于两汉者。十三经几皆有可供参阅之注疏。清儒说《易》者，本以惠栋、张惠言二家为最。但惠氏之经学，有偏信汉儒之弊，故其说《易》，虽不信宋儒道士派之先天象数说，而于汉儒方士式之灾异说，则仍信之。张氏之《易》学，为东汉虞翻氏一家之说，如不欲对《虞氏易》作狭而深的研究，亦殊无阅读之必要。最便初学者，当推焦循之《易章句》；此书简明切当，阅之可以了解《周易》全书。既读《易章句》，再读其《易通释》，可以领悟《周易》大义，得其会通。其最长之一点，在以“假借”说《易》。即此，可以悟《易》

之取象，无非借象明义，所谓“《易》之道大抵在教人改过，亦即所以寡天下之过，而改过在通变行权，此即易也”（见焦氏《与朱椒堂书》）。可谓深得孔子“学《易》无大过”之旨。

其于《尚书》，则江声之《尚书集注音疏》，孙星衍之《尚书今古文注疏》，均有可观。吴汝纶之《尚书故》，仅就今文二十八篇作注，颇能融会汉宋二派之说，且举伪古文而刊落之，尤在江、孙二疏之上。但三书在初学者均微嫌其繁。吴氏又尝就其《尚书故》，删节为家塾读本，较便初学；但于所采前人之说，未著其来历；于己所下新说，未明其所以然，亦是一短。至考明伪古文者，则有自阎若璩之《尚书古文疏证》以至丁晏之《尚书余论》；单注一篇者，则有如胡渭之《禹贡锥指》；考证《尚书》中史实者，则有如崔述之《上古考信录》《丰镐考信录》；读《尚书》者，亦当浏览及之。

《诗》有陈奂之《毛诗传疏》，用《毛传》而弃郑《笺》。但陈氏又另有《郑笺考证》，是不啻分为二书，不如马瑞辰之《毛诗传笺通释》，阅读较便。其考今文《诗》说者，则有陈乔枞之《三家诗遗说考》，可以见齐鲁韩三家《诗》之一斑。其说《诗》之一部分者，则崔述之《读风偶识》，于三百篇“风”之诸篇，有极透彻的见解。其通论《诗经》者，则有魏源之《诗古微》，亦有一读之价值。

《周礼》，有孙诒让《周礼正义》，其精核更远胜旧疏。即在清儒诸经新疏中，亦为出色的著作。《仪礼》，有胡培翚之《仪礼正义》，亦很精博。绩溪胡氏素以治《礼》著名，而培翚此疏，尤擅胜场。惟《礼记》疏则独付阙如。其单解一篇者，如戴震之《考工记图注》，齐召南目为奇书，凡《考工记》中难解处，阅此可以了然。至如康有为之《中庸注》《礼运注》，则未免附会了。其通论"三礼"者，以邵懿辰之《礼经通论》为最佳。戴震之《学礼篇》，取六经礼制，事各为类，折衷诸说，萃为一编，实驾江永《礼书纲目》而上之；惜仅成十三篇而卒。

《春秋左传》有刘文淇底《左传正义》，虽胜旧疏，尚不得推为绝学。而刘逢禄之《公羊释例》，则虽反对今文的章炳麟，也推为"属辞比事，类列彰较，不欲苟为恢诡，而辞义温厚，能使览者说绎"，可以说是一部空前的著作。《穀梁传》，邵晋涵有《正义》，而其书不行于世（钱大昕《邵君墓志》云有此书）。大概前世治《穀梁传》者少，故清儒于此书亦少著述。

刘宝楠底《论语正义》，焦循底《孟子正义》，较旧疏都远胜之。戴望《论语注》，以《公羊》义说《论语》，别开生面，但非学者必读之书。至于戴震底《孟子字义疏证》，则很值得一读。康有为底《孟子微》，则几纯以主观的见解发为议论，更非注疏之体。《孝经》，则有皮锡瑞之《孝经郑注疏》，辑疏郑玄之注，在《孝经注疏》《孝经刊误》之外，别成一家。《尔雅》则有邵晋涵之《尔雅正义》，郝懿行之《尔雅义疏》，可谓尽《尔雅》训诂之长。

王念孙之《广雅疏证》，也和《尔雅》有间接的关系。

总之，清儒之注疏诸经，实有不可磨灭之成绩。读者如欲就《十三经注疏》及上文所举宋人之注，清人之疏，博览参考，实嫌其过于繁博，太费时间。年来曾为中华书局编写《学生国学读本》经书之部，就经书中选定《易》《书》《诗》《礼记》《左传》《四书》六种，参酌旧有各家注疏，加以简单浅显之注释，俾便初学。可惜只写成了《四书注》《尚书注》二部，便因一二八事变中辍，未竟全功；即写成的二部，也不知何时方能出版哩！

本次整理征引文献

阮元校刻:《十三经注疏》，中华书局2009年版。

蔡沈著，王丰先点校:《书集传》，中华书局2018年版。

刘宝楠著，高流水点校:《论语正义》，中华书局1990年版。

康有为著，章锡琛点校:《新学伪经考》，中华书局2012年版。

王应麟著，翁元圻辑注，孙通海点校:《困学纪闻注》，中华书局2016年版。

崔述:《崔东壁遗书》，上海古籍出版社2013年版。

司马迁:《史记》，中华书局1982年版。

班固著，颜师古注:《汉书》，中华书局1962年版。

颜之推撰，王利器集解:《颜氏家训集解》，中华书局1993年版。

徐元诰撰，王树民、沈长云点校:《国语集解》，中华书局

2002 年版。

戴名世撰，王树民编校:《左氏辨》,《戴名世集》全二册，中华书局 2019 年版。

阮元撰，邓经元点校:《揅经室集》，中华书局 1993 年版。